CRUZANDO PONTES
Reaprendendo a viver

CB037030

Luciano Galvan

CRUZANDO PONTES
Reaprendendo a viver

1ª edição / Porto Alegre-RS / 2024

Capa e projeto gráfico: Marco Cena
Revisão: Simone Borges
Produção editorial: Maitê Cena e Bruna Dali
Produção gráfica: André Luis Alt

Dados Internacionais de Catalogação na Publicação (CIP)

G182c   Souza, Luciano Galvan de
          Cruzando pontes : reaprendendo a viver. / Luciano Galvan. –
          Porto Alegre: Edições BesouroBox, 2023.
          232 p. ; 16 x 23 cm

          ISBN: 978-85-5527-135-9

            1.   Motivação. 2. Mudança. 3. Autorrealização. I. Título.

CDU 159.947.5

CIP - Catalogação na fonte. Paula Pêgas de Lima CRB 10/1229

Copyright © Luciano Galvan de Souza.

Todos os direitos desta edição reservados a
Edições BesouroBox Ltda.
Rua Brito Peixoto, 224 - CEP: 91030-400
Passo D'Areia - Porto Alegre - RS
Fone: (51) 3337.5620
www.besourobox.com.br

Impresso no Brasil
Dezembro de 2023.

Para
Lauren Heineck de Souza
filha amada.

Meu enorme obrigado à equipe
BesouroBox por cuidar com
tanto carinho e profissionalismo
deste triângulo muito amoroso:
Livros, Leitores e Escritores.

SUMÁRIO

No início era só uma estrada..11

A busca..21

O que há do outro lado...25

Coisas começam a acontecer...................................33

A ressaca e a filosofia...47

Aurélio adoece...53

Sincronicidades..59

Nosso passado ainda presente................................66

Os legados que recebemos......................................74

Nascendo e morrendo...84

Homens e mulheres..94

Nossas vidas...106

O que construímos..118

Como nos cuidar...134

O concílio entre Deus e a ciência..........................145

Sintonia com a natureza..149

Somos o que falamos 156

Histórias indígenas 166

Sem risco, sem vida 179

A culpa 191

Em que mundo estou? 201

O legado que crio 205

A carta 219

Oito longos dias 227

NO INÍCIO ERA SÓ UMA ESTRADA

"Uma vida não examinada não vale a pena ser vivida."
Sócrates

Ele caminhava por estradas e trilhas já havia quatro dias sem ver ninguém naquele fim de mundo! Era tudo o que queria, tudo do que precisava: não ver ninguém! As pessoas e os acontecimentos o incomodavam nos últimos meses; por isso resolveu sair sem destino, sem rumo e sem pensamentos. Precisava de um tempo para si... E de se reconectar.

Em sua mochila só havia água, alimentos, mapas, alguns utensílios e um saco de dormir. Acamparia no caminho, se não encontrasse hospedagem; aliás, torcia por isso, adorava aventura e não sabia quanto tempo ficaria fora. Em seu coração estavam sua filha, família, amigos, professores e todas as pessoas que cruzaram o seu caminho em sua criação e educação. As lembranças passavam em sua mente, como se fossem um filme. O filme de sua vida!

Olhando para seu próprio roteiro, ficava admirado com a sequência de acontecimentos e como eles se encaixavam um após o outro. Sua vida mais parecia um livro do que um simples acaso de encontros e desencontros. Percebia e sentia a vida mais como um fluxo natural do que como algo com o qual tinha de lutar. Meses pareciam apenas algumas semanas e anos pareciam meses. Seu tempo era diferente.

Para ele, as dificuldades eram como processos de crescimento na busca de algo maior que, muitas vezes, nem mesmo ele sabia do que se tratava. Simplesmente ficava atento, fazia sua parte e deixava a vida o guiar.

Mesmo assim se sentia entediado. Não sabia o porquê, mas algo fervilhava em sua mente... pior era em seu coração. Por isso largou tudo o que fazia e resolveu sair caminhando e trilhando sem rumo por um tempo, tentando encontrar o que o perturbava. Era algo nele mesmo... O andarilho começava sua aventura.

A mente inquieta e ao mesmo tempo vazia suportava sentimentos muito confusos, muitas ideias para explorar, muita coisa para expressar; muito para falar, poucos para ouvir. Talvez fosse isso o que mais o frustrava, com quem compartilhar? Sentia que nesta viagem encontraria seu conhecimento interno e pessoas para boas e edificantes conversas. Por isso, resolveu sair, dar um tempo para si mesmo e, com seu coração, reordenar algumas coisas. Mas nem em sonhos poderia imaginar o que estava por vir.

"Uma jornada começa com um pequeno passo."

Era forte e resistente, poderia ficar dias andando e até semanas e não voltaria até encontrar o que estava procurando. Para falar a verdade, nem mesmo ele sabia o que buscava. Qualquer vento poderia levá-lo, mas no seu íntimo sabia o que queria. Tudo que precisava era deixar vir à tona o que procurava. Já tinha larga experiência nesse processo. Os últimos cinco anos de sua vida foram regidos dessa maneira. Sentia que, se quisesse algo diferente, não poderia mais continuar fazendo as mesmas coisas que sempre fizera. Desafios novos, essa era a chave... desafios internos.

Gostava de alterar sua rotina e criar um encontro com aquilo que achava mais sagrado em sua vida: a liberdade de poder ser quem realmente era durante alguns dias.

A estrada era dura e árida, terra batida, pedras encravadas e pedriscos soltos. Praticamente só passavam carroças, gado e cavalos com seus condutores; pessoas simples e fortes, homens da terra que conheciam somente aquilo que viam, ouviam, tocavam ou cheiravam. A aridez do local lembrava um deserto, exceto pelas pastagens e matas nativas que circundavam a estrada. Suas folhas marrons, cobertas pela poeira espalhada pelo vento, sufocavam plantas e homens num calor insuportável.

O verão estava sendo duro com aquela terra, outrora fértil. Fazia dois meses de seca sem uma única gota de chuva. O caminho, endurecido e socado pelo tempo, com seus buracos e recortes sinuosos, testemunharam as mais prodigiosas e também corajosas histórias dos que por ali passaram nos últimos cento e setenta anos.

A noite veio rápida, os pensamentos e sentimentos levaram o andarilho a lugares e lembranças tão distantes que o retorno ao local onde estava foi lento. Quando se deu conta, já era hora de armar acampamento. Escolher um local que possibilitasse ficar contemplando o céu estrelado era sua primeira condição.

Catar lenha e preparar a fogueira foram as tarefas mais simples, estava acostumado com esse tipo de ritual. Era hora de parar de pensar e envolver-se com aquilo que de mais selvagem ainda possuía: o fogo e a sua liberdade. A mesma de alguns milhares de anos atrás, quando o homem dormia ao relento e em cavernas. Época de sobrevivência e ferocidade da caça, quando lutavam juntos para derrubar mamutes em busca de alimento para si e seus familiares. Hoje está tudo muito diferente, os mamutes sumiram e muitos dos homens lutam uns contra os outros e não mais ao lado.

Hoje, as caçadas são diferentes, não mais tão explícitas. Talvez fosse isso que mais o perturbava. Mantendo-se afastado de uma visão emocional, tinha o hábito de observar tudo o que ocorria ao seu redor, tentava entender e buscar as origens mais profundas de tantas mazelas que afligiam as pessoas, a sociedade, os processos, as empresas e os governos. Alguma solução precisava ser encontrada. Tentaria mudar o mundo? Não... era só mudar o seu.

Mesmo podendo ser duro e enérgico quando precisava, não gostava de vestir essa armadura, pois ia contra sua natureza. Percebia nos demais que vestiam máscaras semelhantes que também não se agradavam disso embora não o percebessem.

Quando temos algo a esconder, criamos uma proteção que nos fortifica aparentemente; somos homens e precisamos ser fortes. O atual sistema, ainda antigo, lhe ensinou que "homens não choram" – lembrava-se das lições da escola. Também trouxe à memória a frase de um poeta que nunca mais esqueceu: "O maior fracasso de uma pessoa é tornar-se adulta!" Em frente à fogueira, voltava a ser criança.

O céu estava estrelado como nunca havia visto em sua vida! Podia ver e sentir o chiado das estrelas cadentes que queimavam no céu. Os grilos testemunhavam o espetáculo, assim como macacos que por ali estiveram momentos antes de um forte ruído de galho quebrado. Qualquer pessoa pouco acostumada a ambientes hostis teria se assustado, pois a presença de animais selvagens, naquelas paragens, era constante. Perguntava-se se os verdadeiros animais estavam ali ou no local de onde viera.

Grandes pessoas faziam-no muito apegado ao seu local de origem, pessoas que jamais abandonaria e que amava profundamente. Mas, agora, energizar-se na natureza com os quatro elementos era seu oásis mais perfeito; terra para guiá-lo, água para matar a sede, fogo para aquecer o alimento e iluminar a noite e ar para a vida era tudo que precisaria naquele momento e pelos próximos dias. Não sabia quantos, também não lhe interessava. "Tempo não existe." Se somos eternos, simplesmente existimos... Fluímos!

Deixara seu relógio e celular em casa, permitiria que seu próprio organismo o guiasse; comeria quando tivesse fome, dormiria quando estivesse cansado, pararia na margem da estrada quando quisesse. Montaria acampamento na mata, na beira de penhascos e seguiria por caminhos tortuosos, assim como sempre fizera em sua vida. Sabia que essas estradas escondiam tesouros que os outros não sabiam compreender.

O ruído de galho quebrado repetiu-se, agora um pouco diferente, mais abafado. Não parecia ser de algo partido pelo próprio peso ao cair de uma árvore ou derrubado pelo vento. Parecia que alguém ou algum animal havia pisado em um pequeno toco que estava no chão, apodrecido pelo tempo.

Sentia-se observado, não sabia por quem ou pelo que; talvez um ladrão perdido, um mendigo querendo comer ou outro andarilho como ele próprio.

Era difícil tirar conclusões com emoções confusas que mesclavam medo e curiosidade em meio a uma série de possibilidades. Seus medos interiores aprendidos ainda na infância faziam-no pensar em algo que merecia temor. Foi assim que o ensinaram a respeitar uma série de regras sociais de onde viera; não tanto pelo esclarecimento e diálogo, mas principalmente pelo medo. Era mais fácil, naquela época, ensinar dessa maneira.

Hoje, adulto, compreende que a falta de informações da época fora a grande vilã dos inúmeros percalços pelos quais teve de passar em busca do amadurecimento. Buscar o seu próprio Santo Graal, ou seguir o Caminho do Herói; "Decifra-me ou te devoro", dizia a escritura. "Conhece a ti mesmo." Somente se te conheceres, conhecerás os processos da vida.

Sua curiosidade de infância ainda preservada fazia-o sublimar o medo mantendo o devido cuidado com maiores surpresas. Olhar aguçado e ouvidos atentos... ficava espreitando a mata escura, que já não estava mais tão quente quanto naquela tarde insuportável.

O tempo foi passando e o barulho que tanto o atordoou não mais se repetiu. Ficou pensando sobre o que pudera ser. Lembrou-se de uma lição que um velho sábio lhe dissera um dia: "Quando estiver com algum problema, não pense nele; sonhe com ele".

Assim nasceram as grandes invenções do século passado e assim continuaram nascendo as deste. Depois de anos de pesquisa e labuta em cima de uma ideia, é em meio a uma parada que surge o estalo, o *eureka* que dissipa a energia vital à continuação do trabalho empreendido e em nova fase, a da concretização. Fase tão esperada após seu tempo de amadurecimento, e que é como nós – pensava o viajante. Ficamos hibernando durante nove meses para então reiniciarmos uma vida.

– Reiniciar! – falou para si mesmo.

É disso que a vida é feita, de inícios. São eles que nos alimentam a alma. Podemos reiniciar muitas coisas num mesmo lugar. Ou a vida é um eterno desafio ou ela não é nada.

Às vezes, é bom entrar em devaneios, é com eles que paramos para respirar. Surgem ideias, criam-se vontades e sonhos e então a realização. Definitivamente, era bom ficar um pouco sozinho.

Um forte barulho ecoou em todo o vale, um estrondo assustador que alertou toda a fauna local; rugidos, guinchos e revoadas de morcegos e corujas incorreram em meio à escuridão. Deslizamento? Atônito e já sem a luz da fogueira, acordou meio tonto sem saber o que estava acontecendo.

Levantou-se num movimento rápido, olhou para todos os lados e tudo o que via eram as silhuetas das árvores e o recorte do penhasco adiante. Desta vez, fora tomado por uma sensação de total impotência diante do que estava por acontecer.

Parecia impossível nada ocorrer após um susto tão avassalador, mas nada ocorria ao seu redor, a não ser um silêncio mortal e o vento. Nada lá longe, mas em seu interior um frio no estômago e um arrepio em sua espinha ainda o faziam vibrar. Suas mãos suadas e frias fecharam-se de tal forma que poderiam quebrar uma noz. Os dentes cerraram-se e suas pernas ficaram prontas para correr ou chutar qualquer coisa que se aproximasse em meio à escuridão.

O pior era o silêncio. Sua mente foi longe! Passou em frações de segundo uma série de momentos vividos em épocas anteriores. Momentos que nunca esquecera por seu tormento. A impotência ressurgia das cinzas que nunca foram enterradas.

Em meio a um turbilhão de sentimentos, grossos pingos começaram a cair, rompendo numa forte chuva trazida pelo vento norte que o acompanhara em sua caminhada durante toda a tarde.

O trovão anunciara as gotas que, agora, escorriam pelo seu rosto. Sem pensar duas vezes, despiu-se e ficou como veio ao mundo e rindo de seus medos infundados, mas ainda presentes. A chuva parecia um presente de Deus e na verdade o era.

Após quatro dias e três noites de viagem, seu estoque de água estava por acabar e o rio que o abastecia e o acompanhava em sua dura jornada encontrava-se agora na profundeza de um *canyon*. Racionava seu alimento com disciplina espartana e a água era consumida de hora em hora em pequenos goles.

Lembrou-se das lições dos "tuaregues", a tribo que conhecera em sua viagem ao deserto. Usando turbantes feitos com longos mantos azuis, daí a origem de seu nome, conseguiam reter líquidos no organismo que não evaporavam devido à proteção dos tecidos que protegiam seus corpos do calor do sol e da areia.

Com esse pequeno detalhe de planejamento e aproveitamento de recursos escassos, bebiam apenas três copos por dia, enquanto o desavisado aventureiro consumia quase um galão de água para desespero dos tuaregues, que cobraram um pouco mais pela viagem. Uma boa lição de estratégia e empreendedorismo: estude e pesquise bastante antes de aventurar-se em algo novo.

Não bastava visitar as pirâmides, precisa conviver com os habitantes locais, comer sua comida, dormir em suas tendas, conhecer sua história e o deserto. Sentir na pele a vida de seus anfitriões era importante, não só como experiência e valorização do que tinha, mas principalmente para conhecer um pouco mais de suas origens mais selvagens e que ainda permaneciam em seu coração: o atavismo do ser humano. Possuía uma fascinação indescritível por tudo o que era novo e desconhecido. Não bastava ver, precisava sentir.

O dia amanhecera e um novo colorido dava mais vida à paisagem, antes suja pela poeira. Agora, conseguia respirar um pouco melhor devido ao verde que renascia em meio à mata maltratada pela seca. Não era muito, mas o suficiente para o ânimo voltar, agora com menos calor. Vestiu as roupas ainda molhadas. Elas secariam no corpo. Preparou seu café com água da chuva da noite, que passara em claro. Não quis mais dormir para poder ver os raios e ouvir os trovões que faziam tudo ao seu redor estremecer. A vida voltava ao vale.

Gaia é feita por dois terços de água. Seu corpo também. Jamais deixaria de sentir a força da natureza; enquanto muitos se escondiam desse fenômeno, o andarilho preferia estar por perto. Depois de uma noite insólita, tentava explicar para si mesmo por que ela fora tão importante. Deu-se conta de que, além da água que caíra em seu corpo e enchera seu cantil, foram as lembranças de sua viagem ao deserto.

A maior lição que aprendeu fora a de que não importa onde ou com quem estamos, mas sim o que fazemos com os acontecimentos que nos marcam. O que eles representam e o que trazemos para nossas vidas. Acima de qualquer coisa que nos aconteça e das pessoas que cruzam nosso caminho estão as relações que ocorrem entre elas. Assim, preferia mencioná-las como acontecimentos ou sincronicidades, já que coincidências para ele não existiam.

O dia começava e os preparativos para continuar sua caminhada já estavam finalizados. A estrada, antes seca e empoeirada, agora tinha em sua superfície uma boa camada de barro. O cheiro de terra molhada lembrou o antigo ritual indígena da dança da chuva: eles somente visualizavam a terra molhada, o resto era com a mãe natureza. A chuva fora suficiente para molhar as raízes das árvores e a temperatura estava mais amena. O rio continuava a correr em seu leito profundo, um pouco acima de seu nível normal. Assim, teria como companhia o ruído de suas corredeiras e cachoeiras pelo resto do dia. Às vezes, ficar sozinho não era tão bom.

Mochila nas costas e cantil na cintura, estava feliz por estar na estrada novamente. A cada bifurcação escolhia aleatoriamente o caminho a seguir, confiando que sua intuição o levasse a novas experiências. Ora optava pela direita, ora pela esquerda, mas sempre com a certeza de que a escolha era sábia. Mesmo assim, não deixava de pensar no que poderia ter ocorrido se tivesse seguido por outro caminho.

"E se eu tivesse dobrado à direita e não à esquerda? E se eu tivesse escolhido outro caminho? O que estaria acontecendo agora? O que eu estou perdendo com minha decisão?"

O "E se..." está quase sempre presente em nossa vida até que ela própria nos propicia a compreensão dessas duas pequenas palavras. Depois de certo tempo, passamos a entender um pouco de como a vida é regida. Muitas vezes esse caminho é solitário. Só mesmo quem está dentro do processo pode compreender o quão duro é a jornada quando se está decidido a encontrar seu próprio destino. Quando finalmente o encontramos, o "E se..." deixa de existir.

A diferença entre trabalho, carreira e vocação é latente. Quando descobrimos a terceira, deixamos de "correr atrás da máquina", então a máquina começa a nos puxar; exatamente como funciona uma locomotiva que puxa o trem, e não o empurra. Só aí se descobre que o preço pago pelas dificuldades enfrentadas não foi tão caro quanto imaginávamos. Chega um dia em que conseguimos converter nossa imaginação em ferramenta de riqueza e prosperidade.

"Houve um momento em minha vida em que havia perdido tudo: emprego, dinheiro, liberdade para ir e vir. Deprimido, sentado no sofá em casa e olhando para a parede, dei-me conta de que a única coisa que tinha sobrado era eu mesmo e as pessoas de meu convívio. A parede branca tornara-se uma tela onde projetei um novo filme. Foi quando percebi que eu tinha pernas para me levar onde precisasse, mãos para segurar livros e estudar, uma mente para pensar e braços para abraçar minha família."

Bem, de que mais ele poderia precisar? Tinha tudo e não percebia! Lembrou-se de sua pior fase na vida. Nem sempre enxergamos aquilo que devemos. Nossos olhos só são completos quando o coração se torna um aliado.

Meus Quatro Grandes Questionamentos

Quem sou eu?

Quanto tempo eu levo para me dar conta?

Quem sou eu para pensar que posso mudar?

Quem sou eu para pensar que posso mudar o meu mundo?

A BUSCA

"A vida é longa se você souber como usá-la."
Sêneca

A fome veio, era mais de meio-dia. Imaginou, pois estava sem relógio, tentava seguir seu instinto. A posição do sol poderia ter denunciado se não fossem as nuvens que o acompanharam durante toda a manhã. Mas não importava a hora, precisava se alimentar.

Preparar a refeição, para ele, era como um ritual que precisava ser cumprido com prazer e alegria, pois sua energia estaria ali também. Muita gente almoça correndo e nem se dá conta daquilo que come, e isso reflete em sua personalidade. Simplesmente trituram e ingerem uma porção de qualquer coisa sem ater-se ao que está à sua frente.

O mal é o que entra pela boca e não o que sai dela. "Diga-me com quem andas e direi quem és!"... Diga-me o que comes e direi como és.

Escolher cuidadosamente a palha e os gravetos, catar lenha seca, alimentar o fogo, colocar água para ferver na pequena panela e cozinhar o arroz com legumes liofilizados. Tudo feito com o canivete que lhe fora dado pelo pai quando adolescente. Homem de bons hábitos do qual havia herdado suas principais virtudes em valores, senso de justiça e honestidade. Já aposentado, nunca deixou de exercer seu *hobby* que o mantém vivo e feliz em sua maior expressão: o de sempre descobrir novas coisas para fazer e novas experiências por viver. Qualquer homem morre se não inserir um sentido em sua vida.

Escolheu e preparou um bom lugar para comer, sentado num grosso tronco de árvore tombada pelo vento de outrora. Parte de suas raízes ainda estava encravada na terra que a alimentava com seiva e nutrientes.

Agora, comer era o ato que lhe propiciaria a liberdade de poder continuar sua viagem. Cada garfada trazia antigas e boas lembranças dos almoços em família, do frango ao molho com macarrão que sua mãe preparava e dos churrascos de seu pai. Os sábados ou domingos com a família à mesa eram muito divertidos.

As mães sabem muito bem o quanto representa estar reunido com as pessoas que se ama à mesa. Que o digam elas próprias, que usufruem de seus pratos fabulosos como parte do ritual que assegura a unidade da família por muitas gerações que as sucederem; afinal, "não há nada como a comida da mãe". Quando a gente faz faculdade longe de casa, a gente se lembra disso! A simplicidade de algumas mulheres deveria guiar mais os homens.

Nossas mulheres são, em grande parte, as responsáveis que influenciam em muito do que fazemos e produzimos. Uma vez que geram a vida em seu ventre, nascem já sabendo amar, enquanto os homens precisam aprender.

O ser humano, em seu atavismo, reúne-se para duas coisas: para comer e para sobrevivência, seja ela biológica ou emocional. Você pode morar na maior mansão do mundo, mas é na cozinha que todos se reúnem e mais se divertem. Viva uma vida simples e interessante. É a melhor coisa que tem!

O andarilho começava a sentir-se um pouco entediado em sua viagem. Sabia que algo estava por acontecer, mas não sabia o quê. Sentia que algo se aproximava, pois não era possível continuar estagnado em sua jornada. Ainda não havia cruzado com ninguém na estrada.

As pessoas sempre cruzam nosso caminho e cada uma tem algo importante a nos dizer e ensinar para aquele momento ou para o futuro. Nossa intuição fala muito por meio de outras pessoas. O ser humano não suporta ficar muito tempo como está. Seu instinto busca novidades, busca melhorias. "Nunca nos banhamos duas vezes no mesmo rio", disse um filósofo séculos antes de Cristo.

Impressionante como se sentia diferente com relação ao mês anterior. O amadurecimento por que passava de um período para outro chegava a assustá-lo, tamanha a velocidade. Sem perceber, não mais aceitava pensamentos e atitudes que antes o estagnavam em seu crescimento como ser humano.

A busca de autoconhecimento e de um sentido para sua vida era agora o mote de sua jornada pessoal. Mais importante que chegar era a viagem!

Quando gostamos de ficar sozinhos, deixamos de sentir solidão. Gostar de si mesmo é o primeiro passo para que a vida comece a mudar. O mais difícil é saber que, em primeiro lugar, a mudança deve ser interna para que, só então, as questões externas possam se encaixar dentro de uma sequência lógica de acontecimentos. É como ficar me olhando no espelho e esperar que meu reflexo reaja. Sou eu quem devo sorrir primeiro.

Muitos acham que primeiro precisam encontrar um grande amor para, então, se considerarem felizes e completos. Na verdade, deveriam antes gostar de si mesmos e do que fazem para então atrair o amor como um merecimento e não como uma bengala. Torna-se muito arriscado deixar na mão de terceiros toda a razão de sua felicidade. Antes de tudo a pessoa mais importante no mundo é justamente quem está lendo isto. Você!

Alguns colocam a realização dos filhos à frente de suas próprias vidas, influenciando e deixando de lhes oferecer as inúmeras opções de vida que eles poderiam seguir. Escolhem e definem carreiras que nem ao menos tenham relação com sua vocação criando uma geração de frustrados que não puderam explorar seus verdadeiros potenciais e, o pior de tudo, sequer tiveram a oportunidade para tentar saber quem são e o que desejam. Criamos nossos filhos para o mundo, e não para que realizem nossos desejos mais inconscientes. A sociedade educava nossas crianças para que dessem continuidade aos ideais sociais e familiares inseridos por seus pais e, antes ainda, por seus avós algumas décadas atrás.

Hoje as mudanças são tão grandes que não devemos repassar às crianças muito daquilo que aprendemos, principalmente a educação norteada pelo medo. Muitos adultos de hoje aprenderam na escola a ter medo de se expressarem. Alguns têm dificuldade de dizer o que sentem para seus colegas e amigos, outros não conseguem dizer nem o quanto amam sua esposa e filhos. Mais do que conhecimento, devemos formar cidadãos e engana-se quem atribui essa responsabilidade à escola e aos professores. A escola ensina, mas são os pais que educam.

Nossos filhos escolheram onde e com quem nascer, assim como escolhemos o momento e com quem concebê-los, mesmo que inconscientemente. Ver a vida assim é muito mais interessante do que um mero acaso. Criamos nossos filhos para a felicidade e prosperidade, pois são extensões de nossas próprias vidas. Nascem, crescem e aprendem a voar.

Pensava muito em crianças e no quanto elas nos ensinam e no que herdarão de nós. Sentiu um frio no estômago. Lembrava-se de sua filha e das inúmeras lições de vida que aprendera com ela. Tornou-se mais calmo, voltou a brincar e a fazer coisas que não fazia desde a adolescência. Às vezes a convidava para certas atividades só para disfarçar sua vontade de brincar, além da ótima companhia que ela se tornou. Uma bela parceria em que sabiam falar a mesma linguagem. Ela aprendeu com ele a escalar penhascos, enfrentar rios caudalosos e descer cachoeiras com cordas. Ele aprendeu com ela a contar histórias, pintar quadros e fazer velas.

Lembrou-se do poeta novamente: "O maior fracasso de um homem é tornar-se adulto."

O QUE HÁ DO OUTRO LADO

Caminhando e ouvindo o barulho da água que sempre corria perto e ao mesmo tempo distante, perdeu-se em pensamentos. Sem se dar conta, a estrada terminara abruptamente numa das curvas do rio em meio à mata que se fechara já havia alguns metros... ficou em dúvida. Se quisesse continuar, teria que cruzar uma ponte.

Estreita e frágil, balançava bem à sua frente. Era feita de madeira e grossas cordas de sisal fixadas numa base construída com toras. Troncos encravados em frestas da rocha beirando o pequeno precipício causavam arrepios em Alex. Definitivamente ela não transmitia muita segurança. Sim... era pênsil... pois pendulava. Bastante!

Parou um pouco para beber seus dois últimos goles de água, descansar e pensar se a travessia seria segura. Observou cada detalhe da construção de mais de cem metros de extensão e uns trinta de altura. Uma rajada de vento não seria nada agradável. Olhando melhor, tudo parecia seguro e havia sinais de uso frequente, o que o deixou mais tranquilo.

Os sarrafos estavam um pouco gastos em seu centro e sem a presença de limo. Alguns eram novos como se tivessem sido trocados recentemente e as grossas cordas não estavam desfiadas. Havia manutenção e a impressão que tinha era de que alguém sabia o que fazia. Só não compreendera por que as toras de apoio eram tão altas, tendo em vista que as cordas principais estavam amarradas um pouco acima da altura de seu ombro.

Estava assustado e atento. Encontrara muitas dessas pontes em sua vida e a cada ponte metafórica cruzada sentia-se mais forte e confiante. Quanto mais acostumava seu coração e mente, mais fáceis eram as próximas travessias. Mas esta era bem diferente.

Toda vez que enfrentamos situações semelhantes, nosso cérebro ativa a produção de um composto químico que cria um suave bloqueio ao sentimento do medo, desligando algumas conexões entre células nervosas especializadas em registrar emoções.

A química do cérebro controla um mecanismo evolutivo básico: a adaptação a situações que causam medo ou dor e a capacidade de saber que a situação perigosa já passou, ou não.

Sentir medo é importante; caso contrário, nos tornaríamos perigosamente destemidos. Mas, assim como ele pode nos bloquear, também salva nossa vida. A questão é quando o medo se torna crônico e traumático. O fato é que, quanto mais enfrentarmos situações adversas, mais nosso cérebro reage em produzir essas substâncias tornando-nos mais aptos a situações que nos fazem sentir apreensivos. Aprendemos a dominar esse sentimento convertendo-o em ferramenta de precaução e coragem.

Lembrando-se das várias "pontes" que atravessara na vida, voltou a concentrar-se como quem acorda em meio a um sonho. Aliás, estava sonhando muito nestes últimos dias, desde que uma grande bruma se formara ao seu redor – algo em sua vaga lembrança.

Agora na sua frente havia uma ponte bem real, muito alta e aparentemente frágil. Precisava tomar uma decisão: ou seguia em frente, ou teria que retornar e pegar outro caminho. Mas a borda do outro lado atiçava sua curiosidade. Queria saber o que havia lá.

Vencer uma ponte de pau e corda era muito mais fácil que uma de desemprego, doença, drogas ou ter confiado nas pessoas erradas. Existiam "pontes" muito mais duras nas quais alguns de seus amigos haviam sucumbido.

Uma ponte de pau e corda não era nada. Posicionou-se e fitou seu objetivo iniciando a travessia. Apoiando-se nas cordas laterais e com passos firmes e suaves, começou a trazer um pé após o outro, evitando balançar a estreita ponte na qual mal passavam duas pessoas lado a lado. Poder ver o paredão de pedra escarpada daquele ângulo era uma experiência, além de inusitada, de muito temor.

Mesmo acostumado a ambientes um tanto fora do comum, seu medo de altura sempre o acompanhava por vários lugares inóspitos nos quais esteve. Nesses momentos, procurava lembrar-se de uma velha história indígena que aprendera em uma de suas aventuras.

Num país distante, durante seu desenvolvimento febril, algumas empresas construtoras de arranha-céus contratavam índios com frequência para suas equipes de construção civil. Não por falta de mão de obra qualificada, mas por uma característica que somente os navajos possuíam: não se sabia o porquê, mas os homens dessa tribo simplesmente não tinham medo de altura.

Não tinham ou ignoravam, algo já herdado de seus antepassados. O fato é que podiam caminhar com tranquilidade por estreitas vigas de aço sem equipamentos de proteção e com uma desenvoltura excepcional para manuseio de ferramentas a uma altura inebriante.

O homem branco, por assim dizer, mesmo sem saber como era possível, queria e precisava aprender a dominar tal agilidade. Então um índio e um trabalhador eram amarrados um ao outro por uma corda.

Assim, o operário caminhava pela viga na frente e com o índio a alguns metros atrás, sempre atento às reações do colega. Caso o homem à frente perdesse o equilíbrio e caísse, na mesma hora o índio se jogava para o lado oposto formando um pêndulo com seus corpos e salvando suas vidas. Homem branco e pele-vermelha em uníssono.

Um aspecto importante nessa técnica é que o aprendiz não deveria olhar logo à frente de seus pés, pois isso causaria vertigem. O segredo era fixar os olhos no ponto ao qual desejava chegar, pois propiciava maior concentração e foco na meta a ser atingida, com melhor domínio de seus medos. Com exercício e prática, aos poucos os dois iam se desvencilhando do cordão umbilical.

Não temos medo de altura, mas sim de cair.

Quando amparados e apoiados, temos força para chegar aonde nem mesmo imaginamos em nossa vã filosofia. É muito semelhante a como deveríamos lidar em nossas vidas. Como agimos com nossas metas?

A lembrança lhe trazia um pouco de tranquilidade. Mesmo assim não resistia em olhar para o rio que corria lá embaixo com sua água límpida envolta em uma leve névoa. Fixou-se nas cordas e parou um pouco para contemplar um espetáculo que poucos tinham a oportunidade de ver.

Estava exatamente no meio do trajeto, onde a sensação de balanço poderia ser facilmente intensificada por uma rajada de vento... e foi exatamente o que aconteceu. Num movimento tão rápido quanto o de um felino, cravou suas unhas na corda de sisal. Podia sentir a grossa malha envolver seus dedos enquanto tentava restabelecer o equilíbrio.

Seus batimentos cardíacos explodiram e um frio no estômago tomou conta de sua última refeição. Curioso como essa parte de nosso corpo é sempre a primeira a sofrer com esse tipo de surpresa. Foram dez segundos de balanço que mais pareceram uma eternidade. Lentamente, o vai e vem foi diminuindo. Mesmo assim, permanecia imóvel como uma estátua, com os olhos arregalados e respiração ofegante que insistiam em acompanhá-lo naqueles infindáveis momentos de crueldade contra si mesmo.

Aos poucos, foi desvencilhando suas unhas da corda e voltando a si, tamanho fora o susto. Fixou o olhar na borda do paredão à sua frente para tentar continuar e sair daquela posição patética na qual se encontrava. Foi quando surpreso avistou um garoto do outro lado da ponte que assistia à cena com forte gargalhada. Ela ecoava pelo vale.

– O senhor quer papel higiênico? – gritou rindo. – Ou uma ajudinha?

O menino parecia habituado a cruzar aquele martírio quase que diariamente.

– Como você poderia me ajudar? Mal passa um por aqui!

– Espere, que eu vou até aí rapidinho e carrego sua mochila!

O "rapidinho" do garoto fez a ponte balançar ainda mais. Levemente desesperado, o até então intrépido aventureiro, agora com olhos arregalados, gritou:

– Você está louco!... Pare aí mesmo! Piorou ainda mais minha situação!

– Mas eu só dei alguns passos! – disse o menino com desdém.

– É, mas balançou! Espere, que eu chego aí... Devagarinho, mas chego! – disse com voz tremida e baixinha.

Lembrando-se da técnica dos índios, aos poucos foi se aproximando de seu objetivo: dar uns "cascudos" naquele moleque.

– O senhor está bem? – dirigiu-se o garoto ao visitante com o rosto sujo e unhas encardidas de terra; de pés descalços, vestia apenas camiseta e um calção surrado.

– O que você está fazendo neste fim de mundo, garoto? – perguntou ainda ofegante. – Por acaso você está perdido?

– Eu?... Perdido?... Acho que não sou bem eu quem não sabe onde está! – respondeu, sorrindo hospitaleiramente.

– Engraçadinho! – exclamou o intrépido, tentando sorrir.

– O senhor não quer mesmo um rolo de papel higiênico? – provocou o garoto quase não se aguentando pelo que tinha presenciado.

Os dois explodiram em gargalhada.

O sobrevivente da travessia finalmente soltou o que estava preso no último nó da garganta. Começou a rir de si mesmo em sua peripécia e de suas unhas encravadas na corda. Era um verdadeiro ataque de riso. Algo de que há muito tempo precisava: rir de si mesmo. Seu maxilar começou a doer.

Simpatizou com o garoto só por ter-lhe propiciado este momento de simplesmente rir. Riram muito até voltarem a si. Olharam-se e começaram a rir novamente.

– Chega! Chega! Eu não aguento mais! – ele tentava respirar.

Veio um suspiro de seu interlocutor.

– Ai! Ai! – grunhiu o garoto – Eu nunca vi nada igual. Obrigado por me fazer rir um pouco!

– Um pouco?! De onde eu venho é difícil rir tanto assim.

– Puxa! Mas de onde o senhor vem? – perguntou curioso.

Sem saber responder de forma que o moleque entendesse, disse:

– Da cidade grande, meu amigo... da cidade! E você, de onde vem?

– Eu não venho... Eu estou! – respondeu o menino com sabedoria além de sua idade.

– Interessante sua resposta!

– Por que interessante?

– Porque muita gente não sabe onde está! Muitos pensam que estão onde estão só por estarem... sem saber os motivos por estarem onde estão! – provocou novamente, achando que o garoto não entenderia sua questão.

– Talvez porque não gostem do lugar... ou ainda não se encontraram!

Nosso curioso aventureiro estendeu a mão e se apresentou:

– Muito prazer! Chamo-me Alex!

– Marcellus, seu escravo! Mas não abusa – disse, brincando.

Alex ficara impressionado com a desenvoltura do garoto, que não parecia ter mais de quinze anos.

– Você mora pelas redondezas?

– Sim, num povoado a poucos quilômetros daqui. Villa Nova... lugar pequeno e sem muita coisa para fazer. E lá como é?

– Lugar grande e com coisa demais para ter que fazer! – respondeu pensativamente.

– Nossa! Deve ser incrível! Meu sonho é morar lá um dia!

– Sim, pode parecer bom viver no agito... assim como é bom sair de vez em quando. É o que estou fazendo!

Ficou curioso com seu nome! Não era comum, principalmente num lugar encravado no meio do nada, mas não quis perguntar. Gostou do pequeno homem que conhecera em situação tão caótica e um pouco embaraçosa.

Aceitou o convite para conhecer o vilarejo onde morava. Estava sem destino mesmo. Além disso, o recente acontecimento o deixara com a boca seca. Seu cantil estava vazio e precisava repor o líquido perdido em meio ao calor úmido que voltava a assolar a região no meio da tarde.

Seguiram alguns quilômetros conversando e tentando se conhecer um pouco mais. Alex sabia que grandes ensinamentos vinham das pessoas mais simples. Marcellus, por sua vez, pressentia que alguém de fora trazia muitas novidades.

– Diga-me uma coisa, Marcellus. Seu nome é muito bonito e também incomum. Você sabe por que seus pais lhe deram esse nome?

– Mais ou menos. Meu pai me disse um dia que tirou meu nome de um livro. Parece que era um grande pensador ou filósofo, algo assim!

– E o seu, de onde vem? – revidou a pergunta.

– Não sei. Acho que da lista telefônica! – respondeu curioso, rindo meio sem jeito.

– Talvez tenha sido da Mitologia ou da História – disse Marcellus, tentando levantar o astral de Alex.

– Mitologia?! Não vai me dizer que você conhece Mitologia? Aqui, neste fim de mundo?

– Conheço um pouco! O pai tem alguns livros estranhos. Ele me contava algumas histórias legais quando eu era criança que me faziam dormir. Eram histórias sem pé nem cabeça, mas eu gostava! E hoje as entendo melhor.

– E ele continua lendo para você?

– Não! Agora eu leio com ele. A propósito, não gosto quando chama o vilarejo onde moro de "fim do mundo". Talvez o "fim do mundo" seja onde você mora! – retrucou Marcellus.

– Desculpe-me! Não quis ofender – respondeu Alex, percebendo que o garoto tinha personalidade e dizia o que pensava.

Talvez as respostas que procurava estivessem começando a dar sinal de vida. Algo mudou depois de cruzar aquela ponte...

COISAS COMEÇAM A ACONTECER

A inspiração começava a ser provocada.

Parecia que os próximos dias seriam muito interessantes com aquele intrigante menino. Finalmente algo de curioso estava vindo depois de dias somente consigo mesmo. Alex sentia que estava na hora de voltar a conviver com gente. Chega um momento em que ficar sozinho não é tão bom.

Caminharam pouco menos de duas horas quando chegaram à casa de Marcellus, que ficava mata adentro. Seguiram por uma trilha fechada, onde a única coisa que denunciava a presença de pessoas era um facão encravado num cepo, possivelmente indício de que a trilha era mantida sem galhos que pudessem raspar no corpo de quem ali morava.

Chegando finalmente à casa, Alex ficou impressionado com a construção. Esperava um casebre feito de taipa e tábuas mal pregadas. No entanto, deparou-se com uma obra que aproveitara troncos deitados e empilhados uns sobre os outros que se encaixavam com maestria sem agredir a clareira na qual estava inserida.

A casa, além de simpática e aconchegante, tinha o tamanho certo para uma cabana de montanha. A chaminé que saía do teto parecia exercer um fascínio no andarilho.

– Meu pai que construiu! – disse Marcellus, percebendo o olhar maravilhado de Alex. – Ele não usou um prego sequer! São todas montadas e encaixadas como um quebra-cabeça. Ele cortou as árvores que antes cresciam aqui e transformou-as em casa! Escolheu as que já estavam terminando seu ciclo de vida. Para cada árvore, o pai fazia uma oração pedindo licença para cortá-la, pois precisava dela para a casa... e assim elas ganhavam mais um sentido às suas vidas.

Alex não entendeu muito bem na hora, mas logo compreendeu. Tudo fazia parte do Grande Espírito. A varanda dava de frente para o vale que, em sua área mais profunda, podia avistar a continuação do mesmo rio que até então o acompanhara.

– Espere aqui, que vou buscar um pouco de água para você! – ofereceu prestativamente ao visitante.

O menino trouxe uma caneca cujas bordas lascadas pelo tempo de uso não apresentavam um aspecto de higiene ao qual Alex estava acostumado. Meio enjoado, posicionou a encardida caneca junto aos lábios pelo lado da alça na qual segurava, imaginando que ali ninguém ainda a tivesse usado.

Tentando disfarçar, bebeu a água, que mais parecia um néctar dos deuses, tamanha era sua sede. Percebendo a reação do novato, Marcellus comentou brincando:

– Que engraçado! O senhor tem a mesma mania que minha avó desdentada! Ela também sempre bebe pela alça!

Instantaneamente, Alex arregalou novamente os olhos e quase cuspiu a água longe enquanto o anfitrião ria às custas do sedento e novo amigo. Fizera uma pequena brincadeira como recepção ao novo e provisório lar.

Marcellus convidou Alex para passar alguns dias com sua família, mas antes precisava consultar seu pai. Talvez não fosse fácil convencê-lo da presença de um estranho. Crianças, mesmo que crescidas, podem se enganar quanto à idoneidade de um adulto. Somente outros adultos poderiam confirmar sua opinião. Nem sempre a primeira impressão é a que fica.

Novamente, Alex ficou impressionado com a percepção de Marcellus e concordou plenamente com sua sensibilidade. Crianças e adolescentes sempre deveriam consultar seus pais antes de decidirem o que é melhor para si. Contanto que estes, por sua vez, tivessem o dom de saber ouvir, falar o que sentem, negociar e chegar a um denominador comum que fizesse bem a ambas as partes. Cada vez mais Alex gostava de Marcellus e vice-versa.

O andarilho agradeceu a água e elogiou a casa onde seu amigo morava. Ela tinha alma! Encheu o cantil dizendo que continuaria sua caminhada para conhecer o vilarejo que ficava há poucos minutos dali.

Não seria difícil se encontrarem novamente. Sentia, em seu íntimo, que algo aconteceria para que fosse bem aceito pelo progenitor de um menino que parecia deslocado de seu tempo e espaço. Bastaria esperar, pois a vontade de se cruzarem novamente já existia.

Chegou a Villa Nova no final da tarde, procurando um local para hospedar-se. Passaria a noite em qualquer hotel que lhe proporcionasse um bom banho quente e cama para dormir, algo que não via havia noites. Seu esqueleto suplicava por um colchão.

Dormir no chão era muito comum há milhares de anos, mas hoje agradeceria por uma refeição completa e farta antes de dormir. "Que se danem as mais severas regras de nutrição", pensou. Hoje dormiria com o estômago forrado de carne gorda de costela e cerveja bem gelada.

Depois de se hospedar, saiu a passear pela cidade.

Caminhando por Villa Nova, Alex observava a tudo e a todos. Ficava imaginando como seria a vida de seus moradores. O que eles pensavam? Como viviam? E, acima de tudo, o que sentiam? Mais do que coisas, via pessoas!

Villa Nova era pequena e de difícil acesso, encravada em meio a colinas, morros e montanhas. Possuía uma rua principal cercada por ruelas e guetos estreitos e simpáticos. Casas históricas que ainda mantinham a arquitetura de séculos passados, bem cuidadas e dignas de tombamento, tinham como sua principal característica as portas de entrada ligadas diretamente com a rua. Algumas casas eram estranhamente modernas, um contraste muito curioso. Alex gostava de contrastes, ajudavam muito a compreender a vida.

Suas janelas mais lembravam molduras de quadros pelas quais seus moradores se punham a conversar com os vizinhos que por ali passavam. Ruas bem calçadas com pedras desgastadas pelo tempo testemunhavam apenas passos das pessoas, rodas de carroças e o trotar de cavalos, a única forma de transporte permitida naturalmente pela cidadela.

Junto à praça central estavam a prefeitura, o banco e a igreja que a todos acordava aos domingos pela manhã para a Santa Missa. Uma linda e misteriosa moldura de porta adornava a praça bem em seu meio. Este centrinho também era berço de um restaurante que servia uma saborosa comida típica do local, ponto obrigatório das famílias nas noites quentes de verão e de visitantes que se aventuravam a chegar a lugar tão longínquo. Eram sempre bem recebidos e respeitados por conseguirem encontrar a cidade.

O bar da esquina era ponto obrigatório de encontro dos mais jovens e solteiros em busca de diversão e de sua cara metade. Nada como um território neutro para que as pessoas pudessem conversar até altas horas da madrugada; se encontrarem e reencontrarem. Mas para alguns frequentadores era mais um motivo de perdição e excessos.

Villa Nova, além de uma vida tranquila, também tinha seus momentos de tristeza. Um pequeno hospital acolhia seus doentes e o cemitério da Curva do Cotovelo recebia seus mortos. O necrotério ficava do outro lado da estrada, facilitando o sepultamento dos mortos do pequeno povoado de não mais de quatro mil pessoas que ali viviam. A morte para eles era uma passagem suavizada pelas palavras de acalento do padre da comunidade. A volta para casa para alguns... a passagem para outros, ou a grande viagem.

Trabalhavam a terra e o artesanato, comiam e bebiam juntos, se encontravam e reencontravam; e levavam a vida de forma leve e colaborativa. Famílias com três ou quatro filhos eram normais e a força de trabalho se expandia, todos se conheciam e todos se ajudavam.

No geral havia poucas coisas para fazer e era tudo o que conheciam, e também tinham suas festas de salão. Villa Nova era assim e muito mais, pois, apesar de pequena e pacata, muitas coisas aconteciam em seu vago transcorrer. Muitas mesmo! Era algo subliminar, meio misterioso. As entrelinhas da vida o fascinavam. Já estava gostando muito de tudo.

Fez amigos no único restaurante da pequena cidade; conversavam, gritavam, riam... comiam e bebiam muito.

Homens que bebem demais também falam demais e, enquanto conversam sobre suas façanhas, conquistas, dinheiro, futebol e carros, sobra pouco espaço para assuntos mais sentimentais. Mulheres conversam sobre trabalho, família, filhos, preparam jantares, saem com as amigas. Também falam sobre amor e o quanto são felizes por estarem profissionalmente bem resolvidas.

Mulheres conversam sobre sexo como forma de cada vez mais se conhecerem, enquanto boa parte dos homens fala sobre sexo mais como exibicionismo. Também gostam de falar sobre sua última viagem que fizeram com seus maridos. Mulheres "tricotam" e homens "debatem" suas fofocas. Encontros como esses são rituais que nos acompanham desde os primórdios das cavernas e, ainda hoje, nos aproximam.

Pessoas medíocres falam sobre pessoas, pessoas comuns falam sobre coisas e pessoas interessantes falam sobre ideias. Bem, um pouco de fofoca também sempre acontece, mas é perigosa quando se torna parte de nossa vida. Ela está presente em nossa cultura desde que os primeiros hominídeos desceram das árvores. É um movimento natural de sobrevivência quando nos sentimos ameaçados por alguém supostamente melhor ou mais forte que possa colocar em risco nossa perpetuação. Instinto natural da espécie, faz parte da experiência humana.

Certos tipos de comportamentos e atitudes de nossos ancestrais os ajudaram ao longo da evolução. Quem comia os alimentos corretos, escolhia bem seus parceiros e estava mais bem informado sobre o que acontecia ao seu redor encontrava-se mais apto a superar as adversidades de cada época.

Aqueles que tinham maior interesse pelo que acontecia com os demais possuíam grandes vantagens sobre quem não estava tão bem informado. Que o digam os confessionários de séculos passados criados para expiar pecados e... espionar.

Existem características bem distintas entre a fofoca de mulher e a dos homens. A primeira se atém mais a qualquer tipo de assunto, não importando muito a espécie de mexerico. Aprendem desde crianças a falar de tudo e de todos. Deleitam-se, porém, em falar da infidelidade conjugal e da promiscuidade sexual, principalmente se o alvo for também do sexo feminino. Sob o ponto de vista evolucionário, as fêmeas utilizam esse tipo de informação para minar a reputação das concorrentes. Difamar uma rival ao espalhar que ela é infiel ou possui amantes, em seu inconsciente, é uma grande arma no sentido de afastá-la dos machos provedores.

Já nos homens a forma de fofoca é diferente, mas possui os mesmos objetivos de derrubar fortes competidores. Menos ligados a futricar detalhes, são mais atentos à situação financeira e à habilidade sexual de seus adversários. Ovacionam o carro, a potência da moto, aquele que "pega" mais mulher, quem mais levanta peso, o que mais bebe e outras inseguranças. A masculinidade tóxica pode gerar doenças... e gera.

Enquanto meninas adquirem ainda na infância o gosto por segredinhos, jogos de intrigas e fofoquinhas, os meninos começam a despertar sua agressividade e competitividade externadas no esporte, nas lutas de brincadeira e no poder do jato de xixi. Campeonatos de mijo e cuspe a distância, o peido mais fedorento e o arroto mais sonoro são muito comuns nesta fase de autoafirmação... a infância é linda!

Muitos de nossos comportamentos são fortemente neuroassociados desde cedo. Enquanto não nos conhecermos melhor e com poucas informações, eles podem continuar nos seguindo durante a vida adulta. Nessa fase isso pode nos prejudicar, pois não brincamos mais tanto quanto antes. Se tudo isso não estiver bem resolvido na vida adulta, aquele que mais bebe ainda impressiona... pasme. A apologia ao álcool, um "tapinha", "pega", "teco" nas drogas; tidos como "usuário", financiam o crime criando um custo social sem precedentes.

Já era tarde quando retornou ao hotel que mais parecia uma pousada. Construído em madeira e sem pintura, preservava em sua arquitetura a crueza das grossas tábuas, expondo seus nós e vincos protegidos por uma delicada camada de verniz.

A varanda era grande e possuía algumas redes e cadeiras para que as pessoas pudessem conversar assistindo ao pôr do sol. Os quartos eram simpáticos e bem limpos, mais parecia uma casa de família que a proprietária cuidava com muito zelo.

Viúva e com os filhos vivendo longe, tinha em seus hóspedes uma das grandes razões para continuar viva e sempre de bem com a vida. Pandora, sempre muito amável, adorava receber pessoas de fora; quanto mais de longe, melhor. Gostava dos sotaques diferentes e das conversas recheadas de histórias junto à luz da lareira nos dias frios. No verão iam para a varanda adornada com belas flores podadas com muito carinho, em especial os girassóis. Recebia turistas, viajantes e casais que buscavam atividades novas em locais diferentes e exóticos. As pessoas se sentiam tão bem com a anfitriã que pareciam se conhecer há anos.

Suas cabanas, um pouco afastadas da pensão e encravadas junto a árvores centenárias, eram um convite ao prazer da vida junto à natureza. Acordar cedo com o sol nascente e com um belo café da manhã à espera. Cavalgar por campos sem porteiras, desbravar trilhas, conhecer novos caminhos e atolar em banhados de propriedade de capivaras, tarrãs e colhereiros. Encontrar lindas lagoas lares de gansos, patos e flamingos migratórios era uma experiência única. Sem contar a comida maravilhosa cujos pratos principais vinham da horta do imenso quintal da casa que na verdade era um pequeno e lindo sítio colado à cidade. Félix era o buldoguinho francês. Sempre sorrindo de orelha a orelha literalmente, latia "oui oui" e não "au au", segundo sua dona e tutora.

Pandora também mantinha bem tratados os cavalos que ficavam à disposição de seus hóspedes, que eram sempre considerados mais como convidados. Conhecera, muito tempo atrás, os efeitos que esse magnífico animal produzia nas pessoas. Fora vítima de seus encantos no passado, ao cavalgar pela primeira vez com o homem com quem se casaria mais tarde.

Há algo sobre o exterior de um cavalo que faz muito bem ao interior de um homem. Trata-se de um animal de massa bruta fortíssima diante do qual a pessoa precisa ter sensibilidade. É o início de uma parceria que precisa ser construída. Entregar-se a ele e confiar em seu trote é o primeiro passo para que o cavalo respeite o cavaleiro. A interação que ocorre entre homem e cavalo, quando em movimento, num ambiente aventureiro e inusitado facilita retomar sentimentos até então adormecidos.

Aprender a dominar um animal desse porte nos ajuda a recuperar a confiança e a força que perdemos pelo desgaste diário. A noção que o cavalo possui de sua própria força e o lugar que ocupa na vida do homem permitem o contato do cavaleiro com seus limites emocionais, participando ativamente na reconstrução da autoestima. Muitas crianças portadoras de necessidades especiais estão usufruindo desses resultados.

Alex desabou na larga cama. O quarto girava quando abria os olhos. Pior era a sensação de ter um bloco de concreto no seu estômago. Fazia dias que só comia alimentos leves e energéticos e não se deu conta do quanto que comer como um javali não lhe cairia bem. O estrago estava feito. Só restava dormir e rezar para acordar melhor no dia seguinte. Dormiu pesadamente um sono sem sonhos.

Você pode programar seus sonhos para obter respostas e orientações. Sonhamos várias vezes na noite, mas seguidamente não nos lembramos deles. Para relembrá-los é preciso estar com o corpo e a mente leves. Sonhar é mais do que uma válvula de escape, trata-se de um caminho real que nos leva ao inconsciente. Sonhos não são meros acasos. Por meio deles nossos pensamentos inconscientes tentam se comunicar com nosso consciente. A expressão de nossas emoções tenta entrar em sintonia com os valores impostos pela sociedade.

É durante o sonho que o cérebro decide o que guardar e o que não, assim como o que transmitir ao consciente que dependerá de interpretação. As experiências importantes são armazenadas e o restante é descartado, sendo que algumas informações, guardadas nas profundezas do inconsciente, poderão ser úteis até muitos anos mais tarde. Talvez isso tenha ligação com o fato de termos nascido já com um destino predeterminado, ou não. A vida é uma larga estrada de mão dupla onde existem muitas possibilidades. Fazemos nossa parte bem feita e recebemos orientações de como nos guiar por ela; e quanto mais equilibrados estivermos, melhores serão os mapas. E nossa intuição será a bússola... Saber o caminho é uma coisa; trilhá-lo é outra.

Enquanto isso, Alex revirava-se na cama de um lado para outro num sono sem sonhos, provavelmente recheado por incômodos oriundos de seus excessos à mesa. Em sua imaginação quase onírica, um envelope era-lhe entregue com urgência.

Sonhos que sonhamos

Quando José de Israel forneceu ao faraó uma interpretação inteligente do sonho das sete vacas gordas e sete vacas magras, compreendeu que representava uma alusão às inundações do rio Nilo, cuja lama fecundava suas margens influenciando diretamente nas colheitas. Além de ser um bom intérprete de sonhos, José era um economista genial.

Combinou a interpretação do sonho com um prognóstico econômico anunciando uma época de conjuntura favorável e de bem-estar generalizado que duraria sete anos. Mas os sete anos seguintes seriam um período de colheitas frustradas e, em virtude disso, haveria falta de alimentos e uma inflação de preços acompanhada de desemprego. José recomendou ao faraó que durante o tempo de prosperidade aumentasse em 20% os impostos, os quais vinham sendo cobrados à razão de 10%.

Como naquela época os impostos eram cobrados *in natura*, isso exigiria a construção de uma rede de depósitos e silos para armazenar uma montanha de cereais destinada a reforçar a economia do alto e do baixo Egito.

Para a fase da mudança conjuntural e drástica redução que se seguiu aos sete anos de prosperidade, recomendou a isenção de impostos para os empresários, na maior parte, médios e pequenos, que atuavam na indústria básica de produção de cereais e artesanato, bem como a restituição à população urbana, já que boa parte perdera seus empregos em virtude da estagnação econômica.

A Bíblia não menciona, mas é de se supor que José tenha sugerido um programa de criação de empregos através de investimentos, isso por motivos psicológicos, já que o desemprego pode dar origem a complexos de inferioridade que levam a atitudes agressivas ou produzem estados de depressão, quando não os dois.

De qualquer maneira, o faraó deve ter sido um homem inteligente compreendendo a veracidade e a importância da mensagem contida no sonho e em sua interpretação. E também empreendeu a utilização de um planejamento econômico de longo prazo consistente na realização de poupanças governamentais durante o período favorável para usufruto nos tempos de crise.

Escolheu um entendido em sonhos, José de Israel, para ser seu Ministro da Economia e representante. (Inteligente: o gênio interno; intolerante, o tolo interno.)

Se navegar era preciso nos séculos passados, hoje, pode-se afirmar que sonhar é preciso. "Aprenda a sonhar!" representa um conselho clássico. Foi proferido pelo professor Kekulé, descobridor da fórmula do anel de benzeno no verão de 1890, durante o Congresso de Químicos de Berlim, em que a Sociedade Química Alemã comemorava o vigésimo quinto aniversário de descoberta da teoria do benzol.

Convém ressaltar que essa descoberta lançou as bases do progresso técnico do século XX e se não fosse o conhecimento da estrutura do benzeno a indústria química e de plásticos não existiria e não teríamos os aviões nem naves espaciais. Em seu discurso comemorativo, o professor Kekulé revelou o segredo de como obteve a informação básica. Para espanto dos ouvintes, não fez um relato seco entremeado de fórmulas sobre inúmeras experiências de laboratório que pudessem apoiar sua descoberta genial. Pelo contrário, disse que as experiências não o estavam levando a lugar algum. O que fez então?

– Virei a cadeira para o lado da lareira e comecei a cochilar. Os átomos dançavam diante dos meus olhos. Minha visão espiritual, aguçada por numerosos quadros semelhantes, distinguiu figuras maiores de vários formatos. Eram longas fileiras, muitas vezes bastante densas, onde tudo ficava em constante movimento girando e encurvando-se como uma cobra. E, de repente: é isto mesmo! Uma das cobras segurou a própria cauda na boca e pôs-se a girar zombeteiramente a minha frente. Parecia que um relâmpago me despertara; também desta vez passei o resto da noite elaborando as consequências de minha hipótese.

Suas pesquisas, até então, estavam obtendo compostos estranhos de forma linear. Bastou alterar o processo para que finalmente descobrisse o anel de benzeno, como a cobra circular: Ouroboros – o símbolo da alquimia.

– Vamos aprender a sonhar, senhores! Dessa forma talvez descubramos a verdade! – exclamou o grande cientista diante de seus ouvintes espantados. E encerrou seu discurso com as seguintes palavras: *– Um sem-número de germes de vida espiritual enche o espaço cósmico, mas muito raros são os espíritos em que eles encontram solo fértil para*

desenvolver-se. Nesses espíritos a ideia, a qual ninguém sabe de onde veio, adquire vida através da atividade criativa.

Esse discurso é real e pode ser lido nos anais da Sociedade Química Alemã.

O químico russo D.I. Mendelejew, ao qual devemos a classificação periódica dos elementos, relatou o seguinte:

– Vi em sonho uma tabela na qual os elementos ocupavam os lugares que lhes cabiam. Ao despertar, escrevi-a em um pedaço de papel. Só houve necessidade de corrigir uma única posição.

Em meio a seu sono profundo, o andarilho teve uma forte sensação de queda, como se sua alma voltasse de uma outra dimensão. Talvez houvesse se desprendido de seu corpo para aliviar-se de seu entorpecimento material.

Poderíamos prosseguir à vontade na lista das ideias felizes surgidas durante o sonho. Se voltarmos no tempo, constatamos que essa lista chega ao Egito antigo e à Babilônia e provavelmente chegaria até as raízes da cultura humana. Em meio ao sono noturno, enquanto sonhamos acordados ou olhamos distraidamente para algo como uma chama de vela, ou até mesmo durante um passeio, de repente vem a ideia criativa, a luz interior ou intuição aflora à mente do cientista e do artista genial. A história do mundo vivenciou diversas vezes esse processo.

Encontramos a intuição admitida e descrita de várias formas nas biografias de inventores, artistas e também de estadistas, generais e empreendedores de indústrias e organizações econômicas. Cada objeto, pessoa ou acontecimento revivido num sonho, bem como as relações ocorridas entre eles, possui um sentido que somente quem sonhou pode entender.

Existem almanaques e dicionários dos sonhos que enumeram objetos de A a Z com significados que seriam impossíveis de absorver, mas o único que pode interpretá-los de maneira correta é seu próprio protagonista, pois somente ele tem conhecimento do contexto em que os sonhos surgiram.

Poderia, no máximo, solicitar a ajuda de um terapeuta, que participaria apenas como uma parteira socrática que auxilia na interpretação. Aliás, todo mundo deveria fazer terapia para tentar se conhecer melhor. Louco é quem não faz ou nunca fez. Muitas vezes, algumas poucas sessões já fazem milagres.

Um dia, terapeutas serão tão importantes quanto médicos e então não precisaremos mais tanto destes, pois aprenderemos a dissipar os fatores psicossomáticos das doenças. Mas isso ainda vai levar alguns anos para começar a acontecer... bem, diria que já está acontecendo. Escritores e pintores passaram a tentar aplicar as forças inconscientes em seus trabalhos de criação, e isso vale, sobretudo, para os surrealistas. Outros criaram produtos, empresas e tornaram-se milionários. Durante o sono, o sistema límbico, responsável pelas emoções, está mais ativo que durante a vigília. Livre das amarras racionais, a intuição fica mais solta e os *insights* afloram.

Thomas Edison era um dos sócios fundadores da General Electric (GE), mas vendeu suas ações mais tarde sem imaginar no que essa empresa se tornaria, inclusive é nessa corporação que surgiu o maior executivo do século, Jack Welch, que teve em sua mãe e sua mulher grandes influenciadoras de sua educação e carreira. Se o lado feminino de um homem está encoberto, a vida providencia que ele aflore por meio de nossas parceiras. Como diz o ditado: "Atrás de um grande homem está uma grande mulher". Bem, não atrás, mas ao lado.

O próprio Thomas Edison admitiu que sabia mil maneiras de não fazer a lâmpada. Depois de tantas tentativas, foi após o incêndio que destruiu seu laboratório que ele encontrou um único filamento de metal que resistira ao calor das chamas. Era a peça que faltava para a finalização de sua invenção, o tungstênio. Mas o que mais pode nos impressionar talvez seja a possibilidade de ter sido o próprio inventor a "providenciar" o incêndio de forma totalmente inconsciente.

Sua consciência mais profunda poderia estar torcendo para que acontecesse algo assim; ou, sem querer, esquecera um bico de gás ligado ou tenha adiado as reformas necessárias nas instalações de seu laboratório, o que culminou com a destruição das instalações e ao mesmo tempo contribuiu para uma das maiores invenções de seu tempo. A verdade é que ninguém sabe como isso aconteceu, nem o próprio Thomas Edison, que jamais atearia fogo propositalmente em seus instrumentos de trabalho.

O fato é que um momento de crise foi a sua salvação, e quantos acontecimentos em nossas vidas não foram semelhantes? É bom pararmos de vez em quando para pensar um pouco mais nas coincidências e sincronicidades de acontecimentos que testemunhamos seguidamente. Quando algo significativo nos ocorre, podemos ter certeza de que não foi por acaso. É duro descobrir que somos os grandes responsáveis pelo que somos, e não apenas vítimas do sistema.

Criamos nossas próprias crises pessoais assim como suas soluções. Nenhum problema existe sem a sua solução. Aliás, as soluções estão sempre unidas ao problema, só que levamos um pouco de tempo para encontrá-las. Somos os atores principais, portanto podemos mudar o rumo de nossa vida como bem entendermos.

Interpretar sonhos está ligado diretamente com nossa intuição e esta só despertará quando começarmos a nos sensibilizar e deixarmos de ser tão cartesianos e racionais. Pensar mais parecido como as mulheres significa religar o hemisfério direito de nosso cérebro. Precisamos agir de forma diferente se quisermos obter resultados diferentes.

É impossível atingir novos patamares de vida se continuarmos a fazer sempre as mesmas coisas, é simples e lógico.

A RESSACA E A FILOSOFIA

Por falar em cérebro, nosso zonzo amigo acordou quase ao meio-dia e meia sem saber onde estava, e sem imaginar o que o tinha atropelado na noite anterior. A carne pesada que ingeriu não lhe caiu bem. Alex encontrava-se em fase de migração ao vegetarianismo e comia carne poucas vezes por semana, estava reduzindo aos poucos e sentindo-se cada vez mais disposto para tudo. Sem radicalismo, em breve estaria livre dessa proteína de segunda mão e se dedicaria somente às de primeira qualidade: proteínas vegetais, sementes, legumes e oleaginosas!

Atletas de alta *performance* estão tendo resultados e rendimentos muito melhores com essa alimentação. Estão mais rápidos, mais fortes, mais resistentes e com uma recuperação muscular muito mais eficiente. Tecnicamente não fomos projetados para comer carne; nossos dentes têm desenho para mastigação e não dilaceramento como os de animais carnívoros, que arrancam os pedaços da presa e os engolem praticamente inteiros. Seu estômago é muito mais ácido para digestão desses blocos de carne. Já o nosso sistema digestivo é muito mais longo e preparado para absorção mais lenta e efetiva; transformamos nutrientes vegetais em proteínas de forma mais refinada. O intestino de um felino é muito mais curto para que possa expelir mais rapidamente o bolo fecal de um animal morto que apodreceria se fosse tão longo como o nosso.

Comemos carne desde os primórdios da civilização, mas fomos evoluindo organicamente de geração em geração, havendo um aprimoramento de nosso organismo. Ainda existe uma grande indústria que depende da proteína animal, assim como do petróleo, mas aos poucos vamos evoluindo sem traumas e radicalismos. Precisa ser bom para todos, dentro de algumas décadas haverá grandes mudanças; assim como fumar era considerado bonito e charmoso anos atrás.

Com uma forte dor de cabeça, Alex deslocava-se em movimentos suaves para não chacoalhar os dois hemisférios do cérebro. Tudo o que conseguiu ingerir foi um caldo e dois comprimidos para a indigestão. Fazia tempo que não se sentia assim e talvez a noitada não tivesse valido a pena.

Ao andarilho parecia que o álcool fora permitido em sua existência não só como "divertimento" e "facilitador" social, mas também como provação aos mortais. Tudo depende de como se usa esse analgésico; de forma descontraída, por assim dizer, ou para fuga da realidade? O principal problema aqui tem sido o grande crescimento do consumo, fácil acesso e excesso por parte de muitos que mal sabem ser responsáveis por seus atos.

Quando alguém quer desopilar ou descontrair, está buscando transcender algo que esteja além de sua existência e compreensão. Sair um pouco fora de si e da realidade que o cerca; muitas vezes fugir ou desconectar-se. Seria coisa do tal diabo de que tanto falam por aí? Terceirizando a própria responsabilidade? Ou seria coisa de si mesmo?

A palavra "diabo", em sua origem do latim: *diaboli*, significa "aquele que coloca bloqueios"; "demônio", em seu radical *daimon*, "o espírito protetor"; e satã, do aramaico *satana*, "o incomodar". Fica mais fácil lidar com eles depois que compreendemos que sua origem está bem perto, basta olhar-se no espelho para identificar que está dentro de nós mesmos e então desmistificá-los retirando nossas travas e trevas mentais.

Seguidamente agimos de forma autodestrutiva e autossabotadora, influenciados por nossos próprios dramas de controle. O "coitadinho de mim" é muito utilizado como forma de chamar a atenção dos demais às nossas carências; em nosso inconsciente distorcido, precisamos sofrer para conseguirmos algo.

Quando bebês, chorávamos para mamar, para trocarem nossas fraldas e comer. Quando crianças, fazíamos dengo para conseguir um pirulito; na adolescência sofríamos por amor. Na juventude quase mendigamos por um emprego e na vida adulta, inúmeras vezes, nos queixamos da vida e deixamos de acreditar em nossos potenciais.

Fica tudo tão mais fácil quando se descobre isso e o quanto fomos marionetes de nosso próprio comportamento. Reaprendemos que o único objetivo de viver é expandir o que sabemos fazer de melhor e realizar nossos sonhos. É um processo de criação permanente que perpetua o significado da palavra "Deus" em sua origem aramaica e escrita pelo tetragrama YHWH: Aquele que há de vir / Aquilo que há de ser. Ou seja: a pessoa que você quer se tornar. Aquele que venho a ser. O meu próprio Deus interior. YHWH - Eu Sou o que Sou.

Já que não era possível "tomar seu santo nome em vão" naquela época, pois era uma ameaça ao poder local, tornou-se proibido mencionar o nome Yahweh em público, que com o tempo migrou para Javé e depois Jeová. As misérias eram tão grandes naquele tempo que se acreditava que alguém de fora viria para salvar o povo. O Messias estava sempre por vir, colocando em dúvida nossa própria capacidade de mudar a situação. Sim, nossa! Pois tudo isso é atávico e ainda está colado em nosso comportamento atual.

Então: "aquele que coloca bloqueios" acaba por influenciar negativamente "Aquele que há de ser"; Céu e inferno digladiando-se com Deus e o diabo numa luta interna de nós mesmos. Tornamo-nos escravos de nossos desejos ou senhores de nossas vontades?! Como liderar a nós mesmos? Veremos mais à frente, por enquanto curta a história e aprenda com ela.

Mesmo cansado, ainda conseguia filosofar, tinha amor à sabedoria. Gostava de ler e estabelecer ligações entre várias origens de um mesmo assunto para formatar suas conclusões. Muito conhecimento sobre variados assuntos; era assim que gostava das coisas.

O número sete sempre lhe chamava a atenção por representar a união da Trindade Pai, Filho e Espírito Santo com os quatro elementos: terra, fogo, água e ar, estabelecendo o equilíbrio almejado entre homem e Deus. Céu e Terra unificados. O trino e a quadra em uma dualidade. O Rei-ki, a energia cósmica e vital do próprio ser humano em uníssono; guerra e paz, Yin e Yang, positivo e negativo, amor e medo. Sim, pois o ódio existe em detrimento do medo.

É a eterna luta do bem contra o mal, que finalmente deixa de ser um combate quando simplesmente convertemos nossos medos em ferramentas de precaução e crescimento, compreendendo e eliminando o mistério de uma energia tão avassaladora como são nossos sentimentos negativos. Rápidos, mas efêmeros em seu efeito, seu impacto é tão forte que pode nos adoecer, enquanto os bons sentimentos são mais lentos para vir, ficar, se estabilizar e se estabelecer. São perenes e duradouros. São como exercícios!

– Quando estou triste, lembro que 97% dos nossos pensamentos negativos não acontecem. Então me sinto feliz! – seguidamente falava para si mesmo. – Tudo é bom!

A vida é feita de altos e baixos, como uma onda de rádio. Se ficamos muito tempo em sua curva inferior, morremos (alguns se matam); se ficamos muito tempo em sua linha superior, podemos até enlouquecer. Algumas coisas podem subir à cabeça e nos sentimos incapazes de lidar com o sucesso absoluto decorrente de nosso próprio poder. Somos seres humanos, portanto ainda falhos na compreensão da vida.

O equilíbrio entre essas duas poderosas forças somente é encontrado quando nos conhecemos. O autoconhecimento é a grande chave para uma vida feliz. Viver é uma dualidade constante.

Budha, o Iluminado, encontrou sua luz pessoal embaixo de uma figueira enquanto meditava, quando uma enorme cobra naja em riste o protegeu da chuva, formando uma aba com sua enorme cabeça alargada para os lados. A energia Kundalini e o domínio do medo trouxeram-lhe a tão almejada iluminação.

As metáforas explicam muita coisa e jamais são esquecidas pela sabedoria popular, pois não podem ser deturpadas como as escritas. Suas mensagens não são esquecidas facilmente e, além de criativas, são extremamente inteligentes. Histórias recheadas de mistério são ótimas para fazer as pessoas pensarem e tirarem suas próprias conclusões, mantendo o livre-arbítrio como grande mediador de suas preciosas lições.

Exemplificando com algo de nossa atualidade: suponhamos que existam tonéis de lixo nuclear envoltos por uma grossa camada de concreto para proteção e que tenham sido jogados nos penhascos abissais do oceano, já que não podiam ficar expostos na superfície da Terra por questões "ecológicas".

Depois de algumas décadas futuras, a salinidade da água infiltra-se pelo concreto, corrói os tonéis de metal e inicia-se o vazamento de radioatividade culminando com um processo de contaminação e extinção da fauna e flora marinhas. O plâncton morre e o planeta deixa de possuir sua principal fonte de oxigênio, pois noventa por cento do oxigênio de Gaia é fornecido por processos químicos realizados por esses micro-organismos. As florestas são responsáveis por apenas dez por cento da produção desse gás, sendo que metade dessa sua responsabilidade fica por conta da floresta amazônica, e também pelo controle de ventos e efeito estufa.

Por conta desse desastre, extingue-se a civilização e pouco mais de mil pessoas sobrevivem e reiniciam o povoamento do planeta. Passam-se alguns milhares de anos e novamente estamos com oito bilhões de habitantes, desta vez com menos pelos no corpo e com a caixa craniana mais desenvolvida.

Bem, o fato é que qualquer explicação científica para o ocorrido seria facilmente esquecida devido à chatice dos termos técnicos incompreensíveis pela grande maioria da população. Mas, se em seu lugar houvesse uma história de cunho popular que mencionasse a presença de um monstro marinho com sete cabeças enfurecidas de horror "enviado" pelo demônio, aí então sua história jamais seria esquecida. O medo e o misterioso exercem um fascínio no inconsciente coletivo que chega a assustar. A religião que o diga. Lembrou agora a Arca de Noé, não é?

Se quisermos desenvolver o turismo em alguma região, esquecendo-nos da ética, é claro, basta espalharmos o boato de extraterrestres e naves espaciais, armar algumas evidências e falsas testemunhas, criar mascotes e brindes para venda e deixar o resto por conta da crendice popular. E para o turismo religioso, o mesmo funciona para estatuetas de santa encontradas para começar peregrinações de fiéis. Às vezes basta uma janela de vidro manchado com detergente com uma imagem antropomórfica de Maria. "A religião sem ciência é cega."

Durante toda a evolução humana, muitas histórias como essas nos foram contadas de geração a geração: mitos religiosos, lendas sem fundamento, monstros, feiticeiras e bruxas, "o homem do saco", "o fim dos tempos está chegando!"; todas enfadonhas e calcadas num único sentimento: o medo. Hoje existe muita gente que está ganhando muito dinheiro com muita história às custas de muitos desesperados.

Mas, com o tempo e a evolução da consciência, tudo vai melhorar ao homem.

AURÉLIO ADOECE

A cada colherada de sopa, as funções biológicas de Alex voltavam a funcionar melhor, os nutrientes flutuantes envolviam-se com seu estômago, fígado, pâncreas e intestinos. Aos poucos, o cérebro ia recebendo a mensagem de que sua flora orgânica voltava lentamente ao normal, mas ainda seriam necessárias algumas horas para tudo ficar bem.

Nosso organismo não está preparado para muitas coisas que comemos e bebemos. Enquanto empanturramos o estômago sem mastigar lentamente, o cérebro demora certo tempo para receber o sinal de saciedade. Após esse tempo, estamos comendo em excesso e alimentando um de nossos pecados mais capitais: a gula. Aquilo que não é aproveitado deposita-se em forma de gordura ao redor da barriga, nas pernas e em qualquer local do corpo que esteja à espera de moléculas mal processadas.

Suportamos apenas refeições leves, variadas, coloridas e que não nos agridam; comer pouco e algumas (não muitas) vezes ao dia é mais do que suficiente para nos manter dispostos e de bem com a balança. Lembre-se de que, além do que pensamos, somos aquilo que comemos também.

Há pessoas pelo mundo que aprenderam a desenvolver sua produção de nutrientes através das glândulas pineal e pituitária conjugadas com a luz solar, o prana. Inclusive estão sendo estudadas por grandes centros de tecnologia para descobrir como é possível. Algumas não comem há anos. Mais do que uma possível loucura, deve nos fazer pensar sobre o quanto é importante a química dos alimentos que ingerimos.

Depois do leve ensopado de legumes, Alex deu um tempo e foi para a varanda beber um chá para potencializar sua cura. Os índios da região conheciam profundamente o poder curativo de plantas e raízes infusas em água quente. Pandora era muito amiga de um de seus descendentes que seguidamente a visitava. Assim como ela também ia frequentemente a sua casa, situada no alto de um morro de onde se podia avistar a cidadela e o vale.

De repente, para susto de Alex, Marcellus surge atônito na pousada procurando urgente por Pandora. Parecia um pouco desnorteado, sem saber realmente o que fazer.

– Onde está Pandora?! – perguntou ofegante.

Alex, que não a via há algumas horas, pulou da cadeira e começaram a procurar juntos pela casa, que era grande, e nos arredores das cabanas dos hóspedes.

– O que aconteceu, por que tanta aflição? – perguntou Alex.
Marcellus não parecia o mesmo que ele conhecera no dia anterior, tinha um ar de preocupado nada comum em um garoto de sua idade.
– Meu pai está doente! Está ardendo em febre! – respondeu nervoso enquanto se dirigiam ao quintal.

Alex compreendeu sua situação de imediato. Sentia a mesma coisa quando sua filha se machucava em suas pequenas peripécias domésticas. Finalmente avistaram Pandora junto à baia dos cavalos. Dirigiram-se apressadamente até ela.

– Pandora! – gritou aflito para a senhora que mais parecia a avó de todos. – Preciso dos cavalos urgente pra buscar Iaqui!
A viúva, ao ouvir ser chamada, já pressentiu o que era.

– Que houve com seu pai, Marcellus?! – perguntou como quem já soubesse a resposta.

– A febre! Ela voltou e está muito forte! O pai está sozinho e está tremendo muito, falando coisas estranhas e quase delirando! – falou quase chorando. – Não encontrei os remédios, devem ter acabado!

– Rápido, Marcellus! Pegue os cavalos e corra até Iaqui!... Alex, vá com ele! O garoto está nervoso e temo por sua segurança. Estarei com seu pai em poucos minutos! – frisou para tranquilizá-lo um pouco.

Os dois saíram a galope com mais um cavalo extra para trazer o índio pajé que vivia solitário a poucos quilômetros dali. Cruzaram o banhado ao lado do sítio de Pandora e iniciaram uma forte subida pela estrada que conduzia ao topo da colina onde morava o homem que parecia ser a única pessoa que poderia ajudar o pai de Marcellus.

Caminho sinuoso e recortado confundia por suas inúmeras curvas que suavizavam a íngreme subida. A trilha estreita que só aceitava pessoas e cavalos era quase tomada pela mata em alguns trechos, onde o cavaleiro precisava abaixar-se para passar.

Marcellus parecia um pouco mais calmo por saber que seu pai não estava mais sozinho e que estava quase chegando à casa de Iaqui. A presença de Alex, até então estranho à aldeia, era como um voto de cumplicidade por estar preocupado com alguém que sequer conhecia.

Cavalgaram por cerca de vinte minutos até chegar à casa do índio, que quando os ouviu chegar já sabia do que se tratava. Pegou seu bornal de couro dirigindo-se à varanda para agilizar sua saída. Bastou avistar o olhar de Marcellus para Iaqui confirmar seu pressentimento. Com uma forte expressão no rosto sério e sereno de quem sabia o que estava fazendo, Iaqui montou no cavalo que lhe fora trazido e iniciaram a descida que os levaria até o enfermo.

Enquanto alinhava seu cavalo para o retorno com uma precisa puxada nas rédeas, Alex não pôde deixar de observar, pela janela da casa, inúmeros tubos de vidro perfilados numa estante próxima a uma grossa mesa de madeira tosca na qual também havia instrumentos estranhos e muitos livros espalhados ao redor de um candelabro com velas.

Não era hora de se questionar ou comentar algo. Precisavam voltar urgentemente à casa de Marcellus. Seu pai precisava daquele homem e do que trazia em seu bornal.

Tido como curandeiro e homem misterioso que aparecia na pequena cidade algumas vezes por ano, Iaqui era de poucas palavras. Muito educado e respeitado, costumava falar apenas o necessário, mantendo uma ótima relação com a vizinhança e moradores locais.

Sempre que vinha, trazia algo de novo. Comprava seus mantimentos na mercearia: velas, lâmpadas para afastar insetos e combustível para estranhos lampiões. Apesar de possuir energia elétrica, utilizava pouco a luz artificial. Ficava até altas horas da noite debruçado sobre experimentos que mais pareciam feitiçaria.

Recebia pouca gente em sua cabana e gostava em especial das rápidas visitas de Marcellus, Aurélio e Pandora, a quem considerava muito. Alguns moradores o achavam esquisito, outros tinham até medo de seu olhar taciturno. Parecia manter o pensamento sempre distante do lugar onde estava, como alguém que esconde alguma coisa, mas não era isso. Sua mente é que estava sempre em outras esferas... meio que orbitando.

Pandora abriu a porta da casa de Aurélio assim que ouviu o galopar dos cavalos que se aproximavam. Estava apreensiva, mesmo acostumada a ajudar em momentos como este. Ficara impressionada com as palavras mencionadas pelo professor em seu estado de delírio. Murmurava algo incompreensível que mais lembrava uma língua estrangeira.

Chegou a pensar que ele acessara uma outra dimensão. Tudo o que pôde fazer foi aplicar *reiki*, colocar uma compressa fria nas têmporas e lhe transmitir a segurança de sua presença.

Iaqui se aproximou de Aurélio para examinar seus olhos, pulmões e coração; sua temperatura beirava os quarenta graus. Já o ajudara outras vezes na mesma situação, mas nunca em estado tão grave. Sacou de seu bornal algumas plantas, com as quais preparou uma pasta de cheiro muito forte para untar seus pulmões; com outras pediu a Pandora para preparar uma infusão. Por fim, o índio aplicou-lhe uma medicação, sendo isso tudo o que podia ser feito. Agora restaria a imunidade reagir para baixar a febre e repousar.

A serenidade de Iaqui fazia amenizar as lágrimas de Marcellus, que já não suportava mais ver seu pai em crises como esta. Começou a tê-las após seu retorno de viagem a uma região de densa floresta. Os insetos eram terríveis. Desde então Iaqui o tem acompanhado na tentativa de amenizar-lhe o sofrimento. Ficaria ainda mais dois dias se recuperando, se hidratando e bebendo porções do chá preparado pela viúva.

O índio retornaria logo a sua casa, mas não sem antes se despedir do garoto de rosto ainda um pouco inchado.

– Não se preocupe, Marcellus! Amanhã seu pai estará bem melhor e com fome. Dê-lhe o chá e o alimente como lhe ensinei.

– Obrigado, Iaqui! – soluçou. – Quando ele vai ficar bom de verdade?

– Ainda não sei, Marcellus... ainda não sei! Mas fizemos progressos!

– Que bom, não gosto de ver meu pai assim!

– Eu imagino! – disse enquanto bebia água antes de partir.

– Desculpe não apresentá-los. Este é meu novo amigo, Alex! Este é Iaqui, um velho amigo!

– Como vai, Alex? Amigos de Marcellus são sempre bem-vindos! – falou estendendo-lhe a mão num cumprimento firme e envolvente.

Alex percebeu que as mãos de Iaqui não pareciam ser de alguém que vivesse no mato. Apesar de fortes, com certeza não manuseavam facões, enxadas e muito menos arco e flecha. Ficou intrigado e interessado por uma pessoa que mais parecia ser enigmática do que qualquer outra coisa. Sua autoridade xamã falava muito alto.

Iaqui despediu-se e montou no mesmo cavalo que o trouxera.

– Posso ficar com ele por uns dias, Pandora? Estou precisando correr um pouco! Tenho muito feno em casa, não se preocupe.

– Claro, meu filho! – Pandora era sempre muito maternal. – Fique quantos dias quiser! Venha nos visitar!

– Virei, com certeza! Até mais ver! – e saiu galopando em disparada pela trilha fechada que o trouxera à casa de Aurélio e Marcellus.

Mesmo sério como era, parecia exercer certo carisma sobre as pessoas com quem mantinha contato. Alex sentia-se um pouco deslocado, sem saber o que poderia fazer para ajudar. Já era final de tarde quando tudo parecia mais calmo. Resolveu ir até a cidade para comprar mantimentos e qualquer coisa que estivesse faltando para Marcellus e Aurélio.

Pandora o acompanhou. Era uma excelente amazona e cavalgaram a trote lento para a cidade, que não era tão longe. Deixara um cavalo com Marcellus caso precisasse de algo.

– Imagino que você deva estar com uma porção de perguntas, Alex!

– Sem dúvida, Pandora! Sobre tudo. Ainda estou tentando entender o que ocorreu hoje... e o que ocorre... Não saberia por onde começar!

– Comece pelo que mais lhe chamou a atenção!

– Fiquei impressionado pela forma com a qual vocês se conhecem! A confiança que vocês têm uns nos outros é muito grande!

– Aqui onde moramos, se não formos solidários, estamos perdidos! – respondeu prontamente.

– Qual a doença de Aurélio? Quem é Iaqui? O que ele fez para curá-lo? O que são os tubos que vi na casa dele? Como as pessoas se confiam tanto aqui? Ontem à noite tornei-me amigo de gente que nunca vi na vida. A conversa fluiu de forma inexplicável... como se já nos conhecêssemos! Como se tivessem algo a me dizer.

– Não lhe responderei nada, Alex! – afirmou categoricamente. – Deixarei que você descubra por conta própria! Tudo que posso falar é que aqui em Villa Nova, às vezes, as coisas não parecem ser bem o que são, elas vão um pouco além! Mas não só posso como devo lhe dar um pequeno conselho! Deixe que os acontecimentos te guiem! Você vai me agradecer mais tarde!

SINCRONICIDADES

Seus questionamentos aumentaram ainda mais. Por alguns instantes, um silêncio tomou conta dos dois. Alex ficou perplexo com sua resposta, mas queria respeitá-la. Pandora estava incrédula e arrepiada da cabeça aos pés, pois se dera conta de que passara por situação semelhante alguns anos atrás quando conhecera Villa Nova.

Sentia a mesma cena repetir-se, porém com papéis invertidos. Havia obtido a mesma resposta de seu interlocutor às suas questões, que, na época, foram muito semelhantes às de Alex. A resposta que dera a ele fora exatamente a mesma que recebera e a fizera vislumbrar uma série de respostas que jamais sonhou encontrar.

Teve uma sensação de *déjà-vu* muito forte e também a desconfiança de não ter sido ela quem falava. As palavras lhe saíram da boca como se não fossem suas. Sentiu-se arrepiada novamente. Se antes apenas Alex estava intrigado, agora Pandora encontrava-se na mesma situação. Mudos, chegaram à mercearia, que estava quase fechando.

Explicaram a situação e o senhor Atílio, proprietário da bodega, muito solícito e de longo bigode *vintage*, ofereceu-se para levar as compras até a casa de Aurélio, possibilitando que Alex e Pandora seguissem para a pousada antes que anoitecesse.

– Perdoe-me, Alex, foi sem querer que falei aquilo! As palavras simplesmente brotaram. Estou um pouco confusa e embaraçada! Ainda não voltei a mim!

– Não se preocupe, Pandora. Não estou ofendido, apenas intrigado. Para falar a verdade, acho que até gostei! Mas por que você não voltou ainda a si mesma? Foi apenas uma resposta para uma pergunta que fiz.

– É que me trouxeram lembranças! Parecia não ser eu quem estava falando! – respondeu pensativamente.

– Espero que tenham sido boas! – completou Alex.

– Foram, sim, e muito, foram quase mágicas! Tem sido assim desde então!

– Onde você está querendo chegar, Pandora? Nossa conversa está um pouco enigmática – riu-se em silêncio.

– Você nunca se surpreendeu com as misteriosas coincidências que acabaram mudando o rumo de sua vida Alex?! O que estaria por trás de certos acontecimentos?!

– É uma pergunta difícil de responder! Seguido observo isso, mas não sei responder.

– Pois fique sabendo que as respostas são tão fascinantes quanto as perguntas! – afirmou Pandora com a certeza de quem sabia o que estava dizendo.

– Está querendo dizer que as coisas não ocorrem por acaso?

– As coisas significativas, não! Coisinhas pequenas e sem importância até podem ser por acaso, mas é bom estar atento, pois também podem representar sinais de algo que está por vir! – e continuou: – Para começar, como foi mesmo que você chegou a Villa Nova? Basta analisar a sequência de acontecimentos anteriores que o fez chegar até aqui, neste suposto "fim de mundo". Lembre-se do que falei: nem tudo aqui parece ser o que é. Mas tudo o que ocorre aqui é bem real. Nossa maior dificuldade está em como percebemos o que acontece ao nosso redor. É nossa percepção que está em jogo!... E há pontes que ligam dois mundos.

Existem certas coisas que acontecem em nossas vidas que simplesmente não têm explicação. Nesses momentos de encantamento, atingimos um estado mental muito interessante. É quando estamos mais perto dos céus... e de nós mesmos. Algumas sequências de acontecimentos são quase inacreditáveis. Algo que se desencadeia frente aos nossos próprios olhos sem nenhuma explicação. O que está oculto nisso tudo? Vivemos uma época de grande expansão espiritual e, portanto, muito humana, e estamos próximos de dar um salto muito significativo. Um de seus sinais são as sequências e sincronicidades que ocorrem tanto em nossa vida particular quanto no que vem ocorrendo com a humanidade nos últimos dois mil e quinhentos anos.

Desde aquela época, filósofos e cientistas iniciaram seu alerta sobre as grandes mudanças que ocorreriam. Infelizmente, um teve que beber cicuta, outros foram banidos de seus países, alguns arderam em chamas, muitos foram assassinados e um crucificado. Alguns conseguiram permanecer vivos graças às lições aprendidas com as mortes anteriores. Sabiam que não poderiam ir contra o sistema vigente e sobreviveram utilizando-se de sutilezas para propagar suas ideias. As metáforas e histórias foram grandes aliadas.

As coincidências direcionam não só a nossa vida como a das pessoas que cruzam por nós. Esse é um dos maiores indícios de desenvolvimento da intuição porque ela fala conosco, muitas vezes, através das outras pessoas. Se nos séculos anteriores grandes invenções ocorriam por *insights* fantásticos, hoje, além dos sonhos, também as pessoas são grande fonte de informações que podem nos levar por caminhos nunca antes explorados.

Isso é regra, pois a principal coisa que ocorre entre seres humanos é o fato de se relacionarem. O homem não suporta viver sozinho e o mais importante que ocorre entre eles são suas relações. Assim como podem ser as grandes origens de guerras também o são as da paz. É como percebemos a vida que realmente importa.

A sincronicidade abre um caminho para você escutar a si mesmo e ativa nosso processo intuitivo. Muitas vezes é preciso coragem para abandonar estruturas de vida que construímos e poder seguir novos rumos. Possuímos comportamentos muito arraigados que acabam por nos bloquear percepções latentes. Muitas vezes não conseguimos enxergar; e muitos sinais de sincronicidade funcionam através da repetição.

Ficamos tão cegos com certas coisas que nosso inconsciente providencia uma forma de martelar nossa mente até que acordemos e nos demos conta. Certos acontecimentos não são ocasionais, mas sim projeções que nós próprios produzimos e que também Alguém lá de cima monitora e contribui colocando ou tirando pedras do caminho.

As coisas se repetem em sonhos, símbolos ou acontecimentos até que finalmente nossa compreensão desperta. Coincidências mudam destinos e sinalizam um sentido mais abrangente e profundo dos acontecimentos. Tal padrão repetitivo tem função de alerta, até que aprendamos suas lições. Após isso, o processo de repetição cessa de imediato quando referido a determinado assunto. Esse fenômeno pode voltar a nos rondar quando quiser nos alertar sobre algo diferente iniciando um novo ciclo em outro aspecto de nossa vida, ou seja, estamos muito bem cuidados para que nada nos falte.

Para compreender esse comportamento, precisamos pesquisar os significados dos símbolos, prestar atenção quando eles ocorrem observando acontecimentos e suas sequências, conversar com amigos e ouvir as respostas que até mesmo estranhos nos dão sem saber e principalmente refletir a respeito.

Lembre-se de que o melhor de tudo é chegar às conclusões por nosso próprio mérito. São as entrelinhas que possuem as maiores lições e sabedoria. Tentar entender o que está por trás de algo é fazer despertar o misterioso e tornar a vida mais atraente. Mas a compreensão pode surgir também de forma completamente espontânea e sem nenhum raciocínio lógico. É como um *insight*. A impressão que dá é que quanto mais atenção prestamos às coincidências, mais elas acontecem; e quanto mais cruzam nosso caminho, mais facilidade temos de interpretá-las. É como se exercitar.

Estamos nos conectando ao plasma universal; melhor dizendo, estamos nos reconectando, pois viemos dele e somos parte dele. Além disso, estamos aprendendo a religar nosso corpo com mente e alma, já que nosso grande veneno é a dissociação entre ciência e alma que nos acompanha desde a época mecanicista.

A palavra "religião" significa religação (do latim *religare*) e existem inúmeras formas de estudarmos esse fenômeno. É prudente averiguar todas as religiões e filtrar o que está de acordo com nossos valores e jamais seguir uma cegamente, pois podem se tornar grandes ferramentas de controle de massa como algumas já o são. Ser temente a Deus não prova em nada sua fé. Seria Ele uma entidade punitiva? Você conseguiria viver permanentemente com medo do seu pai? Com medo de quem te deu a vida?

Outro detalhe importante: Deus não quer ser louvado... Ele quer ser conectado! Quer que você O sinta! Imaginem agora vocês, pai e mãe, sendo louvados por seus filhos. Vocês iam gostar? "Ó pai! Ó mãe! Obrigado por este café da manhã que serviram a mim agora neste momento!" e depois: "Ó pai! Ó mãe! Por favor, me ajudem na lição de casa!" "Ó pai! Ó mãe! Abençoados sejam por cuidarem de mim!"... e assim vai... Imaginem isso agora todos os dias! Vocês não iam gostar, com certeza!

A manipulação é tão grande e tão fácil de ser obtida que são suficientes apenas quatro pessoas para "criar" uma religião destas do tipo "centésimo dia do apocalipse". Precisamos de alguém para o marketing, outro para a logística, um terceiro para as finanças – que é o que eles mais almejam – e de um orador retórico que desenvolva seus discursos com base no medo e culpa para impressionar o rebanho. Importante o tom de voz de bom velhinho, como se estivesse contando historinhas para criança – este é o ponto mais crucial –; políticos usam isso muito bem, por sinal!... E pronto! Está feito o estrago de muitos "fiéis"!

Alex gostava muito dos padres e os respeitava por seu trabalho, mas não concordava com os inúmeros picaretas mercenários que enganavam e se intitulavam pastores, sem nunca ter estudado sequer teologia. Mais difícil era tentar entender seus "seguidores". Falsos profetas, imperadores romanos e ditadores. 666. Eis o que significa o número da besta. Por que o 6? Em que dia mesmo o homem foi feito?

Os eventos sincrônicos tendem a se repetir mais intensamente quando estamos mais equilibrados em nossos quatro estados básicos: razão, emoção, sensação e intuição. Geralmente um está mais forte que o outro, conforme está o nosso dia, mas, quando trabalhamos internamente em busca de equilíbrio, uma nova função é acrescentada: a da sincronicidade.

Quando ela desperta, ou despertamos para ela, nossa vida passa a fluir de forma harmoniosa dentro de uma ordem divina em que tudo funciona melhor. Este estado sincrônico é resultado de uma maior interligação entre o ser interno e externo, ampliando nossa percepção de um sentido maior para o que acontece em nossa vida.

Deixamos de colocar bloqueios naquele(a) que iremos nos tornar em nosso futuro, pois entramos no fluxo da vida. Não precisamos mais "correr atrás da máquina" porque ela passa a nos puxar. Passamos a aceitar o fato de que a vida não mais pertence somente a nós, mas sim que faz parte de uma teia muito mais complexa que envolve a todos. Ficamos mais atentos aos sinais que mostram um caminho de ações corretas e que, ao mesmo tempo, nos cobram uma nova postura. Assim como nos protegem.

Definitivamente é bom participar de Algo tão grande.

Alex estava extasiado com tudo o que ouvia. Há muito tempo que já vinha observando tais acontecimentos e experimentando essas sensações descritas por Pandora. Mas ainda se perguntava profundamente sobre o porquê. Achava certas coisas incríveis, mas algumas ainda sem motivo, como se estivesse sendo preparado para algo maior e iminente. Talvez isso significasse ser "o escolhido", ou seria tudo fantasia? Na verdade, somos todos "o escolhido" para algo. Temos nossas atribuições aqui neste plano, mas a grande maioria enxerga tudo como algo difícil de ser realizado e escolhe seguir pela vida como a manada.

"Acho que é dessas pessoas que estou fugindo!", pensou Alex.

Estava cada vez mais difícil de estabelecer conversas interessantes e verdadeiras que o fizessem passar a confiar mais no ser humano. Não porque os outros mentiam para Alex, mas principalmente porque mentiam para si mesmos.

O mundo é tomado por notícias negativas e por pessoas que se atêm somente àquilo que veem, ouvem e ouvem falar. Talvez na proporção de um gráfico de Pareto onde 80% das coisas na vida são boas e 20 % ruins; mas 80% das pessoas se conectam basicamente com os 20% negativos.

NOSSO PASSADO AINDA PRESENTE

Estava gostando de estar ali cavalgando com Pandora. Estava feliz por ter descoberto Villa Nova, o que fora resultado de uma sequência de escolhas e acontecimentos que o fazia estar maravilhado de novo. Estava entusiasmado com as novidades. Entusiasmo: ter Deus dentro de si. Sentia que estava no caminho certo.

Todas as guinadas que deu na estrada valeram a pena em seus momentos de dúvidas anteriores. Talvez se tivesse pensado racionalmente em algumas decisões que tomara possivelmente teria entrado por caminhos errados. Foi bom ter confiado em sua própria intuição. Realmente precisamos sonhar mais e pensar menos.

A noite caíra rapidamente. Quando se deram conta, já era tarde. Chegaram exaustos à pousada, não só fisicamente, mas mais pela tensão do ocorrido com Aurélio. Após um bom banho, juntaram-se à mesa com novos hóspedes que, entusiasmados com o local, estavam ávidos por contar suas peripécias do dia.

Encontraram uma caverna próxima ao penhasco que costeia o rio. Tiveram um pouco de receio de entrar, pois não parecia ser uma atração turística. Sua entrada estava escondida por folhagens, mas criaram coragem e, munidos de lanternas, começaram a explorá-la lentamente. Não parecia ser muito extensa e foram percorrendo cada pequena sala que possuía ainda restos de desenhos. Partes da parede estavam chamuscadas por fogueira.

Caminharam até o seu fim, claramente delineado por uma forte luz. O casal de aventureiros contou que se sentiram muito estranhos naquele local, mas a curiosidade era tão grande que foram até a abertura do outro lado. Pensaram ser um local onde um dia viveram famílias cujas mães cuidavam de sua prole enquanto homens saíam para caçar.

Na verdade, tratava-se de uma antiga caverna da era pré-histórica. A luz do fim sinalizava o penhasco em cujas paredes laterais foram sepultados seus mortos. Eram colocados em sarcófagos cavados na própria rocha.

Não existiam mais indícios dos cadáveres, é claro, mas imaginá-los naquele lugar causava calafrios no casal. Eles mudaram o semblante de entusiasmo para o de consternação rapidamente. Pensaram ter ido longe demais ou ter atrapalhado algum descanso eterno.

Alex ouvia atento e pediu-lhes que explicassem como chegar lá. Iria no dia seguinte, assim que acordasse. Ficou curioso com o local, mas mais impressionado ainda com as expressões deles.

Ao deitar-se, ficou pensando em seu dia, que tinha sido totalmente atípico. Além de vivenciar situações inusitadas, ainda aprendera uma série de lições. Dormiu rapidamente um sono leve e profundo com sonhos dos mais estranhos. Nada se encaixava dentro do que estava vivendo. Teve nítida sensação de estar caindo em dois momentos nos quais acordou como se estivesse numa montanha russa. Mesmo assustado, a suave sensação de queda lhe agradou e ele tentou se concentrar para sonhar novamente, mas em vão. A imagem de um envelope veio curiosamente à mente.

Acordou com o sol e o cacarejar de Véio, o galo de estimação do sítio e rei das penosas penadas. Sujeito feliz aquele que tinha como missão apenas fazer pintinhos e acordar os outros. Bom, talvez um dia ele pudesse ir para a panela. Vidinha ingrata essa! Deixava poucos dormirem até tarde.

Alex estava muito disposto depois de uma ótima noite de sono restaurador. Sentia-se leve e recarregado para mais um longo dia de novidades. Assim que tomou seu café da manhã, encilhou o cavalo e partiu rumo à caverna encontrada pelos novos amigos do dia anterior. É incrível a sinergia que novas descobertas geram.

Teve um pouco de dificuldade para encontrá-la, pois sempre que perguntava a alguém não obtinha resposta. Algumas pessoas não gostavam de falar daquele local, outras nem imaginavam onde pudesse ser.

De repente, lembrou-se de Marcellus e seu pai. Como estaria Aurélio? Sentiu-se um pouco egoísta. Foi rapidamente tomado por um sentimento de culpa por ter esquecido o amigo em sua dor no dia anterior. Prometeu a si mesmo procurá-lo ainda pela manhã.

Estava bem perto da entrada da caverna. Pelas descrições do casal, não faltaria muito para encontrá-la. Enquanto pensava em Marcellus, manteve um olhar parado no ar como quem lembra algo. Foi então que seu olhar cruzou com uma pequena trilha de pouco uso, encoberta por vegetação rasteira e colada às pedras escarpadas. Encontrara a entrada finalmente.

Precisou rastejar devido à pouca altura, detalhe que o casal se esquecera de mencionar. Acionou a potente lanterna emprestada por Pandora. Alex teve a nítida impressão de que sua anfitriã também já estivera naquele local. Aos poucos, foi entrando e sentindo a atmosfera lúgubre e fria. Excitado como um explorador de lugares inóspitos, entrou num novo mundo, paralelo à sua realidade. As pinturas rupestres denunciavam a presença longínqua de antepassados que sobreviviam com fogo e carne.

As primeiras salas eram estrategicamente esculpidas na rocha como que para sentinelas de segurança. As duas seguintes, com desenhos de homens caçando animais muito grandes, deveriam ser o depósito de armas. Após estas, um grande salão de pedra natural e chão de areia que deveria ser o lugar de estar das famílias que ali se reuniam há milhares de anos.

Em meio à escuridão, Alex seguiu por um corredor que conduzia a uma luz natural, onde talvez fosse a saída da caverna, como mencionaram na noite anterior. Incrédulo, encontrou pedras empilhadas cuidadosamente sugerindo um altar. Em suas paredes havia desenhos de seres completamente diferentes do que vira em livros de arqueologia e antropologia.

Caminhou até a abertura lateral, que para seu espanto terminava no penhasco relatado. Em suas laterais e costeando a rocha, a uma altura considerável do mesmo rio que o acompanhara até então, estavam pequenas catacumbas encravadas na dura pedra. Contemplando o achado, acomodou-se numa cavidade para apreciar a vista espetacular do verde vale. A brisa da manhã refrescava seus pensamentos sobre o que teria acontecido naquele lugar tantos anos atrás. Sentia-se como um troglodita ressurgido das cinzas. Mais do que empatia, era um sentimento que parecia colado em seu DNA.

Estar ali, onde poucos homens colocaram os pés, era uma dádiva! Muitos sequer saberiam apreciar sua história ancestral. Recordar as origens que vão muito além das de seus pais e avós fazia-no pensar que, um dia, competia apenas com animais.

O homem das cavernas vivia em condições totalmente atípicas às nossas, mas isso em termos, pois ainda repetimos alguns de seus velhos hábitos. Para começar, sua adversidade de sobrevivência obrigava-os a se unirem para caçar animais selvagens. Munidos de longas lanças, um grupo de quatro a cinco homens era necessário para encurralar um animal e abatê-lo. Para derrubar animais grandes, tão comum nessa época, era necessário o dobro, devido ao seu porte ser bem maior.

Bem, o fato é que éramos caçadores por natureza; logo, estávamos sempre em posição de ataque ou defesa como forma de perpetuar nossas vidas e a de nossas famílias, que ficavam protegidas nas cavernas e proximidades. As mulheres ficavam com a prole enquanto caçávamos. Assim elas desenvolviam melhor sua capacidade em se comunicar e os homens em focar e se concentrar... pois imagine o que aconteceria durante uma caçada se os homens falassem? Alertariam os animais, delatariam posições e não daria muito certo. Uma sociedade simples e primitiva, em que os machos lutavam e as fêmeas cuidavam.

Lembre que éramos primatas, e as coisas foram evoluindo até hoje; muita coisa mudou, mas algumas características permanecem. Existe uma fundamental; não existem mais animais para serem derrubados. O homem não possui mais adversário que seja páreo para uma boa briga, pois hoje basta puxar um gatilho para caçar, algo que se tornou muito fácil e praticamente uma covardia. Mas sobrou um único animal que ainda é bom de briga e capaz de nos enfrentar de igual para igual: o próprio homem.

Hoje somos gladiadores no trabalho, no trânsito, na busca por fatias de mercado, na disputa por clientes e *status*, entre tantas outras formas. A mesma posição de ataque e defesa permanece em nossa psique há milhares de anos e continua praticamente presente em nosso código genético.

O ser humano, quando recém-nascido, tem cerca de vinte e seis bilhões de células e, quando adulto, possui cerca de cinquenta trilhões. No centro de cada uma dessas células está o nosso genoma, que se refere ao conteúdo total do material genético, seja de uma bactéria, um vírus, rato ou homem. Aliás, o rato é o animal mais próximo do homem, e não apenas metaforicamente, mas possui apenas trezentos genes a menos que nós. Por isso são usados em laboratórios como cobaias de medicamentos. Suas reações são muito semelhantes às que uma pessoa teria se inoculada com alguma substância experimental. Afinal, você é um homem ou um rato?

Desvendar os segredos do genoma humano era um projeto ambicioso e talvez tenha iniciado em 1969, quando o homem se frustrou ao não encontrar na Lua as respostas para questões que o afligiam: de onde viemos? Quem somos nós? Para onde iremos?

A frustração em não encontrar respostas no espaço sideral fez com que os cientistas iniciassem a procura em outro lugar. Naquele momento, alguém questionou se não estaria na hora de voltar os investimentos para dentro de nós mesmos. A jornada da pesquisa durou quinze anos até decifrarem toda a sequência genética, tornando-se um dos maiores marcos científicos de todos os tempos.

Laboratórios de todo o mundo, numa força-tarefa conjunta, conseguiram decodificar o livro da vida, que, se disponibilizado em forma de enciclopédia, teria vinte e três volumes e contaria com um total de três bilhões de letras A, T, C e G (adenina, timina, citosina e guanina) dispostas em diversas combinações. Inclusive, esses componentes do DNA já foram encontrados em meteoros, dando fortes indícios de vida fora do planeta. (Pontes de hidrogênio 10-5-6-5 YHWH, desdobramentos sentido 5"-3". O Gênio que assina a sua obra.) Pesquise sobre isso e impressione-se! Faz tempo que cruzamos pontes!

Agora, imagine que apenas 5%, os éxons, de tudo isso realmente contém a mensagem fundamental do livro e os restantes 95% são íntrons inativos. São os éxons, os genes ativos, os grandes responsáveis por nossas características físicas, que, associadas com a metafísica e o comportamento, resultam em nossa personalidade, já que nosso biotipo físico influencia diretamente na forma de agirmos.

Os demais 95% não possuem a capacidade de produzir proteínas. Os íntrons eram tidos erroneamente como lixo genético cuja função ainda não está bem entendida pelos cientistas. Os fósseis genômicos, um dia ativos, deixavam nossos corpos mais fortes e resistentes numa época em que a alimentação ainda era à base de carne. Isso exigia maior capacidade de digestão e também nos proporcionava mais pelos e uma pele mais resistente para proteção do organismo.

O cérebro era menos desenvolvido e os feromônios abundavam no sangue, o hormônio da ferocidade muito presente nos animais e facilmente detectado pelo faro, principalmente quando uma fêmea está no cio. Fica fácil compreender o quanto éramos mais ferozes e bravios poucos milhões de anos atrás e hoje ainda temos alguns desses traços. Nossa resposta a estímulos externos ainda hoje é muito rápida e, se fosse um pouco mais lenta, com certeza não explodiríamos em frenesis tempestivos.

O ambiente pré-histórico inspirava Alex em seus mais longínquos pensamentos, e na certeza de que um dia fora ainda mais selvagem.

Nossos hábitos alimentares advêm dessa época, comer o que pode enquanto tem, pois não se sabia quando teria caça novamente. As proteínas não podiam ser armazenadas e somente nos últimos cem anos é que tivemos acesso à comida farta e até congelada.

Compare quatro milhões de anos de hábito alimentar rudimentar e glutão em seres robustos e de puro músculo contra cem anos de comida industrializada num mundo com obesidade e anorexia.

Compare uma época em que eram queimadas em média oito mil e quinhentas calorias por dia correndo, lutando e caçando contra duas mil hoje consumidas em escritórios com ar condicionado, apertando botões e controle remoto. Não fazemos mais esforço físico nem para abrir a janela da porta do carro.

A cada geração nossos genes evoluem e melhoram e cada vez mais nossa capacidade metafísica se ampliará. Mais mente com menos corpo tem sido a tendência destes últimos séculos. Analisando nosso passado para nos entendermos no presente, poderíamos supor que, em nosso futuro, possuiremos cérebros mais desenvolvidos e com uma capacidade de processamento muito maior que a atual.

Também teremos menos pelos pelo corpo, cabelos e sobrancelhas menores, sistema digestivo delicado que suportará apenas alimentos leves e, talvez, nossos braços e pernas estejam mais atrofiados por não serem tão necessários ao deslocamento.

Curiosamente a mão possui, em sua natureza biológica, características que a tornam muito mais voltada ao afago do que para manusear uma caneta. Poderíamos até arriscar que voaremos em objetos isentos da força da gravidade e então poderemos viajar para qualquer lugar mesmo. Também em alguns anos nos comunicaremos pelo pensamento e a internet será jurássica.

Se o tempo de existência da Terra fosse proporcional a uma hora, durante os primeiros cinquenta minutos só haveria lava e amálgama boiando na sustentação do universo. Nos últimos dez minutos, surgiria a vida em forma de bactérias e inúmeras espécies de animais já extintos; e o homem apareceria somente nos últimos quinze segundos.

Por isso, a relação de tempo que possuímos é completamente diferente se comparada com os últimos 14,7 bilhões de anos, quando tudo começou com o Big Bang. Mas o Big Bang não foi o início, e sim um recomeço.

Quase entrou em transe com seus pensamentos quando relembrou o livro que lera sobre os rituais indígenas do México com peiote e mescalito. Passou a entender um pouco mais de suas mensagens, e sem a ajuda de drogas extraídas de cáctus; era terminantemente contra o uso de qualquer substância que o levasse a um estado alterado de consciência.

Achava que era possível atingir o mesmo estado de transcendência de outras formas. Pensou em conhecer a Índia num futuro próximo. Talvez estivessem lá as respostas que tanto procurava.

O tempo passou rápido e era hora de visitar Marcellus. Despediu-se da caverna em orações. Sentia a presença da morte da mesma forma que um dia sentira quando mergulhara num navio naufragado. Toneladas de metal retorcido que levaram centenas de homens à morte durante a guerra.

Absorto em pensamentos que iam além de onde estava, retirou-se da caverna, agradecendo aos ancestrais por terem lhe proporcionado a oportunidade de estar ali, tão próximo de sua história. "Tempo não existe" – lembrou-se do cientista.

Passado, presente e futuro andam juntos.
Tudo o que existe é o Agora.

OS LEGADOS QUE RECEBEMOS

Cavalgou até a casa de Marcellus ainda em estado de êxtase, sentia-se em outra época. Absorvera momentaneamente o *modus vivendi* de uma civilização que não mais existia e que lhe deixara duas grandes descobertas como herança: o fogo e a roda.

Galopando Pégasus, precisava correr e sentir o vento no rosto e nos cabelos semilongos que mantinha desalinhados. Correu como um corcel que sabia a exata hora de desviar de galhos inesperados que encontrava pela trilha. Já na estrada de terra, quase voava. Logo encontraram o caminho que os levaria até Aurélio.

Estava ofegante, apesar de que o maior trabalho de levá-lo até a casa ficasse por conta do forte animal. Cavalgar exigia um bom preparo físico, principalmente pela forma como correu. Pégasus era campeão de prova de tambor, modalidade de competição que lhe exigia velocidade e resposta rápida aos obstáculos, detalhe que Pandora esquecera-se de dizer para Alex.

Com dores nas pernas, costas e braços, desceu do valente cavalo em frente a Marcellus, que quase riu de suas pernas semiarqueadas. Alex percebeu que Aurélio já se encontrava melhor pelo sorriso de satisfação ao ser recebido.

– Olá, Marcellus! Como vai seu pai?

– Bem melhor! Você chegou bem na hora do almoço! Gosta de sopa? – perguntou entusiasmado.

– Claro, garoto! Vai ser a segunda vez em pouco tempo! Tem pimenta?

– Para você, sim; para o pai, não! – riu-se. – Ele está mais disposto, mas é bom não exagerar nos condimentos. Tive que esconder a pimenta, senão já viu... vai sair correndo para o banheiro!

E já emendou uma piada:

– A propósito, conhece aquela dos dois cientistas que estavam discutindo sobre o que era mais rápido: a luz ou o pensamento?! – comentou enquanto desencilhavam Pégasus e davam-lhe de beber antes de entrar em casa.

– Lá vem você com suas piadas de novo! – exclamou rindo Alex.

– "Nem um nem outro!", chegou dizendo um terceiro cientista metendo o bedelho na conversa dos dois! – completou Marcellus. – "Mais rápido que a luz e o pensamento... é a diarreia!", pronunciou o ilibado cientista. "Como assim?", perguntaram os dois incrédulos colegas. "Pois eu estava com a maldita ontem à noite!", exclamou o terceiro cientista da piada. "... e antes mesmo que eu sequer pensasse em acender a luz... eu já estava todo cagado!"

Alex desatou a rir enquanto se dava conta de que precisava urgente de um banheiro também.

– Pelo jeito, seu pai está bem melhor mesmo! Acho que ele não deve ter gostado de ouvir minha gargalhada em sua recuperação!

– Que nada! Foi ele que me contou essa agora há pouco! Boa, não é?

– É! – concordou desconfortavelmente Alex.

– Venha! Vamos entrando! – convidou Marcellus depois de alojarem o cavalo na baia próxima à casa.

– Como vai, Sr. Aurélio? Que bom ver o senhor bem-disposto já. Ficamos apreensivos ontem!

– Que nada, foi só uma febrezinha! Já estou pronto para outra! – exclamou brincando como forma de deixar Alex mais à vontade.

Estendendo a mão direita e colocando a esquerda por cima da do visitante, completou: – Marcellus me falou muito de você! Seja bem-vindo!

Ao ver o gesto carinhoso com que seu pai recebia o convidado, Marcellus percebeu que simpatizara com o andarilho. Nas poucas vezes que estendera as duas mãos, fora para pessoas que considerava muito.

– Venha! Vamos beber um chá na varanda enquanto conversamos.

Acomodaram-se em confortáveis cadeiras de frente para o vale, protegidos do sol a pino. Era quase meio-dia.

– O senhor possui uma bela casa! Sem falar da vista espetacular!

– O "senhor" está no Céu, Alex! Por favor, me chame de Aurélio – disse cordialmente enquanto contemplava a própria casa. – Construí esta cabana para ter um lugar sossegado para trabalhar e me concentrar nas pesquisas. Busco inspiração permanentemente!

– O que você faz, Aurélio? – perguntou Alex curiosamente.

– Sou professor! Leciono na universidade da capital. Ajudo pós-adolescentes a se tornarem adultos! Pessoas de valor que um dia darão continuidade ao que iniciamos. Já contribuí com a formação de muita gente. Algumas delas tornaram-se pessoas importantes e bem posicionadas hoje, que multiplicam meus esforços! Sabe, Alex, nós temos uma grande responsabilidade nas mãos! – continuou enquanto bebia um gole de chá. – Acumulamos tanto conhecimento que chega um dia em que você precisa compartilhar. Nosso trabalho envolve a alma.

– Concordo plenamente, Aurélio. São poucos os professores que possuem essa visão!

– É verdade, meu amigo! Existem dois tipos de professores: aqueles que ensinam como forma de enriquecer seu currículo e aqueles que buscam a transformação. E assim como ensinamos, também podemos gerar traumas! Precisamos dar um bom exemplo sempre. Somos educadores o tempo todo... *full time*! – disse sorrindo e prosseguiu: – O ego intelectual possui um veneno que corrói a sociedade. Muitos de meus colegas são mais atentos a seus mestrados e doutorados do que a sua verdadeira missão de vida! Sim, pois lecionar é algo que somente um professor conhece. Muitas vezes é padecer no paraíso. Muitos alunos não se empenham e isso nos frustra muito!

– Eu sei. Fui um desses durante muito tempo – riu-se constrangido Alex. – Mas isso acontece quando ainda não sabemos o que queremos da vida! Não amadurecemos.

– Concordo! Ingressam muito jovens num mundo totalmente à parte de sua realidade anterior; é um choque cultural muito grande e adoram cair na gandaia, longe dos pais!

– É exatamente isso que aconteceu comigo! – confessou Alex. – Não tinha a menor ideia do que queria ser como profissional. Troquei de curso algumas vezes!

– É um caminho árduo, não é, Alex?! Precisa ser preparado bem antes do que se possa imaginar. Toda criança já demonstra a que veio... os pais é que precisam ficar atentos e ajudar a fazer essa semente brotar de forma correta.

– Sem dúvida, Aurélio! Estudar é muito promissor. Poucos têm acesso, mas que bom que hoje em dia todos podem ser autodidatas e escolher o que aprender de forma livre. Temos tudo na palma da mão, literalmente falando!

– Grande verdade! – confirmou o professor. – Eu leciono Filosofia e também ministro aulas de Planejamento Estratégico no curso de Negócios... Não dá só pra viajar na maionese sem colocar a mão na massa, entende? Assim consigo unificar empreendedorismo ético com consumo consciente. Em outras palavras: prosperidade com responsabilidade – disse com olhar desafiador. – Sou um equilibrista do sistema...

– Entendo perfeitamente, professor! Assim como não dá pra criar um negócio sem um propósito real e instigador que faça evoluir o próprio sistema! E as pessoas também precisam aprender a gastar corretamente. Comprar com sabedoria; esta ideia de que "o dinheiro é meu e faço o que eu quero" está com dias contados.

– Sem dúvida! Uma população endividada tranca o processo produtivo. Comprar um carro caríssimo em suaves prestações infinitas ou ter quarenta pares de sapato e vinte vestidos começa a tornar-se brega. Pague à vista por um carro menor sem juros e tenha para vestir um pouco além do que precisa. Assim sobra dinheiro para as coisas verdadeiras da vida. Tenha conteúdo em boas conversas e pensamentos e atitudes nobres... isso sim é saudável! E o planeta agradece.

Finalmente Alex tinha com quem compartilhar suas ideias, e o professor não parava de falar.

– *Status*, Alex!... *Status*!... Comprar aquilo que não precisa com o dinheiro que não tem para se mostrar para as pessoas de que não gosta! – sentenciou o mestre; os dois disfarçaram o leve riso de inconformidade. – Essa forma de viver gera endividamento das pessoas! Já no modelo de consumo consciente temos geração de empregos para todos, e com uma renda muito mais justa. Redução de impostos também ajudaria, e valorizar a melhoria dos produtos nacionais; se importarmos tudo, onde vamos trabalhar? Só no comércio e serviços? E a pesquisa como fica? Gente inteligente trabalhando é que faz um país crescer em soberania e independência. Nossos melhores cérebros estudam no exterior e acabam ficando por lá, pois possuem muito mais condições de pesquisa e desenvolvimento. Precisamos alterar esse curso urgente, pois continuamos colonizados. Temos duzentos e cinquenta milhões de cabeças de gado e duzentos e quinze milhões de pessoas; sim, temos mais bois e vacas do que gente, talvez seja por isso que, historicamente, tenhamos tantos cavalos e burros no poder?

Riu muito Aurélio e continuou:

– Histórica e histericamente!... Eu quase fui demitido quando, um dia, falei isso numa palestra! – riu ainda mais. – Eu sempre falo as verdades que precisam ser ouvidas, só assim para acordarem. Vida de gado, povo marcado... povo feliz? Exportamos minério de ferro barato e importamos aço caro, não é burrice? Não somos capazes de forjar aço suficiente aqui? E tantas outras! Temos muitos mercenários internos e o preço está sendo caro à população. A balança comercial precisa estar equilibrada, se não vira gangorra comercial!... E é tudo isso que ensino aos meus alunos, Alex! E mais um monte de coisas!

Após o desabafo, o professor prosseguiu:

– E a corrupção que nos assola? O dinheiro não é público, não é como água em torneira; o dinheiro é de quem paga impostos.

Aurélio percebeu o brilho nos olhos do aventureiro desgarrado, buscador entusiasmado e mais vivo do que nunca, e continuou a desenvolver mais de suas ideias.

– Grandes professores; grandes alunos! Você sabia que Aristóteles foi mentor de Alexandre, o Grande? Que ótimo aluno possuía! E que grande responsabilidade! Assim como ensinamos, também aprendemos muito com os alunos. É uma troca constante que gera grandes descobertas!

– Eu concordo, mestre! Eu concordo plenamente com tudo que você falou! Estou extasiado! Tenho certeza que um dia acordaremos para tudo isso! – exclamou Alex tentando chamar atenção do professor para um fato importante. – Eu sempre observei em sala de aula uma contrapartida nisso tudo, Aurélio! É algo que sempre me incomodou e que prejudica o aluno em levar suas ideias e projetos adiante depois de adulto. Muitas das pessoas que conheço aprenderam na escola a ter medo de dizer o que pensam por se submeterem a julgamentos infundados. Com receio de passar por situações ridículas e ser alvo de riso pelos colegas, privaram-se de aprender a se expressar. "Falar lá na frente", então, era um martírio pela superexposição a que se submetiam! Sei disso, pois senti na pele inúmeras vezes!

– Concordo com você e lhe afirmo categoricamente que esse é um grande desafio a qualquer professor! Desde a infância, os pequeninos devem ser incentivados a se expor diante dos coleguinhas e estes, por sua vez, devem ser ensinados a respeitar as opiniões dos demais. Se aprenderem desde cedo, o medo de falar em público deixa de existir e toda autoexposição passa a ser um novo método de aprendizado e construção da autoestima.

Alex ficou pensativo sobre tudo que ouvira. Lembrou-se de acontecimentos felizes da época de escola. Conversar com o professor fazia lembrar muitas coisas vividas em épocas passadas nas salas de aula, algumas só agora compreendidas. Sentia-se bem enquanto tomava mais um gole do delicioso chá preparado por Marcellus, que a tudo ouvia.

– Meu estômago roncou! Almoça conosco?

– Claro, será um prazer!

– Alguns acham que sopa é comida de doente! – disse enquanto se levantava da cadeira. Então perguntou, já sabendo a resposta de Alex: – Mesmo assim, topas?

– Sem dúvida! Tem pimenta, não tem? – provocou rindo.

– Siiim! Marcellus sempre a esconde na prateleira superior, atrás do pote de arroz! – comentou dando risada.

– Pai engraçadinho! – sorriu o filho.

– Alex, já que não posso usar pimenta por mais alguns dias, sirva-se à vontade, certo? Por favor, faça esse sacrifício por mim – riu de si mesmo.

– Com certeza, Aurélio! Será uma satisfação hemorrágica!

O professor percebia muito bem a presença de espírito e a vivacidade do novo aluno que aparecera do nada... que veio por estradas.

O almoço foi temperado por conversas das mais variadas, histórias curiosas e piadas... Marcellus era quem mais as contava. Além de saborear e matar a fome, divertiam-se também enquanto lavavam a louça. "A comida é um ótimo motivo para reunir amigos", lembrou-se Alex.

Após a refeição e a sobremesa, as redes penduradas na varanda pareciam chamá-los. O problema é que havia apenas duas, e é obvio que os mais velhos, como dizem, tinham prioridade de uso. Marcellus foi para seu quarto cochilar. Simples e bem arejado, tinha em sua janela cortinas costuradas carinhosamente por sua mãe. As mães falam por seus gestos.

A sesta é importante para satisfazer a sonolência da tarde. Bastariam alguns minutos bem descansados para deixar o sangue circular pelo estômago e depois retornar ao cérebro para mais uma tarde de trabalho.

Sim, pois tanto Aurélio quanto Alex estavam trabalhando em seus momentos de lazer. Eram dois homens que seguiam sua vocação, portanto livres de alguns rituais mecanicistas herdados do século passado.

Só porque não estavam operando uma máquina, correndo atrás de clientes ou tomando decisões, não significava que não estavam produzindo. Nada como momentos de ócio criativo em confortáveis redes para acordarem com ideias e lembranças que lhes poderiam gerar resultados e receitas de um ano de trabalho duro.

Poucas empresas estão atentas ao *workaholic* e *burnout*, que geram *stress* e coisas piores, anulando seus potenciais pessoais. Tempo para o trabalho, tempo para a família e tempo para si é uma das mais sábias receitas de produtividade. É preciso saber parar um pouco, e essa arte é conhecida por poucos.

É quando paramos para pensar e sonhar que conseguimos vislumbrar os resultados que desejamos alcançar. A locomotiva de um trem puxa os vagões e os empurra apenas para manobrá-los. É o inverso de "ter de correr atrás da máquina", como tanto falam erroneamente. "Correr atrás" dá ao inconsciente a ideia de se estar sempre atrasado.

Acordaram depois de uma rápida soneca. Se estendessem o pequeno sono, acordariam com dor de cabeça, indispostos e com a sensação de estarem perdendo o dia.

Lavaram o rosto e voltaram à varanda para devorar um doce de figo preparado com açúcar mascavo e presenteado por Pandora. Uma glicose bem saudável para continuarem seu trabalho. Sim. Ainda estavam produzindo alicerces para uma nova conclusão que causaria em breve uma bela reviravolta. Algumas coisas são muito subliminares na aldeia.

– Diga-me uma coisa, Alex! O que o traz a Villa Nova? – perguntou Aurélio.

– Saí um pouco da cidade para descansar, desbravar e buscar algumas respostas!

– Que tipo de respostas?

– Respostas que não consigo obter em meio à correria!

– Respostas do tipo "sim" ou "não"?!

– Não! Respostas às questões que ainda nem mesmo sei formular! Mas estão aqui, me deixando muito confuso – riu de si apontando para a própria cabeça.

– Não me diga que está em crise de identidade a esta altura do campeonato – brincou Aurélio.

– Do tipo, de onde vim? Para onde vou? Não, meu amigo! Tais dúvidas eu tive na idade do Marcellus! – sorriu.

– Ah bom! Imaginei que não eram essas!

– Sabe, Aurélio?! – pausou refletindo... – Estamos inseridos num sistema que não nos deixa saber para que nós estamos fazendo o que fazemos, entendeu?

– Concordo e fico feliz em saber que você está fazendo a pergunta certa!

– Como assim?

– Você está perguntando "Para quê?"... e não "Por quê?", como todos fazem.

– Não entendi!

– Quando nos perguntamos "Por quê?", estamos nos remetendo ao passado! Quando nos perguntamos "Para quê?", estamos nos projetando ao futuro, à motivação real!

– Por favor, me dê o direito de repetir que ainda não entendi!

– Para que estamos aqui?! O que temos para fazer?! Qual o nosso sentido de vida?! Entendeu? Você está usando seu corpo e sua mente para quê? Simplesmente para usufruir dos prazeres da vida ou para construir algo maior?!

– Mas sem prazer eu não vivo!

– Óbvio! Mas e o resto?!

– Que resto?

– O resto que os anos lhe permitirem!

– Não sei quantos anos ainda tenho!

– Exatamente! Por isso, o mais importante em nossas vidas é o que estamos vivendo agora!

– Mas não estou satisfeito como estou vivendo! Nem com o que tenho agora...

– Nunca estamos satisfeitos, mas o que importa não é o que você tem, mas o que você faz com o que tem. Essa é a grande diferença! E como vivemos. Somos aquilo que pensamos!

– "O importante é fazer diferença!"... é isso?! Li em algum lugar!

– Pois esse lugar o escolheu! – disse dirigindo-se a Alex. – Quantas vezes você foi a uma livraria decidido a comprar determinado livro e acabou escolhendo outro? Parecia que ele o puxava à prateleira e para sua surpresa continha respostas e conhecimentos que o maravilharam?!

– Puxa! Inúmeras vezes! – respondeu com espanto.

– Os livros nos escolhem, Alex!... os livros nos escolhem!... também.

Pensativo e confuso, o andarilho em férias dera-se conta do calor. E que já estava com aquela família há muito tempo. Chegara a hora de deixá-los. Tinha a impressão de estar com seus julgamentos ainda muito arraigados. Precisava refletir sobre o bombardeio de conhecimento e provocações que recebera. Despediu-se cordialmente agradecendo o divertido almoço e a ótima tarde que tivera com eles.

– Aurélio! Estou gostando muito de nossa conversa, sou muito grato por tudo, mas preciso devolver o cavalo – deu uma desculpa esfarrapada sabendo que o professor compreenderia. – E pensar sobre tudo o que conversamos! Tudo tem tido muito impacto em mim ultimamente.

– Todos temos nosso próprio tempo, Alex! Volte quando quiser! Será sempre bem-vindo!

– Voltarei, sim! Voltarei... e *Voltaire*! – disse sorrindo, sabendo que ele entenderia.

O professor o fitou com satisfação e sorriu muito feliz. Aurélio estendeu-lhe a mão enquanto se curvava levemente em reverência ao novo aluno que a vida lhe enviara.

NASCENDO E MORRENDO

Marcellus acompanhou Alex até a baia para ajudar a encilhar o cavalo.

– Quer que eu o acompanhe? Preciso devolver o cavalo de Pandora. Não vamos mais precisar dele – falou Marcellus.

– Não, meu amigo. Fique com seu pai. Ele é uma pessoa muito especial!

– Eu sei!

– Deixa que eu levo os cavalos. Até logo!

– Até a próxima! Agora você já conhece o caminho para cá!

Despediram-se com o sentimento de que logo se encontrariam novamente.

Alex retornava para a pousada a trote lento. Pégasus praticamente caminhava, pois sentia a paz de espírito que tomava conta de seu condutor. O andarilho gostava de uma boa conversa. Chegando à fazenda, desencilhou os dois animais rapidamente e levou-os até uma grande tina de água próxima a um monte de feno. Estava ficando experiente na lida com os cavalos e gostando cada vez mais de sua parceria.

– Olá, Pandora, como vai, querida senhora? – cumprimentou-a na entrada de casa.

– Ótima! Vejo que você também! – respondeu enquanto varria o chão e colocava as cadeiras da varanda em seus devidos lugares.

Era muito caprichosa com os detalhes. Sempre posicionava as cadeiras de forma que as pessoas ficassem ao lado umas das outras e em leve diagonal para que se vissem ao conversar.

– Pandora! Deixe duas cadeiras reservadas para nós? Vou tomar um bom banho. Depois gostaria muito de conversar. O dia foi interessante demais!

– Claro, Alex! Adoro dias interessantes! Aguardo você com um *masala chai*!

Até nisso ela pensava... muito carinhosa!

Pandora trouxera o *chai* quando de sua visita a um local distante – tudo era distante de Villa Nova, pois Villa Nova ficava distante de tudo.

Ficara impressionada como aquela bebida aproximava pessoas das mais variadas idades. Mais do que um alimento, era como uma filosofia sagrada e de amizade entre as pessoas, coisa que não vira em muitos dos lugares por onde viajara. Gostou tanto do ritual que trouxe para casa todos os apetrechos presenteados por sua anfitriã quando de sua visita.

Sentaram-se na varanda dispostos a conversar até a hora do jantar. O entusiasmo dos dois era evidente. Enquanto Pandora servia *chai* para Alex, nosso explorador descarrilava suas descobertas.

– Conheci o professor Aurélio hoje! – disse Alex entrando direto no assunto.

– É mesmo? E como ele estava?

– Sorridente, saudável e bem-disposto! Senti sua felicidade ao se despedir de mim...

– Que bom! Fico muito feliz! Aurélio é uma pessoa iluminada!

– Sem dúvida! E como gosta de falar, entendi por quem Marcellus puxou! – sorriu feliz com a relação deles. – Os dois se dão muito bem. Parecem ser mais do que pai e filho!

– É claro! Eles se conhecem há muito tempo e de outros tempos. O que mais se poderia esperar, já que podemos escolher onde e com quem nascer?

– Como assim, Pandora? Escolher onde nascer?! E com quem?

– Ora, Alex, não vai me dizer que você nasceu por simples acaso?

– Por acaso, sei que não, mas dizer que eu escolhi!...

– Tá bom, tá bom, cada um tem o seu ritmo... seu tempo.

– Você também?! É a segunda pessoa que me fala isso hoje!... "Meu tempo"?

– Então é sinal para começar a abrir sua mente! – afirmou com olhar doce.

"Recebemos um corpo e podemos gostar dele ou não, mas ele será nosso durante o período da vida. Com ele aprenderemos lições, pois estamos matriculados em tempo integral numa escola informal chamada Vida. A cada dia, surgirão lições, tanto interessantes quanto algumas bem idiotas. Nessa escola não cometemos erros, mas sim obtemos lições que aprendemos pela experimentação e tentativa. Alguns experimentos não dão certo, mas são meras etapas preparatórias para novos ensinamentos. Cada lição é repetida de várias formas até que aprendamos sua mensagem. Só depois de assimilada é que passamos a novos estágios. Estaremos sempre aprendendo enquanto estivermos nessa escola e não existe nenhuma parte dela que não possua lições a serem aprendidas. 'Lá' não é melhor que 'aqui' e quando o nosso 'lá' estiver se transformando num 'aqui', simplesmente receberemos um outro 'lá', que também parecerá melhor que o 'aqui'. Poderemos amar ou odiar algo em outras pessoas, que serão as mesmas coisas que amamos e odiamos em nós mesmos, como se elas fossem um espelho. Teremos todos os recursos para viver uma boa vida, mas o que faremos com eles será nossa decisão. As respostas a todas as questões da vida estarão dentro de nós e tudo que precisamos fazer é olhar, ouvir e confiar. Infelizmente esqueceremos de tudo isso, mas poderemos nos lembrar sempre que quisermos."

– Muito bem, Alex! Para você entender um pouco melhor: quando você resolve sair de férias pode escolher para onde ir, não é?

– Sim, contanto que esteja dentro de meu orçamento!

– Isso mesmo! Assim é com a vida. Acabamos assumindo a vida que esteja de acordo com nossas capacidades, deveres e condições de exercer aquilo a que nos propomos quando nascemos. Ou melhor, renascemos.

– Mas isso é a teoria da reencarnação, que nunca foi comprovada cientificamente!

– Nunca foi e nunca será! Só saberemos a verdade quando morrermos. Só assim realmente para saber como é do outro lado. Aliás, não é uma morte, e sim um renascimento, um retorno à nossa outra casa. Deixamos de usar um corpo que não passa de uma embalagem muito pesada!

– Nosso corpo é bem pesado mesmo! Precisamos de toda essa massa para levar nossos pensamentos e sentimentos e de um carro de quase uma tonelada para nos levar de um lado para outro! – concordou Alex. Em seguida, indagou: – Mas por que você insiste na ideia de que escolhemos onde nascer?

– É a forma de percepção que importa! Alex, a vida é uma sequência de acontecimentos e encontros maravilhosos que nos levam a uma vida plena ou é apenas um apanhado de acasos em que somos vítimas, e não atores principais? Qual das duas visões você prefere?

– A primeira! É claro! Mas já que falou em morte, como explicá-la nessa forma de ver a vida? Escolhemos a hora de morrer também?

– De certa forma e inconscientemente, sim. O problema maior é quando partimos devido a um acidente ou doença não programada e, pior ainda, quando nossas crianças partem sem ao menos termos tido tempo de nos despedir. Não há ciência que explique nem palavras que amenizem a dor de um pai e de uma mãe. A única vontade que temos é de morrermos junto!

– Não fomos preparados para a morte, não é? – perguntou afirmando Alex.

– Isso mesmo! E a única coisa certa em nossas vidas é que um dia morreremos. Não é um paradoxo? Assim que nascemos, já começamos a morrer; no entanto, é como você disse: "Não fomos preparados para a morte"! É uma passagem, uma volta para casa, para nossa família Maior; estamos aqui temporariamente com nossa família atual e nos reencontraremos lá em cima um dia. Para quem já se foi são algumas semanas ou meses, mas para quem fica são anos ou algumas décadas; o tempo lá é diferente daqui. Não morremos... transmutamos.

Alex lembrou-se do pensamento paradoxal: "Tempo não existe." O tempo é e está.

– Estive hoje pela manhã na caverna e senti a presença da morte naquele local! Foi uma sensação muito ruim, como se ainda houvesse espíritos lá dentro!

– Senti a mesma coisa quando estive lá, muitos anos atrás! Em primeiro lugar, não se impressione. Pode tanto haver espíritos como ser apenas uma projeção de sua mente, que se alimenta neste momento de medo e mistério. Se existisse algum espírito, provavelmente não seria de um homem pré-histórico, e sim um brincalhão qualquer que não tem nada pra fazer – riu-se. – Mas o que me impressionou realmente era a forma com que tratavam seus mortos!

– Éramos mais preparados para a morte antigamente?

– Acho que não. Durante a Idade Média, a expectativa de vida não superava os trinta e cinco anos de idade. A morte era algo presente em suas rotinas. Hoje é em torno de setenta e cinco e até oitenta anos! Penso que a vida não era tão valorizada como hoje. Havia muitas guerras e doenças. Hoje buscamos a longevidade. Somos mais sentimentais e demonstramos afeto com bem mais facilidade que nossos antepassados. E não precisa ir muito longe para constatar isso. Basta analisar como são as relações entre você e seu pai, seu pai com seu avô e como eram as de seu avô com seu bisavô que você poderá projetar como é ou será sua relação com seus filhos no futuro!

– É verdade. Meu pai me contava que tinha certa apreensão com relação a meu bisavô. Este era muito severo, desconfiado e fechado! Parecia ser coisa da época, cultura e como foram criados; precisamos nos colocar no tempo deles para compreender as dificuldades pelas quais passaram. Hoje a relação que tenho com meus pais é bem próxima e com minha filha Jéssica é ainda mais!

– Sentiu a diferença! Imagine isso tudo cem gerações atrás. Não que seja regra, mas muita coisa era diferente de hoje. Talvez eles lidassem melhor com o desapego! – completou Pandora e continuou: – Sabe, Alex?! A melhor forma de nos prepararmos para a morte das pessoas que amamos é saber que o tempo não existe! Simplesmente somos e estamos. A morte de alguém próximo é sempre pior que a nossa própria, pois quem parte é que está indo para uma nova e intensa aventura com grande amparo. Duro é para quem continua neste mundo de expiação. Eu sei como é isso. Perdi meu marido recentemente!

– Você é incrivelmente forte, Pandora! – Alex se emocionou um pouco. – Perder alguém tão próximo deve ser uma dor que sequer posso imaginar. Isso ainda não ocorreu em minha família!

Silenciou brevemente e prosseguiu:

– Mas o que tem a ver o fato de o tempo não existir com a morte? Você quer dizer que só o tempo cura a ferida?

– Concordo que o tempo ajuda a curar, mas não é a isso que quis me referir. Na verdade o tempo não existe, pois somos eternos; sem começo, sem meio e sem fim... Simplesmente existo! Lembre-se: "Penso, logo existo." Pois bem, o tempo passa a existir somente quando ele é comparado com algo e, no nosso caso, ele é medido pela rotação e translação da Terra e pelo envelhecimento de nossas células, que se desgastam pelo passar dos anos. Aliás, todo mundo quer saber quantos anos temos, não sei por que – brincou.

– Continue, Pandora! Estou gostando!

– Ótimo! Adoro aluno novo! Alex! Nosso corpo está preparado biologicamente para suportar mais de cem anos, mas ainda somos desregrados e não temos bons hábitos de comportamento para isso. Aliás, é o mais importante!... Bons hábitos!... Falo de alimentação equilibrada e funcional, esportes, bom sono, boas pessoas ao nosso redor e cuidados em geral com nossa saúde física, mental e emocional. Isso se chama "Estilo de Vida"!... Mas o homem vive como se nunca fosse morrer e morre achando que não viveu o suficiente – explicou Pandora e continuou: – Bom, o fato é que duramos em média uns oitenta e poucos anos no mundo físico, quando muito! Nossa alma é eterna, mas não nosso corpo. Agora... suponha que alguém de seu círculo de convívio venha a falecer e você tenha ainda mais uns quarenta anos de vida pela frente. É aqui que está o principal: quarenta anos para você é muito tempo para reencontrar seu parente no outro lado, mas para ele não passará de algumas semanas ou meses, pois sua referência de tempo é completamente diferente da nossa!

– É verdade! Os anos e décadas deixam de ser referências de tempo!

– É exatamente o que ocorre, Alex!

– Então você levará um bom tempo ainda para reencontrar seu marido, mas para ele será logo? Alguns anos para você serão apenas alguns meses para ele?

– Exatamente!... Mesmo assim sinto falta dele, mas em vez de lamentar a perda sou grata pelo tempo que passamos juntos... e, na verdade, não foi uma perda, foi uma transformação. Em breve nos reencontraremos, em tempos diferentes; e ainda tenho muitas coisas pra fazer por aqui, muito me foi atribuído, entende?... Os amigos ajudam muito e sempre aparecem pessoas boas com quem conversar. Pessoas que eu ajudo e oriento. E que também me ensinam muitas coisas novas, então as novas aventuras e aprendizados recomeçam. Assim passo a ver a vida novamente como algo bem bonito! Tudo é um grande ciclo... Um ciclo bem bonito! – finalizou com olhos bem felizes.

– Faz muito tempo que ele se foi, Pandora?

– Não foi ele que se foi... fui eu que vim! – murmurou Pandora.

Alex arrepiou-se! Sentiu algo diferente ao ouvir este "vim". A palavrinha "aluno" também lhe suscitou curiosidade, mas não quis perguntar. Lembrou-se do conselho da própria Pandora: "Deixe que os acontecimentos te guiem!" Definitivamente, havia muita magia no ar.

Coisas em vida

Como vivo minha vida? E se eu tivesse pouco tempo aqui ainda? O que é realmente importante para mim? É muito complexo nos desvencilharmos das coisas que amamos, por mais que tentemos exercitar o desapego. É quando uma relação que valorizamos muito termina que nos damos conta do quão apegados somos a diversas futilidades. Fruto de nossa própria ignorância e causa de sofrimento, o apego impede-nos de viver em equilíbrio e vislumbrar o futuro quando preso a objetos sem uso e a velhos e incômodos sentimentos. Somente limpando o armário da alma para dar espaço ao novo.

Nossa vida é atulhada de coisas, papéis, pessoas, compromissos e excessos. Cedo ou tarde sucumbimos por não conseguirmos ordenar tudo numa simples lista de prioridades. Não conseguimos nem administrar nosso tempo, e o dia precisaria de mais horas. Que coisas são necessárias e outras nem tanto?

Talvez nossa escala de valores esteja errada e provavelmente esse é o início de tanta conturbação. O que realmente é importante para si mesmo e para a família? O trabalho satisfaz ou deve-se procurar outro? Quais os amigos que são realmente amigos?

Por que se dá tanta importância a mesquinharias e futilidades? Quanta coisa você queria no passado que nem sequer teve a devida importância quando obtida. Quanta coisa acumulada e parada no tempo; a roupa que saiu de moda, a festa que acabou cedo, o carro que roubaram, o amor que se apagou.

O que faz com que evoluamos em nossos valores? Qualquer um sabe que precisamos de saúde e de coisas simples para viver bem. Mas e o imenso resto de coisas que temos para comprar, consumir, ler, viajar e tantas outras? Escolhemos de acordo com nossos valores pessoais? Ou com ansiedade?

O apego desmedido a objetos, assim como a pensamentos arraigados e difíceis de serem esquecidos, deve dar espaço a novos sentimentos. Apego à dor, ao desamparo, à comiseração e à pena de si mesmo, achando que alguém vai se importar e dar a atenção que você acha que merece? O que antes era tão importante agora deve ir para o lixo. As pessoas é que são importantes.

O quanto se aprende sobre si mesmo em tão pouco tempo; sobre seu real valor e potencial realizador ao deixar ir embora a ilusão de que, um dia, somente seria feliz se fosse com alguém. Abrir espaço na mente e no coração é sempre mais difícil que no armário de bugigangas. Ideias e sentimentos soterrados dão espaço ao novo e comportamentos destrutivos são abandonados. Apegamo-nos a coisas e pessoas como um náufrago que se agarra a uma tábua de salvação sem antes ter aprendido a nadar.

O apego exagerado é doença do passado e de pessoas desesperançadas que não conseguem abrir seus olhos para o presente. Sem poder vislumbrar o futuro, achamos que o melhor da vida já passou. E, assim, acabamos por cultivar memórias de dor e mágoas ainda presentes que não nos trazem nenhum aprendizado.

São padrões de comportamento tão fortemente neuroassociados em nosso cérebro que acabamos sempre por repetir situações indesejadas, pois nosso sistema límbico está viciado nos neuropeptídeos produzidos pelo hipotálamo por causa de nossas próprias emoções já viciadas. Um ciclo vicioso cheio de vícios. Vício é tudo aquilo que você não consegue controlar em si mesmo.

Assim, saímos de uma relação amorosa fracassada e acabamos entrando em outra idêntica porque nossa vibração mental está baixa... e viciada. Repetimos ciclos e padrões. E a culpa não é dos neuropeptídeos.

E vício em alegria? Em prosperidade? Vício em felicidade?... Que tal?

São em momentos de quietude que conseguimos discernir melhor sobre o que realmente queremos para nós mesmos e que tipos de pessoas e amigos permitimos que se aproximem de nós. É nesse momento que ocorre o grande divisor de águas, quando você se dá conta e passa a separar o joio do trigo.

Precisamos elevar nossa vibração mental com bons pensamentos, assim estaremos atraindo grandes acontecimentos para nós. Falamos aqui de pensamentos positivos, mas não ilusórios. Não sonhe em conseguir o emprego dos seus sonhos ou uma promoção na próxima semana, mas pense e sinta o bem que lhe faz encontrar pessoas de bem em seu caminho. Uma delas pode lhe ajudar de uma forma indireta que você nem imagina.

Enquanto servia mais um *chai* para Alex, Pandora lembrou-se de uma história que muito a marcou e que seguia como filosofia de vida.

Quando o falcão chega a certa idade, ele recolhe-se a seu ninho, encravado nas rochas de penhascos, e inicia um processo muito doloroso. Durante algumas semanas ele protagoniza seu renascimento. Aos poucos, vai perdendo suas penas, que são substituídas por novas, assim como as garras, e, instintivamente, começa a bater com seu bico nas pedras até que caia, dando lugar a um novo, que cresce ainda mais forte. Isso lhe propicia viver por mais bons anos. O velho falcão, então, renasce para voos ainda maiores.

– Alex! A vida é regida como a natureza. Podemos trocar nossas asas ainda em vida. O que você faria se tivesse ainda apenas oito dias de vida? Pare um pouco e reflita.

Alex lembrou-se de sua filha. Começava a sentir saudade dela. Já havia plantado uma árvore e talvez iniciasse a escrever. Não uma carta... e sim um livro.

"Todo livro precisa de uma capa e toda carta precisa de um envelope", pensou estranhamente o buscador... Sonhara com isso recentemente.

HOMENS E MULHERES

A tarde foi passando rápido. Bons diálogos aceleram o tempo. Em meio à conversa que já se estendia quase à hora do jantar, surgiu na escuridão um homem a cavalo. Era Iaqui, o índio curandeiro.

– Olá, Pandora! Vim visitar você. Não aguentava mais ficar sozinho naquela cabana. Precisava conversar com gente de verdade! – disse sorridente.

– Iaqui! Mas que surpresa agradável! Que bom que você veio! Junte-se a nós – Pandora era sempre um comitê de boas-vindas.

– Obrigado, Pandora! Como vai, Alex?! – disse enquanto descia do cavalo.

Alex estava surpreso novamente. Ficou muito curioso com o índio e pela maneira como lidou com o problema de saúde de Aurélio. Desejou conhecê-lo melhor, mas jamais imaginou que seria desta forma. "Que coincidência!", pensou, ao mesmo tempo em que estranhara muito seu linguajar. Não parecia ser o de um índio comum.

Além da pele escura, rosto de traços retos e cabelos amarrados, não aparentava maiores características indígenas por seu trato refinado.

– Boa noite, Iaqui! – retribuiu Alex. – Estive com Marcellus e Aurélio hoje pela manhã, e ele está bem melhor de saúde! Almoçamos juntos inclusive.

– Ótimo! Acho que estamos quase perto da cura! – vibrou Iaqui.

– E você, Pandora, como está? – despistou Iaqui, sem querer se aprofundar muito. Precisava relaxar e arejar um pouco.

– Estava aguardando você!

– Vocês, mulheres, sempre intuitivas! Devíamos aprender a pensar mais como vocês! Sabia?!

– Concordo plenamente. Muita coisa ficaria mais fácil!

– O inverso é que seria difícil! – retrucou brincando Alex.

– Como assim? – perguntou Iaqui.

– As mulheres pensando e agindo como nós, Iaqui!

– Concordo com você plenamente! – disse Pandora.

– Mas como é uma mulher que pensa como homem? – provocou Iaqui o novo amigo.

– Quando elas endurecem o coração! – e continuou: – Acho, sem dúvida, que devemos pensar mais como as mulheres. Muitos homens estão morrendo por não saberem se expressar mais e também porque retêm muito de seus sentimentos. O *stress* e as cobranças são muito grandes. Uma prova disso é que existem muito mais viúvas do que viúvos, não é?

– É! Infelizmente aprendemos desde cedo que "homem não chora"! Quando eu era criança, existiam histórias escabrosas sobre os antepassados de nossa tribo; não só da nossa, como de outras longínquas. Afinal, somos todos um pouco parentes uns dos outros. Em algumas dessas tribos, as crianças eram separadas de suas mães para ficarem sozinhas e aprisionadas numa grande oca durante semanas; em outra, a criança que nascesse de mãe solteira era morta para que os "deuses" poupassem as vidas das demais. Sem contar na extirpação de clitóris das mulheres para impedi-las de terem prazer, só para assegurar a fidelidade feminina.

– Pior que isso acontece ainda hoje! – completou Alex.

– Sim, ainda ocorre! Não me parecem ser atitudes indígenas! É muito estranho tudo isso – Iaqui sabia que a origem das atrocidades do nosso mundo vinha também de um outro mundo.

– Mas o homem branco também cometeu muitos horrores, Iaqui!

– E tem cometido ainda. Parece que o ser humano não merece a inteligência que possui. Os animais são mais sábios que nós em sua ignorância! – afirmou Iaqui com ar desiludido. – Somos nossos próprios inimigos!

– Mas também temos amor, família; construímos e criamos! Tem muita coisa boa também! – meteu-se Pandora para subir a energia.

– É claro! Só estávamos devaneando um pouco. Obrigado por nos trazer à tona novamente! – brincou Iaqui.

– O grande problema do homem é que alguns não sabem lidar com o poder que possuem. Não sabem porque não se conhecem! – afirmou Alex.

– Agem como que se tivessem sido pisoteados quando crianças e quando estão por cima iniciam um revide inexplicável. Atiram para todos os lados e descarregam suas raivas contidas em qualquer um que apareça pela frente. É incrível quanta coisa fica armazenada no fundo de nossa mente! Algo totalmente inconsciente.

– Exatamente, Pandora! Quem apanha não esquece! Assim como nós erramos inúmeras vezes, nossas próprias famílias também possuem uma parcela de contribuição para a neurose que assola a todos. É mundial! Está por tudo, em todas as raças. As pessoas querem mudar o mundo, mas quando crianças sequer arrumavam o quarto!

– Eu sei, Iaqui... Afinal, elas não são perfeitas! Escolhemos nossas famílias ao nascer justamente com o intuito de nos resolvermos. Temos muitos carmas... muitos! Homens e mulheres erram da mesma forma! Estou fazendo um mea-culpa feminino! – afirmou Pandora.

– Criamos nossos filhos para o mundo, e não para uma dependência, e isso deve iniciar já na infância. Acordar sozinho, arrumar a cama, cozinhar, lavar a louça... coisinhas do dia a dia... – comentou Alex. – Sem saber, podemos inclusive estar criando futuras dificuldades de amadurecimento em nossos filhos! Pais extremados que se apegam demais à sua prole, mesmo quando já possuem total autonomia de sobrevivência, têm maiores dificuldades para lidar com a síndrome do ninho vazio. Tenho alguns amigos que se casaram muito tarde por não saberem se soltar das amarras da segurança do lar. Parece uma simbiose em que os pais precisam dos filhos para serem felizes, projetando neles suas ilusões de realização.

– Adorei a parte do "lavar a louça"! – riu Pandora e frisou: – Os filhos, por sua vez, se acomodam e muitas vezes hesitam em viver um amor sensual, maduro e rico em novas experiências. Afinal, em seu inconsciente, que percebeu algo de forma distorcida, acham que ninguém será capaz de amá-los com tanta intensidade e honestidade quanto sua querida mãe; então, amar, para eles, pode ser sinal de sofrimento. O mesmo pode ocorrer com as filhas em seu referencial masculino estabelecido na figura do pai. Agora entenda quanta responsabilidade temos pela futura felicidade de nossos filhos. Tudo que fazemos e como somos fica registrado na mente dos pequenos desde cedo.

– Puxa, Pandora, você pegou uma veia interessante! Estive num país vizinho recentemente e, para meu espanto, os homens de lá, que sempre foram bem-vistos pelas mulheres, estão em baixa!

– Mas por que isso está acontecendo?!

– Porque, quando casam, querem continuar morando próximo de suas mães. Então as esposas enlouquecem, e com razão, já que elas querem iniciar uma vida nova com seus maridos longe da superproteção. Mimos demasiados podem não ser bons! Veja que, em contrapartida, em algumas tribos antigas, os filhos, assim que casavam, deveriam seguir caminho para outras terras e povoá-las e, se voltassem para casa, poderiam ser até mortos!

– Alguns animais matam seus filhotes se voltarem para perto dos pais novamente – confirmou Pandora...

– Vejam bem! Estamos analisando opostos de comportamento como exemplo, mas são ótimos para nos fazerem refletir sobre como devemos lidar com os nossos filhos. Nós os criamos para a dependência ou para a vida? – finalizou Iaqui.

"Teus filhos não são teus filhos.
São os filhos e filhas da ânsia da vida por si mesma.
Vêm através de ti, mas não de ti.
E, embora vivam contigo, não te pertencem.
Podes outorgar-lhes teu amor, mas não vossos pensamentos.
Porque eles têm seus próprios pensamentos.
Podes abrigar seus corpos, mas não suas almas.
Pois suas almas moram na mansão do amanhã,
Que não podes visitar nem mesmo em sonhos."
Gibran Khalil Gibran

Um silêncio pairou no ar por alguns instantes. Ficaram pensativos sobre a educação de seus filhos. Até que ponto cada um sabia ao certo se a criação que estava proporcionando a eles era a mais correta?

Provavelmente seus pais devem ter se questionado da mesma forma um dia. O fato com que todos concordavam era que o educar nunca termina, assim como nunca cessam as lições que nossas crianças nos proporcionam.

– Sabem de uma coisa? Se conseguirmos criar nossos filhos sem receio de expressarem suas emoções e pensamentos, estaremos no caminho certo! – afirmou Pandora categoricamente.

– Sem dúvida! Eles aprendem com todo mundo, com a TV, internet, amigos, colegas, professores e principalmente com os pais. Aprendem também com a escória e o submundo e precisamos estar atentos, acima de tudo saber falar a linguagem deles. Um discurso moralista é o primeiro passo para afastá-los. Tenho um filho que está no exterior. Ele é meio índio e meio branco e nunca deixei de lhe passar as lições que meus antepassados trazem de longa data. Sempre estivemos próximos da natureza e ela, sabiamente, dá suas lições desde que o homem se conhece. Precisamos ter e dar raízes desde pequeninos, assim nossos falcões voam e sempre permanecem por perto!

– Homens e mulheres devem estar em uníssono, não é mesmo?

– Absolutamente! Quedas de braço entre homem e mulher são algo perigoso – confirmou Iaqui.

– Quem manda mais em casa, o homem ou a mulher? – interrompeu abruptamente Alex.

– O homem! – respondeu rindo o índio.

– A mulher! – disse Pandora colocando mais lenha na fogueira.

Os três riram.

– Sabem de uma coisa, meninos?! Um dos grandes segredos da mulher, entre tantos, é deixar que o homem pense que é ele quem manda! – provocou Pandora em risos.

– E quer saber, Pandora? Um dos segredos do homem é saber que é ela quem manda. Não digo mandar no sentido literal da palavra, mas sua alma nos completa... diria que nos guia – retrucou Alex.

"Às vezes Alex parecia um anjo", riu Pandora em pensamento.

– Eu acho que nunca vamos conseguir decifrar a alma das mulheres, meu amigo Alex! Nunca... – parafraseou Iaqui dramaticamente.

– Pandora! – disse Alex. – Escuta esta! Um cara estava caminhando pela praia e de repente chutou uma lâmpada mágica que estava enterrada na areia. Ele a esfregou e... o que aconteceu? O que aconteceu?

– Puff! Apareceu um gênio! – completou Iaqui rindo.

– Isso mesmo, meu amigo! – brincou Alex enquanto Pandora ouvia desconfiada. – "Amo, você pode fazer qualquer pedido, contanto que seja um!", disse o gênio. "Como assim?! Não eram três desejos?", questionou o sortudo. "Eram, mas com a crise, a globalização, novas regras do mercado etc.... é só um!", respondeu o gênio rindo com desdém. "Tá bom, lá vai: bem, eu sou surfista e meu sonho é surfar no Hawaii, só que morro de medo de avião e navio nem pensar! Gênio, eu queria que você construísse uma ponte daqui até o Hawaii para eu poder ir de carro!" "Não dá, Amo! Pode pedir outra coisa!" "Mas não sou eu quem manda aqui... no meu desejo?!" "Sim, Amo! Só que, infelizmente, não existe concreto suficiente no mundo para tal ponte, muito menos engenheiros capacitados para uma construção desse porte. São milhares de quilômetros de distância. Como fariam os navios para passarem? E os maremotos, tsunâmis e tufões... sem contar os abismos marinhos... Impossível! Pode pedir outra coisa!" O surfista, meio decepcionado, pensou, pensou e pensou. "Gênio, então é o seguinte: eu já fui casado três vezes e não deu certo. Eu gostaria do fundo do coração que você me explicasse como é a alma da mulher! Sabe? O que ela pensa, o que ela gosta, como elas são na verdade?!" Então o gênio pensou, pensou e pensou. "Amo! O senhor quer a ponte com quantas pistas?!"

Enquanto todos riam, Pandora assertivamente emendou:

– Mas o gênio continuou ainda mais pensativo e comentou: "Engraçado, Amo!... Há pouco tempo, três mulheres fizeram o mesmo pedido; saber como funciona a alma do homem! Respondi que não tem como!" – foi a vez da viúva rir ainda mais.

Em vez de nos completarmos, muitas vezes nos repelimos mutuamente. E está faltando um entendimento maior entre os dois sexos, que muitas vezes é substituído pela competição. Homens são seguros, decididos e fortes. São frios, autossuficientes e sustentam a família. Só pensam em sexo, não têm sentimentos e também não choram. Esse estereótipo de macho existe desde que a humanidade começou a andar ereta, quando nossos ancestrais disputavam comida com as feras.

Com o passar do tempo, essa agressividade continuou através da ferocidade competitiva no mercado de trabalho, mantendo o homem associado à força e ao poder. Durante muito tempo aparentar ser uma fortaleza pareceu ser uma vantagem, mas hoje, na verdade, é a grande fonte de angústia masculina. O fardo da onipotência carregado há tanto tempo e o aumento da competitividade têm agravado sua saúde física e mental.

A cada dia surgem estudos alertando sobre a deterioração psíquica originada pela síndrome do super-homem. O sexo masculino lidera as estatísticas mundiais em suicídio e em mortes violentas, e, em cada quatro dependentes químicos, três são homens. E também são mais suscetíveis a doenças cardiovasculares, hipertensão, diabetes e obesidade, além de viverem em média dez anos a menos que as mulheres.

Com a obsessão da obrigação em serem bem-sucedidos, viris e seguros, acabam sucumbindo perante uma imagem impossível de ser mantida permanentemente. Suas mortes precoces são sinais claros de um desesperado pedido de socorro e, com a máscara da autossuficiência, muitas vezes não conseguem pedir ajuda.

Possuem uma grande dificuldade em admitir que estejam sofrendo e geralmente procuram ajuda apenas quando são demitidos ou reestruturados em suas funções, o que pode ser uma experiência traumática em suas vidas profissionais. Sentem-se sem chão literalmente.

O que também leva os homens ao divã são as dificuldades para tomar decisões nos negócios e o fato de se sentirem oprimidos pela empresa ou entediados com seu trabalho. Alguns homens bem-sucedidos procuram terapeutas para tratar de sensações de incerteza e da carência emocional que experimentam ao atingir o topo da carreira. Sentem-se como alguém que tem tudo e ao mesmo tempo não tem nada. Sentem um enorme vazio.

Dedicam pouco tempo para sua família e trabalham de dez a doze horas por dia. E o que é pior: sentem orgulho dessa carga de trabalho. Os *workaholics* estão em extinção e quem não souber equilibrar trabalho com o eu e família tende a não ser muito respeitado pelas corporações, pelo menos nas mais sérias.

Crises conjugais e problemas sexuais como ejaculação precoce e impotência acabam por ocorrer, muitas vezes, em detrimento da pesada máscara que precisam carregar em suas vidas. O temor de parecer frágil e vulnerável dificulta ainda mais a busca de soluções.

A máxima mundial de que "homens não choram", martelada na cabeça desde meninos, acaba por criar uma carapaça que os impede de se entregarem a diálogos emocionais. Coisa que as mulheres têm muito mais facilidade de desenvolver e o homem precisa se inspirar mais nelas. Afinal de contas, ganham mais dez anos de vida com isso.

Infelizmente muitos têm vergonha de seus sentimentos, medo de falhar na cama e racionalizam demais até um simples passeio. A agressividade oriunda da insegurança os acompanha desde crianças, quando tudo que podiam fazer era sentir raiva e não chorar. Depois de adultos, precisam ser admirados por suas conquistas e seu poder, frequentemente dissociam sexo de amor, gerando grandes conflitos com suas parceiras.

Menosprezar emoções atrapalha nos relacionamentos e na vida profissional, até em suas palavras. Torna-se difícil de manter uma boa conversa sem que comecem a jogar confetes sobre si mesmos. O excesso de confiança gera boa dose de agressividade; por se acharem capazes de qualquer coisa, podem fazer negócios desastrosos, envolver-se em brigas e acidentes de carro devido à ausência de controle pessoal.

Não ter medo é uma característica dos heróis e também é rota dos soldados mortos, alpinistas congelados e empresários falidos que, ao adormecerem suas emoções, isentam-se da empatia pelo que os outros sentem e falam.

A vergonha de demonstrar sentimentos, sempre desculpada pelo "tudo bem", denuncia um comportamento altamente destrutivo, em que a tortura de mostrar-se inatingível deixa o homem muito vulnerável, expondo-o a doenças das mais diversas. Gastrites são as primeiras a surgir e o câncer pode ser seu último estágio.

Ao esconder sentimentos mesmo que inconscientemente, sentem-se mentindo para si mesmos e o risco de serem desmascarados em sua pseudoforça potencializa ainda mais seu engodo. Homens maduros e com relativa facilidade de se abrirem costumam vivenciar grandes reviravoltas em suas vidas. Muitos chegaram a esse ponto depois de dificuldades e desafios que os fizeram reavaliar o modo como vinham tocando sua vida. A empresa que faliu, o câncer que surgiu, a demissão inesperada acabam por nos colocar contra a parede. Somente mudando valores para conseguir um restabelecimento afetivo; caso contrário, as brigas surgem.

As pessoas gritam umas com as outras quando seus corações estão distantes, é uma forma de querer ser ouvido. Quando elas estão bem, conversam, pois a distância não existe. Quando estão enamoradas, sussurram e, quando se amam, basta um olhar.

Enquanto os três conversavam na varanda, Alex relembrava as difíceis fases pelas quais passou em sua vida que o fizeram amadurecer e tornar-se o homem que era hoje. Lembrou-se do pensamento que, um dia, lhe viera à mente sem motivo algum: "Aço só se forja com fogo!" Agora entendia por quê.

Muitos passam a vida num angustiante estado de sofrimento sem saber o que os aflige, e essa sensação de vazio se dá muito em parte por sua rigidez em assumir o papel de fortes e bem-sucedidos. Homens são treinados para ter um bom desempenho no trabalho e na cama e o resto vem em consequência dessas duas habilidades.

Quando perguntamos a um homem como vai sua vida, invariavelmente sua resposta dependerá de seu estado de sucesso profissional. Já, para uma mulher, ela menciona a família, os amigos, relações afetivas e trabalho. Costuma identificar muito mais fontes de prazer do que o homem, que por sua vez não enxerga outros aspectos importantes na vida.

Muitas vezes, quando atingem o sucesso profissional, chegam a tal ponto que, para mantê-lo, abrem mão de coisas simples, como relacionamento, afeto, amigos, *hobbies*, mais tempo em casa, e enredam-se na própria rede. Sem querer baixar padrões de vida ou com medo de cair – sim, pois quanto mais alto, maior é o tombo –, submetem-se a ritmos insalubres. Assumem papéis sem maiores questionamentos, indo muitas vezes contra sua própria ética e valores pessoais. Adaptam-se patologicamente ao distanciamento emocional, colocando em risco seus relacionamentos íntimos, surtindo um efeito arrasador sobre suas vidas, e isso tudo sem perceber conscientemente, mas o organismo começa a dar sinais e um dia estoura.

A falta de honestidade consigo mesmo e o negar de seus sentimentos demonstram um dos maiores tabus masculinos: a insegurança. Ela costuma ficar escondida debaixo de um comportamento exageradamente forte e protegido. Ao perceber que está fragilizado, acaba reagindo de forma ainda mais masculina e intempestiva.

O risco aumenta ao negar sua fragilidade, deixando de consultar um especialista e retardando tratamentos médicos, enquanto as mulheres estão atentas ao corpo desde a adolescência. Fazem exames preventivos com frequência e o homem, quando procura um consultório, é porque está no limite e ainda assim dificulta o diagnóstico ao emitir respostas monossilábicas sobre seu dia a dia e seus hábitos.

Falar sobre o relacionamento é ainda mais difícil. Arrancar confissões é quase impossível. Temem que, por algum problema de saúde, possam ser substituídos no trabalho por alguém mais jovem e saudável. Enquanto não procuram um médico, continuam a levar uma vida sofrida com perda de sono, aumento de peso e sentem um cansaço permanente oriundo mais do sedentarismo do que da própria idade, enquanto alguns poucos que se cuidam, com mais de sessenta anos, ainda correm uma maratona.

Tanto Alex quanto Iaqui eram homens que se mantinham sempre em boa forma. Saudáveis, cada um à sua maneira sabia que com o passar dos anos a vitalidade os abandonaria, mas pelo menos envelheceriam com saúde.

Muitos homens quando chegam à meia-idade ficam atordoados e entram em crise para finalmente começarem a repensar o que querem. Alguns trocam de emprego em busca de novos desafios e mais prazer no trabalho, outros iniciam terapia e aprendem a compartilhar suas dores e anseios com as pessoas que amam e participam mais do desenvolvimento dos filhos. Resultado: livram-se de gastrites, dores de cabeça, as preocupações diminuem e os possíveis futuros enfartes deixam de ocorrer.

Repensar é reviver.

Mas muitos não fazem nada e continuam na bola de neve num processo autodestrutivo: consomem seu casamento, começam a beber e a correr atrás de uma mulher mais jovem, em busca da juventude perdida. Gastam dinheiro em carros esportivos e numa moto imensa que nem sequer sabem pilotar.

Atiram-se à fugacidade, que aumenta ainda mais a sensação de vazio ao tentarem escapar da depressão de perceber suas limitações. As mulheres também colaboram com essa ansiedade. Com a busca de seus direitos e da liberação sexual, passaram a exigir um maior desempenho de seus maridos, não só na cama como em casa. Também fazem uma série de exigências que os deixam confusos e com medo de não conseguirem atender tantas expectativas.

Mesmo tendo conseguido mais espaço no mercado de trabalho, a mulher continua cobrando do homem o papel de provedor. Procuram, então, ser sensíveis, responsáveis, provedores, bons de cama, bem-sucedidos e românticos numa sequência de cobranças que assusta a qualquer mortal. Aceitar suas fragilidades é mais fácil do que parece. Ao entrar em contato com seus sentimentos, percebem que é possível iniciar uma nova vida profissional, social e familiar.

A carência de emoções, a agressividade e o egoísmo são sinais de defesa e é preciso entender o que está por trás desses mecanismos. Mais do que tentar mudar os homens, as mulheres devem tentar entender como eles pensam para iniciar a ajuda. Os homens precisam começar a pensar mais como as mulheres. É uma relação de troca permanente num envolvimento sincrônico.

NOSSAS VIDAS

Os três conversavam animadamente sobre os mais diversos assuntos. Era raro encontrar parceiros que soubessem desenvolver diálogos com tanta maestria. Cada um com suas características pessoais. Pandora, amorosa e sentimental; Alex, aventureiro e empreendedor racional; e Iaqui, pesquisador e mente aberta do trio. Além de trocarem ideias, geravam e faziam circular o conhecimento acumulado por anos de estudo e vivência.

Quanto mais o balão do conhecimento se expande, mais se tem contato com o desconhecido e chega um momento em que não se consegue mais ficar com tanta coisa guardada só para si. Começa a surgir uma necessidade imensa de repassar adiante tudo o que se sabe numa incrível via de mão dupla. Para Alex era difícil encontrar pessoas assim. Por isso, estava achando sua viagem ímpar e que ficaria para sempre em sua memória.

O tempo passava rápido demais e, sem perceberem, já estava na hora do jantar. O tempo é relativo, como dizia Einstein. "Se você estiver conversando com uma pessoa chata durante uma hora, aquela hora será como uma eternidade; mas, se for encantadora e amável, aquela hora não passará de alguns minutos."

A percepção do tempo está muito acelerada hoje em dia e vinte e quatro horas parecem dezesseis, devido à aceleração da frequência Schumann de 7,83 Hz da Terra. Perguntado metaforicamente sobre o porquê disso, Deus respondeu: "Para que vocês não façam mais tanta bobagem!"

Durante o jantar, riram muito e colocaram Alex o par das fofocas da cidade e dos comentários da última hora. A "rádio peão" funcionava muito bem e deixava a todos "informados" dos acontecimentos "sociais" de Villa Nova.

A última fora do aparecimento de um fajuto alquimista que prometera transformar chumbo em ouro e vendera centenas de *kits* de suas caixinhas mágicas por uma quantia considerável. Os ávidos por dinheiro fácil foram suas principais vítimas. Depois de algumas semanas, "ficaram na mão", pois o esperto fugira. Fora para outra cidade, onde criou uma "rede de pirâmide", sendo que cada membro entrava com dinheiro e trazia mais dois convidados para ingressarem no sistema. Assim crescia o bolo, mas sem haver repartição dos lucros. O único que ganhou com tudo isso foi o próprio embusteiro, que migrou para outra cidade novamente. E assim ia levando a vida o tal "alquimista"... diversificando. Ganhando seu sustento sem ética e em cima da própria falta de ética dos convidados, que esperavam ganhar dinheiro fácil também, e em cima dos outros, o rápido "milagre econômico" acabou.

"Estranho que isso ocorresse em Villa Nova", pensou Alex. "Bem, não era lá, mas por perto... ao lado. Moradores de Villa Nova monitoravam tudo e muito mais."

A outra história curiosa fora da presença de um casal de "magos" que lidava com rituais de magia e cobravam muito bem por isso. Muito semelhantes em aparência com "Rasputin" e "Madame Mim", encantavam alguns "discípulos" com seus toques inebriantes e torpor pseudo-hipnótico. Diziam-se enviados por mentores superiores que buscavam transcender o mal das ideias profanas. (A origem da Revolução Russa lembra algo semelhante; pesquise e entenda o quão mal pode fazer uma liderança negativa como Rasputin em cima de um líder despreparado como Romanov. Não haveria espaço aqui para detalhar o quão mal poucos podem fazer a muitos.)

"Vampiros" de corpo e alma, sugavam a energia de quem quer que fosse e que lhes desse um pouco de atenção. Gostavam de lugares escuros, alcoólicos, agitados e esfumaçados que propiciassem uma analgesia mental em seus seguidores, e com o tipo certo de música. Gostavam de migrar de um grupo para outro atrás de novas vítimas.

Gerar transes coletivos era seu passatempo predileto, mas só conseguiam atingir quem estava predisposto a ser envolvido por seus encantamentos de "poder". "O mal só entra na casa em que a porta está aberta." E a brincadeira durou pouco tempo.

Ela sofreu um sério acidente, perdeu seu negócio e ele teve sua casa arrombada e fora agredido. Como diziam: "Aqui se faz e aqui se paga". Mas esse é um pensamento perigoso de vingança muito comum em todos, não é? Como disse Gandhi: "Olho por olho e todos terminaremos cegos". Recebemos sempre em dobro por qualquer atitude que façamos e que prejudique alguém. Perdão e gratidão sempre andam de mãos dadas e novos capítulos da novela estariam por acontecer em outro lugar de suas breves histórias. Quem os conhecia somente observava, pois sabia que as verdades viriam à tona. Há três coisas que são impossíveis de esconder: o Sol, a Lua e a Verdade!

Mas existem magias e alquimias saudáveis que fazem muito bem à humanidade e Iaqui era perito nisso. Entusiasmado pela parceria da noite, convidou Pandora e seu novo amigo para tomar um chá após o jantar em sua cabana no alto do morro e conhecer seu laboratório de pesquisas.

– Laboratório! – exclamou estranhamente Alex. – Então era isso! Os tubos de ensaio e livros que vi pela janela quando fomos socorrer Aurélio!

– Exatamente! – confirmou Iaqui.

– Mas o que faz um índio com tubos de ensaio e bicos de chamas?!

– Ora, Alex, que tipo de índio você acha que eu sou? – perguntou provocativamente.

– Inicialmente pensei que fosse do tipo que usa arco e flecha e zarabatana! – brincou Alex.

– E que mora em oca e vive pelado pelo mato?! – riu Pandora.

– Também! E que diz: "Hau, cara-pálida!" – confirmou rindo Alex.

– Lembra, Alex, quando te falei que algumas coisas em Villa Nova não são bem o que parecem?!

– Sim, Pandora... agora estou te entendendo! – exclamou Alex.

Muito intrigado, Alex seguiu com os dois até os cavalos e partiram pelas trilhas até a casa do índio que não parecia ser o que era, e que dera muitos sinais de ser diferente por sua cultura e modo de falar. Tinha um sotaque estranho, mas suave, difícil de definir sua origem.

Era tarde da noite quando iniciaram lentamente a cavalgada que os levaria a mais uma sessão de novidades. Definitivamente não havia rotina em Villa Nova. Enquanto se divertiam... conversavam sobre suas vidas.

– Afinal, Iaqui, que tipo de índio você é?

– Alex! Eu sou um dos pouquíssimos índios que tiveram acesso à educação! Quando eu era criança e morava na reserva de meus pais, pude estudar numa escola mantida por uma fundação de assistência. Meu pai me falou, um dia, que eu era diferente e que se quisesse ser alguém na vida teria que estudar muito mais do que os outros! Estudei bem além do que me exigiam e consegui ingressar na universidade, mesmo com todo o preconceito que sofri. Sou bioquímico e já estive nos cinco continentes pesquisando plantas, ervas e fungos medicinais. Meus antepassados curavam diversas doenças com eles, mas muito de sua ciência se perdeu com a "civilização". Então resolvi dedicar minha vida a pesquisar e aprofundar aquilo que herdei de meus avós. Sempre fui apaixonado por botânica e ecologia. Está no sangue, "colado" no meu DNA, como já falamos!

– Então é essa a sua alquimia! Eu jamais imaginaria que você trabalhasse com pesquisas, Iaqui. Estou impressionado! – exclamou Alex.

– Isso não me espanta, meu amigo. É muito raro aqui em nosso país, mas nos países em que estive é muito comum nativos e cientistas trabalharem em parceria! Em todos por onde passei havia algo de muito curioso e impressionante e o que mais me chamava a atenção era o grau de envolvimento entre eles! Conheço algumas tribos que produzem, colhem e beneficiam matérias-primas para medicamentos e cosméticos que são vendidos para indústrias. Tornou-se um negócio sustentável muito correto que beneficia a todos. Já vi homens brancos participando de rituais e jogos indígenas como se fossem índios há muito tempo! Participavam de danças, provas de coragem e até de caçadas simuladas. Respiravam a forma de vida e conviviam durante meses em busca de novas pesquisas e curas para doenças raras!

– E o que o traz até Villa Nova, Iaqui?

– De vez em quando, preciso sair de minha rotina! Viajo muito e fico muito tempo fora. Estar em Villa Nova é como um período de férias. Eu e minha esposa construímos nossa cabana já faz dez anos e é aqui que conseguimos ficar mais tempo juntos. Ela viaja muito também e quando nos encontramos é como se fosse uma lua de mel! Estamos aqui há trinta dias e ficaremos por mais dois meses.

– Quer dizer que sua esposa está aqui também? – perguntou surpreso Alex.

– Sim! Está acampada numas pedras próximas a uma gruta! Está pesquisando uns desenhos de figuras estranhas que encontrou no ano passado dentro de uma caverna perto do penhasco – respondeu Iaqui.

– Puxa! Conheci esse lugar recentemente! – exclamou Alex. – Esses desenhos me chamaram a atenção também. Nunca vi nada igual nos livros de História! Que figuras são aquelas?

– Júlia ainda não descobriu, mas viu coisa semelhante em outros dois países! Ela está muito intrigada também. Não tira aquilo da cabeça. Só fala naquilo o tempo todo. Já estava me enchendo o "saco"! Ela me esqueceu completamente! Imagine que nós viemos para cá para descansar um pouco e só escrever, e ela continua trabalhando! Dá para acreditar nisso?! Nem para namorar está dando! Ela acordava no meio da noite falando naqueles desenhos. Aí eu "me enchi"! Preparei uma mochila para ficar dois dias fora e dei para ela. Eu disse: "Toma, Júlia!

Vai lá pra caverna e fica um tempo para pensar e tentar descobrir alguma coisa!"

– Puxa, Iaqui, vocês brigaram por causa de uns desenhos pré-históricos?!

– Que nada, Alex! Sabe o que ela me disse?! "Nossa, meu amor! Só você me compreende! Te amo muito!" Me beijou, montou no cavalo e sumiu. Dá para acreditar numa coisa dessas, Alex?

– Iaqui, não sei nem o que dizer! Só tem gente maluca nesta cidade! – exclamou rindo Alex e continuou: – Ela está lá perto da caverna há quantos dias?

– Dois. Dormiu ontem e deveria ter voltado já. Havia comida e água na mochila somente para dois dias e uma noite!

– E você não se preocupa com ela?

– É claro! Mas ela já se meteu em cada lugar, que onde está não passa de um *playground*!... Se ela não chegar hoje à noite, irei até lá pela manhã, por mais que ela odeie isso! A última vez que fui procurá-la, numa outra expedição, ela me xingou e voltei assoviando disfarçadamente! Ela disse que aquele era um momento só dela e que eu deveria respeitar sua rápida solitude. Precisava de um tempo só para ela e os desenhos. Isso foi no ano passado, quando ela descobriu aquela caverna. Vai entender! – riu Iaqui. – Nem o gênio conseguiria!

Agora todos riam.

Alex ouvia impressionado. Que tipo de casal mais estranho era esse, estranho e incrível. Júlia deveria ser alguém muito especial e interessante e Iaqui deveria ser um homem muito compreensivo, outra faceta que aos poucos ia demostrando.

Enquanto isso, Pandora escutava e observava Alex em suas mais divertidas reações de espanto e admiração. Ficava maravilhada com que acontecia ao seu redor. Lembrou-se de seu tempo, quando também teve os mesmos sentimentos e nunca mais abandonou Villa Nova.

– Pandora, você não vai falar nada? O que está achando disso tudo? – perguntou Alex já sabendo da resposta de Pandora.

– Eu estou adorando muito tudo isso! E eu que lhe pergunto também Alex: o que está achando?

– Parece que estou no céu e ainda não aterrissei... é isso que estou sentindo! – exclamou.

– Exatamente como me senti há alguns anos, meu querido... exatamente assim!

Em meio à lenta cavalgada que conduziam sob uma noite clara de lua cheia, o reflexo azulado iluminava o caminho que os levava à cabana de Iaqui, que agora já estava próxima. Perto da clareira de sua casa, puderam avistar a silhueta de um cavalo e uma luz de lampião na varanda.

Alguém estava sentado na cadeira e, mesmo um pouco distante, transmitia um ar de serenidade e contemplação. Mesmo de longe, a forma como o corpo se expressava em sua simplicidade de sentar e olhar para o nada delatava um pouco da maneira como pensava e vivia. O corpo fala e seus gestos não mentem.

Aproximando-se da cena que mais parecia uma tela, os três foram chegando enquanto Júlia se levantava para dar as boas-vindas ao marido.

– Olá, querido! Tive saudades! – disse enquanto o abraçava e beijava levemente.

– Oi, amor, como foi sua pequena aventura?

– Ótima, tive grandes ideias e sonhei muito com os desenhos. Pena que faltou comida e tive de voltar hoje! – respondeu Júlia.

– Hahaha! – riu Iaqui. – Que bom. Coloquei pouca comida de propósito para você voltar logo! Pelo jeito deu certo!

– Haaa então foi de propósito?! – riu Júlia, enquanto voltava-se para cumprimentar Pandora.

– Como vai, querida?

– Olá, Júlia! Seu marido estava mesmo falando de você enquanto chegávamos!

Abraçaram-se as amigas de longa data.

– Este é Alex, nosso novo amigo! Está lá em casa e aos poucos vai descobrindo tudo em Villa Nova! – falou Pandora satisfeita.

– Muito prazer, Júlia!

– Como vai, Alex?! Seja bem-vindo! Sinta-se sempre em casa aqui! – cumprimentou-o estendendo a mão num gesto delicado.

Júlia era uma mulher forte num corpo pequeno. Longos cabelos cor de caju e trançados completavam sua beleza estampada por um sorriso marcante e singelo. Seus olhos se apertavam enquanto sorria num olhar encantador que um dia hipnotizou seu marido.

Possuía uma voz suave e uma fala pausada e tranquila temperada pela segurança de quem não tinha maiores dificuldades em expressar sua afetividade. Carinhosa, não parecia ter em seu coração o desapego necessário a uma antropóloga que permanecia muito tempo em expedições pelo mundo. Talvez porque Iaqui viajasse também com frequência e deveria acompanhá-la de vez em quando, supunha Alex.

– O que está achando de Villa Nova, Alex? – perguntou a anfitriã.

– Estou adorando, Júlia! Todo dia tem novidade, inclusive à meia-noite de um dia de semana! – riu, referindo-se ao que estava acontecendo naquele exato momento.

– É verdade! Aqui não temos muita rotina e é muito diferente de todos os lugares que eu e Iaqui conhecemos. Acho que é por isso que gostamos tanto de vir para cá de vez em quando! É bom para sairmos de nossas próprias correrias! – frisou Júlia.

– Alex está descobrindo isso aos poucos! – completou contente Pandora.

Júlia e Iaqui se conheceram durante um intercâmbio de pesquisadores que os envolveu no estudo de uma civilização antiga em plena América Central. Mantidos por uma sociedade mundial, estavam constantemente pesquisando novas culturas e seus hábitos.

Ambos muito inteligentes, se apaixonaram rapidamente por suas ideias e ideais de vida. Pareciam ter nascido um para o outro e conheciam vários casais que os acompanhavam em paixões semelhantes; alguns vivendo na África cuidando de animais em extinção, outros cruzando o mundo a bordo de um planador. Uma família inteira velejava pelos oceanos criando documentários. Outros estavam na selva amazônica pesquisando plantas. Também havia voluntários no terceiro mundo tentando amenizar a fome e alguns estavam nos Polos Norte e Sul.

Há quatro anos, perderam um casal de amigos que morreu durante estudos de um vulcão que entrou em erupção. Mesmo não se conhecendo pessoalmente, a consternação da comunidade científica era a mesma de uma grande família em que todos sentiam a mesma cumplicidade ao colocarem suas vidas em risco pelo que mais amavam. Viver dessa maneira não era para qualquer um.

Casais que encontram um sentido maior para suas vidas são raros e merecem ser admirados por seus exemplos de vida, além de serem mais felizes. Um casal sempre tem uma missão de vida. Pode ser uma grande descoberta ou construir uma casa e criar seus filhos. Não nos unimos apenas para suprir nossas carências afetivas e nos divertir. Existem mais coisas entre a união de um homem e uma mulher do que possa imaginar nossa vã filosofia.

Iaqui mostrava seu laboratório com entusiasmo. Trouxera poucos experimentos, mas o que mais o deixava extasiado era a leitura de um livro raro dado de presente por um grande amigo. Um livro já esgotado que possuía em suas páginas lições que jamais aprendera em lugar algum. Nada de ciência. Contava a história de um escritor que buscava traduzir em cada parágrafo um pouco de sua própria vida. Um romance belíssimo e singelo que os casais deveriam viver permanentemente. Cada vida neste mundo é um livro aberto e escrito dia a dia, mas poucos se atêm a escrevê-lo como se fosse um romance e assim muitas histórias deixam de ser contadas.

Muitos exemplos inspiradores morrem com o passar dos anos e o passado é esquecido no mofo e no limo de coisas paradas. A vida é dinâmica e precisa ser alimentada com temperos que até o mais simples paladar possa identificar. Nossa vida é como um livro onde uma folha de papel em branco não suporta ser uma folha de papel em branco. Como seria a capa do livro de sua vida? Pare um pouco de ler agora e desenhe... que tal?

Enquanto Iaqui discorria sobre o que estava lendo, Alex percebera que já conhecia um pouco da vida do casal, mas não muito da de Pandora, e também ainda não apresentara o *script* de sua vida para eles. Talvez a noite propiciasse oportunidade para se conhecerem ainda mais.

Junto à parede de pedras que adornava a lareira, havia um quadro majestosamente pintado que retratava um belo pôr do sol em matizes de laranja e amarelo. Parecia contornar uma pequena lagoa circundada por árvores ressecadas. Alex não pôde deixar de comentar a beleza de sua mensagem, que também possuía um pouco de melancolia.

– Você que pintou, Iaqui?

– Não, Alex! Este quadro foi presente de uma grande amiga que está aqui presente! – disse Iaqui sorrindo e apontando para Pandora.

– Pandora! Que linda esta pintura!... É tão profunda!

– Obrigada, Alex! Pintar tem sido para mim uma terapia nos últimos anos. Este foi meu primeiro quadro!

– É lindo! E segue uma linha muito parecida com os quadros que tens em casa!... Então foi você quem fez todas aquelas obras?! – concluiu Alex.

– Você tem uma grande sensibilidade! – exclamou Júlia referindo-se a ele.

– Eu costumava pintar também! Aliás, só misturava as tintas! – comentou Alex.

– Parou por quê?

– Tempo, Júlia! Falta de tempo! Depois comecei a achar minha "arte" um lixo!

– Ora essa, qualquer um pode pintar um Kandinsky ou um Pollock, basta iniciar o movimento com os pincéis. Nosso julgamento é que nos bloqueia! – disse Pandora tentando incentivar Alex a voltar a sua arte.

– Van Gogh foi reconhecido somente depois de morrer. Chegou a passar fome e trocava seus quadros até por comida em certa época! – completou Iaqui.

– Um índio entendido em arte! Era só o que faltava! – brincou Alex.

– Meu trabalho é uma arte, meu amigo! Lidar com química exige ser artista e arteiro!

– Desde quando você pinta, Pandora?

– Na verdade, eu era escultora, Alex. Criava e esculpia em cobre e metais de solda. Fiz muita coisa bonita que está em casas das mais diversas, quando eu ainda morava na cidade. Depois que mudei para cá, restou-me a pintura, pois era mais fácil devido à falta de recursos locais.

– A arte tem sentimento, não é mesmo?!

– Sim! É um dos portais da alma! – completou Júlia.

– Portais! – repetiu Alex contemplativo. – Gostei! Sempre a vi como janelas, assim como os olhos!

– Também! – disse Pandora.

– Se os olhos são as janelas da alma, diria que as lágrimas são seus portais! – finalizou Iaqui, o índio filósofo.

Alex ficou arrepiado, estava com pessoas fortes e sensíveis ao mesmo tempo. Este era um momento raro e valorizava cada segundo. Voltaria a pintar em breve, pois era ótimo para extravasar o *stress* e expressar aquilo que não podia por outras maneiras. Era como uma válvula de escape. Descarregava sua emoção com pinceladas rápidas e precisas, construindo imagens abstratas e lindas. Costumava brincar que seus quadros podiam ser pendurados na parede de qualquer jeito, pois não tinham nem pé nem cabeça.

A raiva e a agressividade de dentro de nós tende sempre a querer sair por nossas extremidades. Mãos, pés e mandíbula acabam ficando retesados, queremos soquear, chutar ou ranger os dentes, que se desgastam rapidamente se não canalizarmos esse sentimento para algo construtivo. *Hobbies* nos ajudam a colocar para fora o que sentimos. Caso contrário, podemos implodir literalmente. Ataque e defesa expressam-se, então, através da arte, do esporte ou de palavras ásperas. Poderíamos também transformá-las em poesia, por que não?

– E você, Alex, o que faz na vida e como veio parar em Villa Nova? – perguntou curiosa Júlia.

Os três pararam repentinamente para ouvi-lo. Surpreso, Alex percebeu o movimento, pois não imaginava que estavam tão interessados. Teve, de súbito, um receio por não achar sua vida tão interessante quanto às deles.

– Vamos, querido! Conte-nos tudo! – incentivou Pandora, sentindo que o momento adequado chegara.

Ela sabia que isso aconteceria, pois sempre respeitava o ritmo e o tempo de cada um que já cruzara sua vida. Sentado à grossa mesa de carvalho, bebendo o delicioso chá preparado por Júlia ainda antes de chegarem, sentiu-se à vontade para falar frente às velas que iluminavam suavemente o ambiente.

– Venho de um lugar onde as pessoas não se gostam tanto quanto aqui! Venho de uma cidade onde as pessoas não conseguem se conhecer tanto quanto deveriam, e por isso entram em conflito seguidamente. Venho de uma "selva" onde há muitas paredes, divisórias e poucas janelas. Lido com pressões constantemente e o pior são as incertezas que nos perseguem! Conhecemos muito pouco de nossos vizinhos, colegas e até amigos. Nossas relações são muito superficiais no geral e estamos sempre nos protegendo erguendo novas paredes em torno de nós próprios... e cercas! Um lugar um tanto solitário... – desabafou Alex.

– Você é um empresário... e bem estressado, não é?! – exclamou Júlia com sua percepção aguçada e fiel.

– Sim...

O QUE CONSTRUÍMOS

— Cheguei a Villa Nova sem ao menos saber que ela existia! Marquei um ponto no mapa do estado com um dardo, atirando mesmo como um alvo, e dirigi até ele. Trouxe os equipamentos de travessia, deixei o carro num estacionamento, então saí caminhando sem rumo pelas estradas de terra e acompanhando o leito do rio. Não foi a primeira vez, gosto de caminhadas longas... são como uma terapia! Muitas coisas acontecem, só não poderia imaginar que seriam tantas! Tem sido muito bom estar aqui!

— Parece que você está procurando algo, Alex?! – fitou-o Júlia.

— Sem dúvida! Quando faço isso é porque tem coisas me incomodando! É como se eu estivesse tentando construir algo que sequer tenha sido projetado!

— Alex, provavelmente você não tenha percebido um pequeno detalhe na casa de Aurélio. É o menor e, ao mesmo tempo, o mais importante daquela bela residência!

— Qual, Iaqui?

— Na parede crua da lareira, bem embaixo, há um tijolo torto. Ele não foi assentado erradamente pelo pedreiro, mas sim por uma criança... Foi Marcellus quem o colocou quando tinha apenas seis anos!

— Não estou entendendo!

– No início da obra, seu pai levou o pequeno para conhecer a cabana de veraneio que estava construindo. Aurélio queria colocar a mão nas primeiras vigas de seu novo lar. Ajudar na sua própria construção. Para ele era um ritual importante que acabou se transformando num símbolo que nunca mais esqueceu!

– Continue! – Alex estava muito atento e curioso.

– Aurélio chamou seu filho num canto e disse: "Meu filho, é muito importante deixarmos nossa marca em qualquer coisa que fazemos e construímos! Hoje, eu quero deixar a minha, erguendo a primeira tora de madeira de nossa nova casa!" Para espanto de Aurélio – continuou Iaqui – o pequeno Marcellus pegou um tijolo e o colocou num dos cantos do chão já concretado e perguntou na sua mais tenra inocência: "Tá bom aqui, pai?" E, com as mãozinhas, pegou a argamassa de cimento e colocou um montinho em cima.

– Aurélio se emocionou tanto que mudou o desenho da sala! – disse Pandora emotiva. – Pediu para o mestre de obra levantar a parede da lareira a partir daquele tijolinho torto! Isso acabou dando à chaminé uma beleza única pela posição em que ficou.

– Até o mestre de obras se impressionou com a linda cena que viu e então contou uma pequena história para o professor – lembrou Iaqui. – *Seu Aurélio! Num dia desses, eu estava caminhando pela rua, em minha cidade, e vi uma obra muito bonita sendo construída! Fui obrigado a parar e conversar com um dos serventes e perguntei o que ele estava fazendo. 'Estou assentando tijolos', respondeu sem muita paciência. Dei a volta na esquina e fiz a mesma pergunta ao pedreiro e ele me disse: 'Estou levantando uma parede'. Ainda insatisfeito, contornei a quadra e encontrei o mestre de obras e repeti a mesma questão, e ele me falou com orgulho: 'Estou construindo uma catedral!'.*"

– E você, Alex, o que está construindo? – perguntou Júlia.

– Ainda não sei! – exclamou pensativo, com os olhos umedecidos.

Tentando disfarçar e voltando a si, pediu licença e foi até a sacada para respirar. Voltou depois de alguns segundos.

– Querem saber uma grande verdade?! Durante toda a minha vida sonhei em estar onde estou! Trabalhei duro, enfrentei muitas dificuldades e venci enormes desafios. Mais do que trabalho, construí uma carreira sólida nestes últimos anos. E hoje me pergunto se é isso o que eu realmente queria. Sinto-me prisioneiro e acho que não construí uma catedral. Mais parece um *bunker* do qual não posso sair. Eu deveria ter colocado mais janelas... – desabafou Alex.

– E quem disse que você não pode aumentá-las? – questionou Iaqui, querendo instigá-lo a responder.

– Talvez as paredes não aguentem!

– Reconstrua-as!

– Como?

– Assim como fez com seus valores, que mudaram!

– O que você mais gostaria de estar fazendo hoje? – indagou Pandora.

– Eu gosto do que faço! Mas gostaria que algumas coisas fossem diferentes! E sair desta gaiola...

– Não é o que é, ou como está... mas como você quer que seja que importa!

– Eu sei, Pandora, mas como mudar agora?!

– Da mesma forma que você mudou quando resolveu pegar a estrada só com uma mochila! – provocou a viúva em sua sabedoria.

– Mas na vida real é diferente!

– É igual, pois sua mochila contém sua realidade! Tudo o que você tinha dentro dela era fruto de anos de vivência e experiência! Você só precisa tirar algumas pedras e colocar um pouco de ar dentro dela! Deixar sua bagagem mais leve, entende? Assim você saberá encontrar a nova trilha que está procurando! – respondeu com firmeza na voz.

– Além de colocar ar... abra suas asas! Você vai alçar novos voos, meu caro amigo! – completou Iaqui com um olhar de satisfação.

– Como você pode ser tão pragmático no que diz?

– É que algo dentro de você já está fervilhando! Depois desse ponto, não há mais volta! A mudança vem, mantenha a chama, que o resto será Providenciado!

– Acredite, Alex, pois foi assim conosco também! – falou Júlia em tom de depoimento.

– Vocês são reais? – brincou Alex tentando quebrar o gelo.

– Tanto quanto o que você está percebendo agora! – riu-se Pandora.

A escadaria da catedral de Ulm, na Alemanha, talvez seja a maior do mundo, com seus setecentos e sessenta e oito degraus. De seu topo pode-se avistar, de um lado, os Alpes da Baviera e, do outro, as colinas que margeiam o rio Danúbio, e foi nesse cenário que viveu Hans Ludwig Babblinger no final do século XVI.

Babblinger era artesão e fabricava pernas e braços em madeira. Trabalhava com afinco, pois naquela época a amputação era seguidamente a única solução para alguns ferimentos mais sérios. Seu trabalho consistia em ajudar as pessoas a vencerem seus obstáculos e queria fazer o mesmo para si, pois seu maior sonho era voar, por mais loucura que fosse considerado na época.

O tempo foi passando e Hans, cada vez mais hábil em sua arte, utilizou sua experiência para construir um par de asas e as testou nas montanhas dos Alpes com muito sucesso, pois escolhera um local privilegiado por suas correntes ascendentes de ar. Ficou famoso por seu feito e todos comentavam na aldeia que havia um homem que sabia voar.

Na primavera de 1594, o Rei Ludwig iria visitar Ulm acompanhado por uma grande comitiva. Então o bispo e os cidadãos quiseram impressioná-lo com uma grandiosa recepção e para isso contariam com uma pequena apresentação de Babblinger em um voo de exibição para o Rei.

Preocupado com a disposição e conforto das pessoas para que todos pudessem assistir a sua apresentação, escolhera uma plataforma natural de uma colina às margens do rio Danúbio que, para sua infelicidade e sem perceber, possuía correntes descendentes de ar frio.

No grande dia, estavam o Rei com seus assessores, músicos, prefeito, o bispo e todos os moradores locais que se reuniram para assistir a um espetáculo desastroso. A corrente de ar não deu sustentação ao voo, levando Hans para o rio, sem melhores condições de pousar de uma forma mais honrosa.

No sermão da missa de domingo, o bispo acusou o artesão de ter cometido o pecado do orgulho em alto e bom tom. "Homem não voa!", bradava a voz que ecoava pela catedral e pelo coração de Babblinger. Destruído pela humilhação, retirou-se da igreja, enclausurando-se em sua casa até o dia de sua morte, com seu sonho partido e suas asas quebradas. Aquele homem nunca mais pôde voar.

Ulm não foi a primeira gaiola a aprisionar um pássaro como Hans, e nem será a última. Ao longo da História, temos aprendido muito sobre o que não podemos fazer; chefes, professores, pais, amigos e colegas têm nos ensinado que voar não é para qualquer um. Enquanto falamos em voar, será que estamos dando asas para quem deseja fazê-lo? O quanto estamos estimulando as pessoas que amamos para jamais desistirem de seus sonhos de voo e a correrem o risco em testar suas próprias asas?

Que tipo de catedral construímos? Algumas só servem para reter os últimos ícones de liberdade que ainda sobrevivem. São pequenas sementes que estão dentro de nós e que não conseguem germinar, pois os vitrais, mesmo que belíssimos, não deixam a luz natural entrar em nossa alma.

Atualmente, a catedral de Ulm é visitada praticamente por turistas, e pouquíssimas pessoas vão até lá para assistir à missa. A grande maioria das pessoas prefere ficar voando por aí, de um lado para outro, para onde os aviões permitirem levá-las.

Talvez Hans Ludwig Babblinger gostasse de saber disso.

Já era início de madrugada e o cansaço estava chegando. Estava na hora de partirem; talvez o casal quisesse namorar um pouco e os dois estavam atrapalhando algo. Pandora e Alex voltaram em silêncio.

Murmuraram poucas palavras, enquanto Alex ainda ouvia tudo o que conversaram, como se houvesse um eco em sua mente e coração.

Sentia a esperança renovar-se... assim como sua ansiedade. Parte da resposta estava chegando e, talvez, não precisasse mais ir à Índia para descobrir o que queria, sentia que entre os novos amigos saberia o que fazer.

– Pandora, seu nome é tão diferente e ao mesmo tão bonito. O que quer dizer? – indagou enquanto caminhavam ao lado dos cavalos.

Queriam andar um pouco.

– Pandora foi uma mulher que viveu há muitos anos. Quando seu casamento foi marcado, recebeu de presente uma caixa contendo tudo o que precisava para um casamento feliz. Dentro da "Caixa de Pandora" havia amor, paz, esperança, prosperidade, amizade, compreensão, diálogo e tudo de que necessitaria. Pandora foi avisada de que deveria abrir o presente somente após o casamento, mas sua ansiedade fez com que a abrisse antes do tempo e todas aquelas coisas boas, com que a haviam presenteado, escaparam. Dentro da caixa, só restara a esperança.

Alex emudecera novamente, entendendo que aquilo fora um aviso.

Entre as causas mais frequentes da ansiedade, estão alguns dos mais comuns e dolorosos eventos: a perda repentina de pessoas amadas, o desemprego, a aposentadoria despreparada e o *stress* pelo excesso de trabalho. Ansiedade: *Ansas* (latim) – sufocamento.

E em todos que por tais situações passaram, mesmo depois de superadas, permanece o receio de que possam se repetir. A difusão e o aprofundamento das tensões ansiosas induzem as pessoas a se tornarem desconfiadas e a se sentirem esquecidas e incompreendidas, enfraquecendo as relações de amizade e os contatos sociais, o que é muito comum hoje em dia.

Antigamente a ansiedade era atribuída aos estados do coração, mas com a evolução da medicina constatou-se que as alterações cardíacas eram uma consequência, e não a causa da ansiedade. Organicamente, o sentimento da ansiedade encontra-se no centro basal do cérebro, no paleoncéfalo, incluindo o tálamo, o hipotálamo e parte do sistema límbico.

Como todos sabem (óbvio que sabem!), o paleoncéfalo contém o cérebro primitivo, que é comum ao homem, assim como aos animais vertebrados superiores, e que comanda as funções básicas da vida instintiva, ou seja, os centros reguladores da fome, sede, respiração, coração e digestão. Não é por nada que, quando estamos ansiosos, comemos, bebemos ou levamos um cigarro à boca.

Pasme, mas todos esses setores funcionais estão direta e geneticamente associados com a ansiedade num mesmo local em nosso cérebro. Os centros do sistema límbico estão ligados na zona do córtex do neoencéfalo, a parte do cérebro que surgiu por último na escala evolutiva e que comanda as funções intelectuais e de memória. (É claro que você sabia disso!)

Isso explica por que, quando em fortes tensões de ansiedade, não conseguimos raciocinar direito e também como certos pensamentos e certas fantasias podem potencializar ainda mais nosso estado ansioso. Todos os impulsos emotivos desembocam no sistema límbico, mais precisamente no tálamo e no hipotálamo, mas antes passam pela formação reticular, que recebe os sinais somáticos; visceral, auditivo e visual passam por um tipo de seleção que só permite a passagem dos mais importantes e úteis ao bem-estar físico e psíquico.

Quando a formação reticular perde parte de sua capacidade seletiva, por motivos genéticos ou impulsos patológicos, o fluxo emotivo que chega ao cérebro se torna excessivo ao ponto de a ansiedade chegar a estados de neurose. Durante esse processo, as fortes tensões de ansiedade ativam todo o sistema neurovegetativo (simpático e parassimpático), que é colocado em estado de alerta, gerando distúrbios como palpitação cardíaca, descontrole da pressão arterial, respiração alterada, contrações musculares, arrepios, secura na boca e sudorese. O rosto fica vermelho e, às vezes, dá vontade de sair correndo.

Consequentemente, quando a ansiedade torna-se patológica por sua continuidade e intensidade, acaba gerando alterações funcionais com lesões orgânicas reais como úlcera gástrica, mas os distúrbios mais frequentes são os que ocorrem no plano mental. Quimicamente, os verdadeiros desencadeadores da ansiedade chamam-se de neuromoduladores cerebrais, sendo que é deles que parte a primeira faísca capaz de colocar em movimento a longa e complexa rede dos mecanismos da ansiedade.

Esses neurotransmissores foram detectados nos espaços intersinápticos dos neurônios com relação aos mais variados estados de *stress*. Trata-se de peptídeos capazes de regular a atividade de outros transmissores, como endorfina, noradrenalina, serotonina, acetilcolina, dopamina e outros que regulam os estados de humor, bem-estar e o equilíbrio entre prazer e dor. (Neuropeptídeos – bonito nome. Lembra que já falamos deles?)

Pesquisas recentes demonstram que a ciência está bem próxima da descoberta do peptídeo específico da ansiedade, possibilitando a criação de ansiolíticos muito mais eficazes do que os atuais. Bem, enquanto o milagre não chega e o "Admirável Mundo Novo" permanece distante, vamos às "fórmulas mágicas" para diminuir nossa ansiedade; mas antes não se esqueça de que para reduzi-la precisamos "ensinar" nosso organismo a produzir serotonina e outras "inas".

Para começar, podemos nos "entupir" de chocolate todos os dias, mas talvez o estômago não vá gostar muito depois de uma semana. Bom, então vamos para outras receitas mais saudáveis em que o importante é identificar atividades que produzam as "inas", certo? Praticar atividades físicas, desenvolver um *hobby* e comer devagar – sim, pois o cérebro recebe o sinal de saciedade com um pequeno atraso de vinte minutos e muito do que comemos é regido pela gula. Só essas três pequenas coisas já são um bom começo.

Também é importante reaprender a respirar correta e pausadamente, ter amigos com quem você possa partilhar suas ansiedades, praticar meditação, voltar-se a uma religião, mas "pega leve"; e seja otimista e bem-humorado. Tudo isso ajuda muito. Fácil, não é mesmo? Como você se sente após ler essas pequenas dicas? Ansioso? Eu imagino. Mas lembre-se de que uma caminhada começa passo a passo.

Alex sentira-se assim nas diversas vezes em que tentou ajudar-se sozinho. Caminhando ao lado de Pandora, sentia uma paz de espírito que não conseguia descrever. Era como se algo o estivesse protegendo, assim como a ela também.

Sinto muito dizer, mas aprender a controlar o *stress* e a ansiedade é muito mais complicado que seguir essas regras diariamente, mesmo que corretas e simples. Só conseguimos controlar o que nos aflige à medida que mudamos nosso comportamento e amadurecemos, e isso leva tempo. Mas com diligência e disciplina podemos reduzi-lo muito. Comece por onde você mais gosta.

Somente nos conhecendo melhor para aprender a entender e eliminar os pensamentos destrutivos, as coisas e pessoas negativas que nos incomodam, pois a grande origem da ansiedade é a mentira com a qual nos enganamos seguidamente. Isso mesmo, a mentira que impomos a nós mesmos. Precisamos nos confrontar, e com coragem.

Mentir para si próprio é o maior veneno que podemos ingerir. Como diz o ditado: "Pior que a mentira é acreditar nela". Mentimos para nós quando queremos algo que nos foi influenciado e não partiu de dentro. Mentimos novamente quando estamos em alguma situação desconfortável que nos coloca contra nossos valores.

São essas pequenas mentiras nas quais incorremos, muitas vezes de forma inconsciente e manipulados pelo sistema de massa, que originam um estado de ansiedade do qual queremos nos livrar. A sinceridade consigo é o primeiro passo para com esse sentimento, que, se controlado, transforma-se numa grande ferramenta de prosperidade. O segundo passo é gostar-se.

Portanto, não devemos eliminar totalmente a ansiedade de nossas vidas, assim como é impossível. Caso contrário, nos tornaríamos tão chatos e apáticos quanto uma ameba, pois as dádivas de sua presença na vida do homem são muitas e reais. Sem ela poderíamos até morrer, assim como pela ausência de medo.

Em experimentos comportamentais foi comprovada a queda brusca de rendimento de um indivíduo, tanto físico como mental, quando da ausência de ansiedade e da falta do gosto pela competitividade; e esta, estreitamente ligada à ansiedade. O medo de não construir ou de não chegar entre os primeiros sempre impeliu o homem a dar tudo de si e atingir suas metas. É na ansiedade sadia que são alimentadas a prudência e a coragem de quem executa ações nunca tentadas antes. São aqueles que "fazem chover".

O mundo é feito por loucos, e os sensatos só vão atrás.

Outro presente da ansiedade é o impulso de procurarmos a sociabilidade, já que não fomos criados para viver sozinhos. O mesmo fogo que o homem primitivo mantinha para manter as feras distantes durante a noite também os unia para enfrentarem juntos os perigos que a escuridão provocava. Hoje o fogo foi substituído por uma série de outras atividades que continuam unindo e socializando o homem.

A ansiedade também gera um sentimento de cautela a quem se permite intuir a antecedência de certos perigos. Os raios de luz que ela projeta à frente para iluminar o caminho são os mesmos que geram sombras nas quais é possível imaginar perigos irreais.

O sentimento de poupar para o futuro é o mesmo instinto que levava o homem a guardar sementes de cereais para nova semeadura e que também pode torná-lo sovina. A ansiedade patológica tem sempre a mente como alvo principal, e é isso que a faz perigosa. A mente, quando tomada por esse sentimento, em vez da segurança e determinação pode ser inundada por dúvidas e incertezas que fazem o ansioso hesitar em dizer ou fazer qualquer coisa por medo de errar. Isso o força a pedir ajuda para coisas banais ou tentar demonstrar uma segurança exacerbada que venha a ferir os que dele se aproximam.

Muitos psiquiatras consideram que a ansiedade patológica é a primeira causa de qualquer moléstia mental e, se fosse possível eliminá-la, grande parte do sofrimento da humanidade deixaria de existir.

A ansiedade, assim como nos protege, também gera um fascínio no homem que pode paralisá-lo, agindo como um filtro entre o céu e o inferno.

Algo que nos traz muita ansiedade é o pronto atendimento que queremos quando desejamos algo. Sonhamos em construir uma casa, trocar o carro, mudar de emprego ou encontrar um grande amor. Mas queremos isso agora! Não nos permitimos dar tempo ao tempo, e devemos aprender a esperar, e de forma proativa. Tudo na vida tem o seu tempo certo.

É como quando vamos a um restaurante e fazemos nosso pedido ao garçom. Não vamos ficar o incomodando a todo o momento perguntando como está o pedido, muito menos invadimos a cozinha. Simplesmente temos a certeza de que ele virá. Quando fazemos nossos pedidos aos mentores, anjos ou todos os santos, estamos ativando a Grande Cozinha Cósmica Universal. Focamos, agimos e aguardamos de forma ativa e antenada... dá trabalho, sim!

Melhoramos nosso comportamento, corrigimos vícios de pensamentos e atitudes, elevamos nossos tipos de conversas e ampliamos nossa sintonia fina... Assim, estando com o espírito leve e ágil, poderemos "ouvir" suas respostas e observar os acontecimentos e pessoas que, de alguma forma inconsciente, nos orientam. Fazemos nossa parte aqui; os anjos fazem sua parte lá. E se não formos atendidos é porque pedimos errado ou algo nos faria mal num futuro próximo. Não deixamos nossos filhos comerem uma barra de meio quilo de chocolate, não é? Sabemos o resultado disso!

Definitivamente Pandora era um poço de sabedoria e conhecimento. E muito profundo, pois pressentia o que Alex precisava ouvir.

Assim que chegaram em casa, Alex desabou na cama e dormiu profundamente. Também sonharia como nunca sonhou em toda a sua vida, fazendo religar sua capacidade intuitiva. Entrara num processo sem volta que culminaria com a resposta que tanto buscava. Só não sabia quando, mas seu inconsciente, sim.

O "Porão de sua Alma" estava suplicando por um pouco de atenção e sua intuição queria falar. A imagem de um envelope voltaria à sua mente adormecida.

A minha intuição

A intuição é resultado de busca no inconsciente. Utilizada em situações de risco ou quando se está diante de novidades, sua resposta é tão surpreendente que surge sem explicações. Sem saber por que ou como, muitas vezes surge de forma completamente inesperada.

Longe de ser guiada por forças sobrenaturais, utiliza um tipo de raciocínio em que ocorre um processamento muito rápido de informações e experiências armazenadas no subconsciente. Em questão de meio segundo, o sistema nervoso central age como um buscador, vasculhando esse grande banco de dados, mesclando-o com a conjuntura externa na qual o protagonista está inserido, trazendo bruscamente a resposta ao nível consciente.

Quando alguém intui, obtém o resultado de uma pesquisa que nem percebeu que fez ou a estava fazendo de forma adormecida. O processo neurológico em humanos é relativamente lento para produzir uma avaliação instantânea e está ligado ao direito de escolha que possuímos. Por isso, intuição é mais do que uma ciência e é impossível dissociá-la do comportamento.

Muitas pessoas estão sendo estudadas em suas reações cerebrais quando colocadas diante de situações que possam simular o surgimento do processo intuitivo, mas a intuição é complicada de ser pesquisada dessa maneira, justamente por estar sendo inserida em situações artificiais. A verdadeira intuição só aflora quando é necessária e, por ser tão especial, não pode ser reprisada em laboratório.

O máximo que se consegue são alguns truques de precognição. O Princípio da Incerteza de Heisenberg comprova que qualquer coisa, quando observada, altera seu comportamento. Os átomos, quando são acelerados artificialmente, apresentam resultados calçados mais em probabilidade do que no efetivo. Isso ocorre porque o campo energético do observador interfere no campo do objeto em observação; e se funciona assim com uma partícula imagine com um ser humano.

A ideia da intuição tem feito parte da vida do homem há milênios. Desde então, muitos têm procurado damas de oráculos e videntes em busca de visões que não conseguem obter em suas próprias mentes. No século V antes de Cristo, Platão já a mencionava como advinda do "mundo das ideias" e sem mediadores do mundo material. A teologia a considera em todas as suas variações como um processo originado na Fé, durante a Idade Média consideravam-na como um contato direto com o sagrado e no Oriente como a Iluminação.

O filósofo Descartes tratou-a como uma verdade em seu "Discurso do Método" e Kant a identifica como um pensamento que envolve conhecimentos que independem da experiência adquirida. Para o filósofo alemão, a pessoa já nasce intuitiva. Pouco mais tarde, a corrente intuicionista do escocês William Hamilton afirmava que a intuição era a primeira manifestação do conhecimento numa iluminação súbita que alargava a compreensão humana, muito semelhante à inspiração artística.

Manuel Bandeira a considerava como uma descarga elétrica que levava ao processo criativo, assim como Einstein afirmava que criatividade é mais importante que o conhecimento, e foi o psicólogo Carl Jung quem concluiu que a intuição é um componente indispensável para a formação da personalidade do homem, juntamente com a sensação/pensamento/sentimento.

A intuição é nascida e processada a partir do plano inconsciente. Advém de um histórico de vivências e experiências cumulativas como base de informações e que sem o devido amadurecimento do homem não passam de perfumaria barata que um dia o enganará drasticamente.

O ego precisa estar devidamente domado, pois intuição envolve comportamento e atitudes éticas conjugadas com relações interpessoais saudáveis. Ela fala muito através das outras pessoas com as quais convivemos e não apenas com *insights*. Se fosse algo que viesse apenas de dentro de si, estaria contra uma das primeiras regras do ser humano: a de que ele não vive sozinho. Além disso, nossos amigos espirituais também contribuem muito com esse incrível processo.

Enquanto dormia, Alex podia sentir claramente as sensações que os sonhos lhe proporcionavam. Diversas imagens desconexas confundiam sua mente meio desperta meio dormindo, mas sabia que as visões possuíam uma relação com sua realidade e tentavam dizer-lhe algo.

Pessoas intuitivas possuem olhar aguçado e captam com relativa facilidade a resposta àquilo que estão procurando e mesmo assim não sabem explicar de onde vem ou como. Por possuírem uma ótima capacidade de diagnóstico, conseguem avaliar várias variáveis simultaneamente, não se importando muito com pormenores.

Mesmo atentas a detalhes importantes, podem facilmente esquecer as chaves do carro ou a lista de coisas a fazer, assim como perder a agenda temporariamente. Pedir para uma pessoa intuitiva analisar as minúcias de um contrato pode colocá-la em situação muito difícil. São muito ligadas a imagens devido a sua grande capacidade de observação. A rápida apreensão de visões do cotidiano estimula seu raciocínio intuitivo. Justamente por gostar de novidades, não têm maiores receios em colocar-se perante situações inusitadas e fora de sua rotina, pois isso as instiga a buscar novas ideias.

Os intuitivos processam informações a partir de ideias e visualizações para desenvolver o raciocínio e tomar decisões, muitas vezes deixando de lado os outros cinco sentidos. Mesmo assim, conseguem obter uma visão bastante abrangente do todo e não somente das partes e, a partir disso, identificam os tipos de dados que lhes são mais importantes em determinadas situações que possam calçar novas decisões.

São extremamente criativos e não têm medo de experimentar novas ideias, pois costumam visualizar as atitudes que precisam assumir para execução de suas visões, levando sempre em consideração novas possibilidades advindas.

Para o intuitivo, é mais importante aquilo que possa vir a ser no futuro do que aquilo que já é no presente, e esse sentimento está presente em todos. Homens e mulheres têm capacidades inatas e em pé de igualdade, mas a diferença entre os dois é que as mulheres têm mais facilidade em assumir as suas próprias intuições. Todos nós podemos desenvolver a intuição na mesma intensidade, não dependendo do sexo ou idade. Com exercício e prática consegue-se facilmente visualizar sequências de imagens aleatórias e com elas elaborar um pequeno enredo ou história, como se fosse um filme. E essa é uma excelente maneira de exercitar o subconsciente.

Para isso, também é muito útil buscar um entendimento mais profundo das mensagens contidas nos sonhos, pois auxilia vir à tona elementos do subconsciente que possam ajudar a entender questões, às vezes até obscuras. Quando tomamos alguma decisão com base na intuição, podemos analisar o processo decisório e relembrar seus passos. Isso ajuda a entender melhor o percurso feito pelo pensamento de acordo com a situação na qual a pessoa está inserida.

Assim como podemos criar imagens para exercitar a intuição, também podemos relembrar cenas ocorridas no dia que possam muito bem explicar uma emoção ou sentimento cotidiano e, para tanto, podemos nos perguntar: qual a imagem que me vem à mente quando penso em tal pessoa? Ou: que imagem eu tenho quando me lembro do que passei no ano passado? As visões vindas ao consciente traduzem sentimentos e percepções vividas no passado que podem ser facilmente entendidas pelas mensagens metafóricas explicativas das imagens recebidas.

Esse exercício é muito adequado para a percepção do todo e para estimular a capacidade de visualização de cenas e metáforas. O indivíduo que deseja desenvolver esse dom precisa ler muito, desde romances até poesias, pois são grandes ferramentas para estimular a elaboração dos cenários descritos através das palavras.

As pessoas intuitivas aprendem muito com seus erros e possuem uma visão de vida muito mais flexível. Conseguem perceber mais sentidos para seus acontecimentos, cultivando sentimentos que tornam a vida bem mais interessante e harmoniosa. Avessas ao acaso, sabem colocar um sentido maior às suas relações pessoais e compreendem as crises apenas como passaporte para algo maior e melhor, coisa que muitos não conseguem encontrar durante toda uma vida.

Alex a esta altura dormia como um bebezinho!

COMO NOS CUIDAR

Cuidar de nós mesmos é um ato de amor
e respeito também para com os outros.

Alex acordou com a sensação de ainda estar sonhando. As lembranças da noite, mescladas à luz do dia, deixavam-no aturdido como se estivesse passando por uma experiência surrealista. A catedral não saía de sua cabeça e, desta vez, conseguia lembrar-se de todos os detalhes das conversas da noite anterior.

Ainda estava impressionado com o encontro com seus novos amigos. Iaqui, Júlia e Pandora mais pareciam personagens do que pessoas comuns. Sentia que cada um tinha algo importante a lhe dizer. Uma mensagem, um pensamento ou algo que o fizesse repensar a vida. Era tudo o que queria quando partiu em sua caminhada sem rumo... e era tudo de que estava precisando; reaprender a vida.

Villa Nova era mágica e seus moradores também. Sentia-se como se estivesse em outro mundo, um lugar totalmente à parte do que estava acostumado e, portanto, estava maravilhado. Sabia que um dia teria que retornar a sua vida real, mas não gostaria que esse dia chegasse tão cedo.

Iaqui e Júlia formavam um casal muito interessante. Inteligentes e um pouco misteriosos, os dois pareciam se dar muito bem. Um completava o outro e tinham paixões semelhantes. Conheciam vários assuntos e gostavam de novidades.

Com os anos de convívio, aprenderam a respeitar e a gostar das coisas que o outro fazia. E era um gostar que ia muito além da obrigação. Era um sentimento que fluía naturalmente, inundado por uma constante admiração. Qualquer casal sucumbe quando não há mais admiração entre eles; nenhuma paixão nem o amor mais profundo resistem se os dois não se apreciarem mutuamente.

Qualquer casal também não suporta rotina e não se aguenta muito tempo junto se não houver novidades entre eles... se não souber conversar sobre vários assuntos e fazer muitas coisas diferentes. A eterna fuga do tédio do adolescente se repete na vida adulta.

Mas Iaqui e Júlia tinham algo mais do que isso. Os dois tentavam entender e ajudar o ser humano. Ela buscava suas origens, e ele, a cura. Passado e futuro unidos no presente de duas pessoas que sabiam que suas vidas iam muito além do simples cotidiano. Conheciam suas vocações e, consequentemente, suas missões de vida.

A vida para eles era muito mais do que um dia após o outro. Sentiam que Algo os guiava e também que estavam a caminho deste mesmo Algo Maior.

Júlia conhecia bem as origens da humanidade, sua história, seus diferentes povos, suas conquistas e boa vontade; assim como suas atrocidades. Também estudava e tentava compreender as doenças psíquicas que acompanham o ser humano desde seus primórdios, culminando em inúmeras doenças do corpo. Corpo e mente têm a mesma morada e torna-se impossível um funcionar bem em detrimento do outro. Ou os dois estão bem ou os dois estão mal, mas nunca como uma gangorra.

Tanto Júlia quanto Iaqui compartilhavam da mesma ideia e enquanto um compreendia sua origem e histórico, o outro buscava seu acalento e cura. Os dois sabiam que só com equilíbrio e entendimento seria possível tornar seu trabalho mais eficiente e, um dia, até desnecessário. Na verdade, um trabalho de corpo e alma.

A medicina evoluíra muito rápido nos últimos anos. Novos medicamentos e equipamentos surgiam a cada ano e cada vez mais, com maior poder de cura. Mas, em meio a tantas conquistas e à eterna busca pela longevidade, a cura se tornara cada vez mais cara e inacessível à maioria dos homens. Enquanto a medicina se expandia em busca da cura, muito pouco era feito com relação à prevenção e o principal pensamento de Hipócrates, considerado o pai da Medicina, era esquecido.

Os antigos dos primeiros tempos acreditavam que as doenças eram fruto de castigos enviados pelos deuses. Assim como podiam enviar suas moléstias, também tinham o poder de curar os enfermos, contanto que fossem feitos sacrifícios de animais e até humanos. Muito tempo depois deles, ainda era comum ouvir que as enfermidades tinham origem sobrenatural.

A palavra *influenza* significava que alguém estava sob a influência dos astros. Além disso, muitos acreditavam que um doente poderia ser curado por meios sobrenaturais e ainda existem centros onde a fé do doente é a principal ferramenta de cura.

Nas diversas fases de nossa História, as doenças foram atribuídas às mais variadas causas, inclusive ao diabo, enquanto suas origens não passam de manifestações corporais da ansiedade. Como forma de trazer à tona transtornos e mal-estar que se encontram nos recantos mais profundos do ser humano, a moléstia orgânica acaba sendo a manifestação e o desafogo de tensões ansiosas.

Enquanto os filósofos gregos seguiam por caminhos de pensamentos totalmente novos, surgia também na Grécia uma ciência médica cujo objetivo era buscar respostas naturais para a saúde e doenças que afligiam os homens da época.

A tradição médica defendida por Hipócrates, nascido na ilha de Cós por volta de 460 a.C., sustentava a ideia de que os meios para prevenir as doenças seguiam pela moderação e um modo de vida saudável.

Portanto, a saúde seria o estado natural do homem e, quando a doença surgia, significava que o homem estava fora de seu curso natural devido a algum desequilíbrio do corpo ou da mente. "Mente sã em corpo são!" resumia a forma de vida que deveria ser levada com moderação em todos os aspectos para manter-se sempre saudável.

Hipócrates, o pai da Medicina, fazia seus alunos prestarem um juramento, conhecido até hoje como Juramento de Hipócrates (do original):

"Por Apolo, o médico, e por Asclépio, Hígia e Panacea e por todos os deuses e deusas, a quem conclamo como minhas testemunhas, juro cumprir o meu dever e manter este juramento com todas as minhas forças e com todo o meu discernimento: tributarei a meu Mestre de Medicina igual respeito que a meus progenitores, repartindo com ele meus meios de vida e socorrendo-o em caso de necessidade; tratarei seus filhos como se fossem meus irmãos e, se for sua vontade aprender esta ciência, eu lhes ensinarei desinteressadamente e sem exigir recompensa de qualquer espécie. Instruirei com preceitos, lições orais e demais métodos de ensino os meus próprios filhos e os filhos de meu Mestre e, além deles, somente os discípulos que me seguirem sob empenho de suas palavras e sob juramento como determina a praxe médica. Aviarei minhas receitas de modo que sejam do melhor proveito para os enfermos, livrando-os de todo mal e da injustiça, para o que dedicarei todas as minhas faculdades e conhecimentos. Não administrarei a pessoa alguma, ainda que isto me seja pedido, qualquer tipo de veneno nem darei qualquer conselho nesse sentido. Da mesma forma, não administrarei a mulheres grávidas qualquer meio abortivo. Guardarei sigilo e considerarei segredo tudo o que vir e ouvir sobre a vida das pessoas durante o tratamento ou fora dele."

Hígia, deusa da saúde e higiene, e Panacea, deusa da cura, são filhas de Asclépio, deus da medicina (filho de Apolo, deus do Sol), que estudou ervas medicinais e cirurgia com o Centauro Quíron.

"Certamente esse 'pessoal' sabia muito bem o que fazia!", pensavam Iaqui e Júlia.

Pode-se perceber o quanto a medicina da antiga Grécia era ligada não somente às questões do corpo mas também às da alma, pois Hipócrates considerou os deuses em suas palavras. Além do juramento que prestavam na escola médica, fundada por ele, seus alunos costumavam estudar os sonhos de seus pacientes como forma de obter melhores condições de diagnóstico e receitar sonoterapia em alguns casos.

Durante o dia, como supunha Hipócrates, a alma era distraída pelas funções orgânicas, e quando o corpo estava adormecido, a alma, que se mantém sempre desperta, tinha a capacidade de informar sobre as ocorrências orgânicas e psíquicas. Dessa forma eram estabelecidas melhores condições de descobrir as causas das doenças através de imagens. Além disso, o enfermo encontrava-se em melhor estado para captar mensagens transmitidas por Asclépio, o deus da medicina.

Se fizermos um comparativo com a atualidade e uma melhor tradução de seus métodos, fica muito claro que Hipócrates já praticava uma forma de medicina psicossomática muito semelhante aos ideais da medicina oriental.

O distanciamento de seu pensamento ocorreu devido a Galeno, o último médico grego afamado que serviu ao último dos grandes romanos, Marco Aurélio. Galeno (131-200 d.C.) não seguia os mesmos preceitos de Hipócrates, que dele absorvera apenas a técnica, mas nunca sua filosofia. Ao contrário do pai da Medicina, só relatou seus sucessos terapêuticos e nunca suas falhas, em confessa arrogância.

Galeno era monoteísta, o que o ajudou a ser bem aceito pelo Clero cristão que se enfronhou no Império Romano através do Édito de Milão, assinado por Constantino em 313 d.C., quando o Cristianismo fora outorgado como doutrina pelo Imperador, pois já não podia ir contra o movimento, tamanha sua envergadura. A solução foi tornar o Clero seu aliado para continuar no poder. As ideias de Galeno tinham tanto prestígio quanto as de Aristóteles (384-322 a.C.) pela escola Escolástica, que afirmava que a doutrina cristã era a única verdade sobre a face da Terra, não dando espaço a novas ideias e ideais que pudessem colocar a ordem em risco, bem como a manutenção do poder.

Paracelso (1493-1541), indignado por esses fatores e alimentado por razões humanistas, comemorou seu doutorado na Universidade da Basileia queimando livros de Galeno em praça pública. Acusou-o de não compreender os pensamentos de Hipócrates fazendo renascer as serpentes de Asclépio como pensamento da medicina ocidental. O Caduceu de Mercúrio, onde as serpentes representam a energia Kundalini.

Iaqui possuía em si a mesma indignação de Paracelso. Com tantos avanços na medicina, a questão mais importante ainda era colocada em segundo plano: o envolvimento afetivo para com os pacientes e o cuidado com as origens psíquicas das doenças. O termo "hipócrita" (aquele que pensa de um jeito e age de outro) advém de toda esta deturpação da medicina atual, que se beneficia em demasia com os ganhos oriundos das doenças. Temos um ministério da doença, e não da saúde.

Enquanto Alex tomava seu café, tentava decidir o que faria numa manhã tão bela de sol, talvez saísse cavalgando sem destino para bater um papo com Apolo.

Quem resiste ao fluxo da vida somatiza entulhos emocionais na forma das mais variadas doenças e, entre elas, as gastrites são as grandes campeãs. Possuímos grande resistência às mudanças e nos apegamos muito somente àquilo que conhecemos, pois o desconhecido nos traz apreensão. Esse apego desmedido faz com que tenhamos grandes dificuldades em aceitar novas ideias e novas formas de vida que não aquelas a que já estamos habituados.

Temos receio pelo novo e adotamos atitudes que disfarçam nossa rigidez. Mudamos de assunto, achamos que perdemos tempo com novas teorias, reforçamos ainda mais nossas crenças antigas e adiamos decisões importantes. Resistimos à ideia de mudança e negamos toda e qualquer possibilidade de ela acontecer e com isso vamos repetindo comportamentos e sentimentos que fazem mal à nossa saúde mental, até materializá-los sob a forma de doenças.

Na verdade até gostamos da mudança, mas não de seu processo; queremos emagrecer, mas não queremos fazer dieta. Seu processo muitas vezes é doloroso, mas seus resultados são sempre benéficos, pois como já diziam os filósofos: "Não há nada mais certo na vida do que a mudança". Ela é a única coisa permanente que nos acompanha durante a vida, e fomos criados para a felicidade.

A vida é exatamente aquilo que pensamos que ela é e se não estamos contentes com o que temos é porque não fizemos as escolhas de forma correta. Podemos ser escravos de nossos desejos ou senhores de nossas vontades, mas nunca simples vítimas do acaso. Se você não gosta do que está recebendo é porque está emitindo sinais errados. Podemos escolher a forma de percepção de vida que mais acharmos interessante. Não somos as vítimas; somos os agentes.

Nos templos de Asclépio, o antigo deus grego da medicina, os pacientes recuperavam sua saúde sendo entretidos e adulados com apresentações artísticas como dança, esquetes de teatro, música e histórias para elevar o espírito. O objetivo era desviar o pensamento do paciente da preocupação com sua doença, que era vista como um bloqueio à própria cura, e estimular os efeitos oriundos do bom humor e da descontração. Humor: líquido secretado pelo corpo que era tido como determinante das condições físicas e mentais do indivíduo. Bom humor não é só contar piada... é um estado de espírito!

Durante séculos os médicos continuaram a seguir essa abordagem, substituindo pensamentos e emoções negativas por sentimentos de esperança, fé e coragem, com ótimos resultados. Até que o elo entre corpo e mente começou a definhar com o avanço da ciência moderna.

Em 1864, Louis Pasteur descobriu que inúmeras doenças eram causadas por organismos microscópicos; sim: pasteurização vem do nome dele. Em 1928, Alexander Fleming descobriu que um bolor de pão matava essas bactérias, descobrindo então a penicilina. Foi um milagre que revolucionou a medicina. A partir daí, não importava se o paciente era tratado por um médico familiar e afetuoso, pois a crença não tinha mais nada a ver com a cura. Bastava uma ampola injetável para que o paciente iniciasse um rápido processo de melhora.

Nas últimas décadas, alguns cientistas têm realizado pesquisas que vão contra o senso científico ao tratar doenças apenas como algo do organismo. Os estudos sobre como os pensamentos afetam o bem-estar físico estão fornecendo extensa documentação científica sobre os poderes curativos da mente.

Nessas pesquisas, demonstrou-se que os efeitos fisiológicos prejudiciais do *stress* podem ser amenizados quando concentramos nossa mente em atividades físicas repetitivas como a corrida, a pedalada, a natação e afins, ou em uma música, som ou palavras em pronúncia também repetitiva semelhante à entoação de mantras praticados por hindus e budistas. Repetindo: o importante é que sejam repetitivas, pois geram pequeno transe no cérebro desviando o foco da preocupação e "resetando" as atividades neurais. A preocupação significa que o cérebro está "pré-ocupado" com algo que ainda não aconteceu e talvez nem aconteça.

Além disso, constataram que os efeitos fisiológicos benéficos produzidos por essa atividade mental podem ser potencializados por crenças espirituais. A fé era tão poderosa e largamente utilizada nas práticas de cura de culturas do passado que pode ser considerada ainda hoje como parte de nossa constituição biológica devido a sua constante presença. Parece que o ser humano foi feito para acreditar em algo que o transcende naturalmente em sua existência. Além disso, possui grande importância como valor de sobrevivência.

Tanto Iaqui quanto Júlia sabiam o quanto era importante acreditar que a alma é mais importante que o próprio corpo, pois este é só uma forma de transporte daquilo que possuímos de mais precioso: nossos sentimentos. Pandora compartilhava da mesma opinião mesmo não sendo uma pesquisadora. Provavelmente fosse a pessoa que mais entendia de amor em Villa Nova; gostava de doar um pouco daquilo que mais possuía.

Pégasus já estava encilhado; Pandora percebia em seu sexto sentido que Alex gostaria de cavalgar pela manhã.

A busca dos cientistas pela compreensão das ligações entre mente e corpo pode estar levando a medicina aos limites da teologia. A medicina da mente passa a se aprofundar no histórico das práticas religiosas e tem constatado que todas elas, seja o Cristianismo, o Budismo e tantas outras, incorporam o relaxamento e a meditação como ação em suas práticas e rituais de orações.

Aos poucos, então, começaram a ensinar seus pacientes a praticarem a meditação e a realizarem os rituais de repetição e visualização de cura encontrando reações fisiológicas de cura, um efeito da mente sobre o corpo que estava de acordo com as normas científicas de pesquisas, pois havia alterações visíveis que podiam ser repetidas e mensuradas e ocorriam no corpo quando o paciente simplesmente pensava. E, assim, sabiam que os resultados estavam indo além dos limites da crença médica.

"Quando vi os dados da meditação transcendental, eu realmente fiquei preocupado, pois sabia que tipo de luta eu teria que travar para continuar a trabalhar nisso. Isso estava tão distante do que era ciência aceitável na época. Mas eu não podia largar tudo", disse Herbert Benson, chefe da pesquisa e professor da Faculdade de Medicina de Harvard.

Procurado por uma fundação privada que lhe ofereceu verba para continuar suas pesquisas, Benson foi comunicado pela Faculdade que não poderia aceitá-la, pois consideraram absurdo um cientista de Harvard fazer pesquisas sobre meditação. O professor estava decidido a abandonar a Faculdade de Medicina quando o fato chamou a atenção de um dos membros da diretoria da Faculdade, que disse na época: "Se Harvard não é capaz de se arriscar de vez em quando em algo novo, quem é que vai impedir Benson de aceitar o dinheiro?"

Finalmente, com o apoio da fundação e da Faculdade de Medicina de Harvard, Benson iniciou uma série de estudos para constatar os efeitos do relaxamento sobre doenças como hipertensão e outras. A equipe demonstrou que uma abordagem mente e corpo, ao unir relaxamento com nutrição e exercícios, formata uma ótima ferramenta no combate a problemas como dores, tensão pré-menstrual, fertilidade e distúrbios do sono. Também confirmou que pode aliviar, inclusive, sintomas ligados à AIDS e ao câncer.

A equipe descobriu que os indivíduos que praticavam o relaxamento regularmente tinham menor sensibilidade ao cortisol, um dos principais hormônios liberados pelo sistema nervoso que desencadeia a reação de ataque ou fuga tão comum em estados de *stress*. "A meditação funciona, quer você acredite nela ou não. É só seguir os passos, como a penicilina", disse Benson.

O cérebro possui a capacidade de criar imagens visuais e tratá-las como reais, e esse pode ser o centro de uma espécie de cura da mente e do corpo. É como conectar o cérebro para tomar conhecimento de como é ter a sensação de bem-estar. Somos capazes de reconstituir essas imagens e constata-se que pessoas que se consideram espiritualizadas relatam menos problemas de saúde. Os monges tibetanos foram estudados e são prova disso.

Alex preparava-se para mais um dia inusitado. Algo em seu íntimo dizia que viriam novidades. Queria conhecer algo novo, não sabia o que, mas sentia que o dia seria novamente tão interessante quanto os anteriores naquela estranha, bonita e provocativa região.

Especula-se que o ser humano esteja geneticamente predeterminado a acreditar em algo que vá além de nossa compreensão, pois isso lhe traz um sentimento de segurança quanto a sua sobrevivência e continuidade. Somos a espécie mais inteligente que evoluiu no que diz respeito à capacidade cerebral. Todo o poder advindo disso também nos trouxe um conhecimento ignorado pelas demais espécies: o de nossa própria morte.

Saber disso torna-se perturbador, pois vai contra nosso próprio instinto de sobrevivência, e uma forma de contornar isso é acreditar em nossa perpetuação após a morte. Usando a história como guia, a crença em algo superior tem sido uma característica essencial da raça humana muito antes dos gregos antigos, em que a ânsia por Deus reflete uma necessidade biológica básica, aparentemente inserida em nosso DNA e nos conectando à crença de algo maior. Lembre-se de que todo criador assina sua obra, as pontes de hidrogênio do DNA. Ter fé trata-se de uma situação vantajosa, cujos benefícios à saúde são evidentes ao se acreditar nos resultados obtidos pela nossa capacidade de religar corpo e mente.

Religare: se falam tanto em religião como forma de religar, quer dizer que em algum momento fomos desligados? Sim, em nosso nascimento. Viemos de lá para cá e por isso almejamos tanto um contato com o antes.

O CONCÍLIO ENTRE DEUS E A CIÊNCIA

Quem explica Deus, não o entende; quem o entende, não o explica.

Ciência e fé finalmente se aproximam no intuito de uma maior compreensão da vida.

Iaqui, por sua cultura e experiência, era um dos profissionais que compactuavam com esse pensamento, sendo avesso ao ceticismo científico. Sabia que por trás de cada doença havia algo mais profundo que merecia atenção especial. E um de seus pacientes era Aurélio. Mesmo perto da cura física, ainda era um pouco nebulosa a origem de sua doença. Descobrir o estopim psíquico era essencial para a consolidação efetiva do processo de cura mental e espiritual.

Nossa saúde depende muito de como conseguimos superar nossos conflitos emocionais antes que as coisas, em nossa vida, se compliquem e se tornem um caso médico. Para passarmos dos sentimentos à doença é um pulo muito rápido. Por sermos muito mais complicados que uma máquina, além do corpo, ainda temos que levar em consideração nossos estados de humor e a forma como reagimos ao que ocorre em nossa volta.

Tanto na alegria quanto na tristeza, nosso corpo reage de diferentes formas, mesmo que as conexões entre sentimentos e problemas físicos não sejam muito evidentes. A medicina psicossomática começa a assumir, ao poucos, o papel de perceber os conflitos emocionais do doente antes mesmo que os sintomas físicos surjam.

Perdoar é um exercício importante que todas as religiões apregoam como saudável e realmente é, pois traz benefícios diretos à saúde mental e física. Os jovens possuem grande necessidade de serem perdoados por seus erros, mesmo porque muitos são cometidos por inexperiência ou falta de informações, enquanto os mais velhos se confortam muito com sua capacidade de perdoar aos outros. Devido a sua vivência, compreendem o que os jovens estão passando, pois veem sua própria história sendo repetida de forma semelhante.

Estar perto de Deus através da prece, além de elevar a autoestima, aciona sinapses no cérebro que são responsáveis pela sensação de transcendência espiritual. Assim, os limites entre o indivíduo e o mundo são desligados temporariamente devido ao estado de oração e meditação. Isso faz com que a pessoa se sinta parte do infinito, passando a estar conectada com o Universo.

Devido a esse circuito espiritual, é gerado um campo eletromagnético de baixa frequência ao redor da cabeça que auxilia no estado de transcendência. Estados de *stress* ou ansiedade violentos, falta de oxigênio, fadiga crônica ou baixa taxa de açúcar no sangue produzem cargas elétricas semelhantes em seus efeitos, o que pode explicar o fato de algumas pessoas terem encontrado Deus em momentos de dor.

Ao contrário do que muitos pensadores como Marx e Freud apregoavam, a religião nunca deixará de fazer parte da vida do homem e de ter um papel importante para a humanidade. O crescente interesse da sociedade pela espiritualidade para entender seus problemas sinaliza o esgotamento de modelos anteriores que, antes de explicar, mais complicaram a vida do homem do que qualquer outra coisa.

Iaqui tinha um carinho muito grande por Aurélio, pois o professor possuía uma fé extraordinária que o impulsionava cada vez mais no caminho da cura de tão rara doença. O curandeiro sabia que seria apenas uma questão de tempo.

E a sua Fé, como está?

Tão importante quanto compreender como nos religarmos à cura é entender o quanto que fomos programados para sofrer em todo o percurso da evolução da civilização. Erros, agressões, violências e sofrimentos de nossos antepassados continuam registrados em nosso código genético.

Para agravar a situação, nascemos com a sensação de afogamento reverso e através das dores do parto de nossas mães, sem contar o estado de culpa incutido no inconsciente da humanidade. Sofremos pelos erros de nossas vidas passadas cujas ações nos geram sofrimento no presente; e, segundo algumas linhas de pensamento, este é um planeta de "expiação". Também nos ensinaram que o sofrimento nos liberta, sendo esse o preço que pagamos pelo amadurecimento. Será?

Qual é o pai ou mãe que gosta de ver seus filhos sofrendo? Sendo feitos à imagem e semelhança de Deus, logo, somos seus filhos; parece que tem algo de errado nisto tudo! Deus quer falar através de cada alma, no entanto muitos seguem com suas vidas confusas. Pedem perdão por seus pecados enquanto Deus responde: "Mas por que pedir tantas desculpas se fui Eu que te fiz, mesmo em teus defeitos?"

Pecado, o pé trocado que não passa apenas um tropeço! Todo pagão é um pecador, diziam. E os da cidade? Pagão, aquele que vem do pago, campo. Sim, estudar é preciso!

Mais do que expiação, este é um planeta-escola em que nós mesmos nos matriculamos para evoluir e isso só se obtém com estudo e criação, e não com reclamação. A síndrome do sofrimento e do "coitadinho de mim" incutida em nossa mente pelas mídias tem induzido o ser humano a um sistema de vida medíocre e contrário à expansão da vida. E se o Universo está em expansão permanente, por que nós próprios não estaríamos?

A culpa e o medo pela punição nos ensinaram através de séculos que só aprendemos com o sofrimento, tentando nos incutir que esse era o estado natural do homem. Talvez muita coisa deva ser questionada sobre como levamos nossas vidas hoje. Nascemos, crescemos, reproduzimos e morremos, deixando de ver o invisível da vida sem questionarmos os "porquês" e "para quês" da existência.

Erramos e sofremos porque não conduzimos nossas vidas de forma harmoniosa e equilibrada, pois ainda não sabemos viver em estados de sabedoria, amor e prosperidade. Somente nos redescobrindo para eliminarmos a dor que nos impede de sermos iluminados. Somos uma alma que comanda e se utiliza de um corpo, e não um corpo que possui e aprisiona uma alma.

SINTONIA COM A NATUREZA

Alex precisava ficar um pouco sozinho novamente. Precisava de tempo consigo mesmo para tentar entender o que estava passando, pois os sentimentos o estavam confundindo. Uma mistura de encantamento com ceticismo o inundava de forma contemplativa, pois toda a sua vida fora criada para o óbvio.

A manhã estava linda e convidativa para uma cavalgada despretensiosa. Decidira percorrer e acompanhar o rio até o desfiladeiro, onde finalizava seu trajeto numa espetacular cachoeira. A cascata Das Águas era um marco de Villa Nova. Seus fundadores ficaram maravilhados quando a encontraram em suas explorações por mais terras férteis.

Cegos pela mata densa e guiados apenas pelo forte estrondo das águas que caíam volumosas, daí o seu nome, entenderam o porquê de tamanho ruído. Sua altura era tamanha que tornava a água revolta ao atingir o fosso formado por uma escavação natural junto à rocha de basalto. Provavelmente, uma herança da época vulcânica quando ainda nem sonhávamos em existir. Uma testemunha natural que insistia em permanecer ali, imponente e imóvel, mas com vida eterna enquanto dela caísse água.

A estrada que seguia até a cascata, aos poucos, ia descendo e acompanhando o declive natural do terreno até que fosse possível chegar bem próximo dela. Assim, podia-se contornar a queda para chegar até sua base e sentir no rosto o respingar da água que se transformava num jato rarefeito.

A beleza daquele fosso era incomparável: paredes de pedra bruta cobertas por limo e musgos que pareciam um imenso tapete verde sempre úmido e revigorado pela água que o alimentava. Voltar dali sem um mergulho seria um verdadeiro pecado... um pé trocado. A sensação daquela água límpida e gélida ficaria marcada para sempre em sua memória em total comunhão com a natureza.

Novamente, não havia mais o tempo. Era como se tivesse parado e tudo o que interessava naquele momento era simplesmente ficar como estava, numa sintonia rara. Estar ali fazia com que se sentisse recarregado e pronto para uma nova vida... a que estava por vir.

Nosso tempo tem sido registrado de forma errônea e em desconformidade com os ciclos naturais da Terra em suas rotações e translações com relação ao Sol e à Lua e seus fluxos naturais. O calendário gregoriano utilizado mundialmente está baseado num sério erro de medição do tempo contrariando o criado originalmente pelos babilônios a partir do círculo de trezentos e sessenta graus e dividido em doze partes. Esse calendário tem sido modificado ao longo de cinco mil e duzentos anos.

Os romanos efetuaram várias mudanças e sua última alteração data de 1582, ocasionada pelo Papa Gregório XIII, a qual, além de não possuir fundamento científico, é totalmente irregular, com meses de trinta, trinta e um, vinte e oito e um de vinte e nove dias a cada quatro anos como forma de corrigi-lo em função das rotações naturais do planeta.

Essa estrutura errônea resultou numa grave distorção do tempo tridimensional denominada materialismo, no qual o ser humano se condena ao mundo de problemas em que vivemos hoje. Vivemos numa frequência de tempo 12:60, originada no relógio mecânico dividido em doze partes de sessenta graus, ao passo que a frequência natural do ser humano, assim como dos animais, é de 13:28, resultante de treze meses de vinte e oito dias, totalizando trezentos e sessenta e quatro dias, mensurados pelos quatro ciclos da Lua, de sete dias cada.

Completando os trezentos e sessenta e quatro dias, em cada virada de ano, haveria um período fora do tempo, o dia "zero", que seria resguardado pela humanidade para refletir e meditar, preparando o ano novo que se aproxima. Seria um dia inteiro, e não apenas alguns minutos como é hoje durante a virada.

Também é curioso que esse calendário, originado na civilização maia e recentemente decifrado, esteja em sintonia com o ciclo menstrual da mulher, que também é de vinte e oito dias. Naturalmente mais intuitivas e sensíveis que o homem, as mulheres em seu sexto sentido encontram-se mais conectadas com o ciclo natural da vida, além de poderem gerar ela própria. Ciclo menstrual de vinte e oito dias – Lua, ciclo de gestação do bebê de nove meses – Vênus em seu ano de translação ao redor do Sol. Coincidências dos tempos?

Atualmente, podemos ter dificuldade em compreender que a verdadeira natureza de um calendário é também de ordem mental e não apenas material-física. Mais do que uma sequência de números e meses, ele relata toda uma história de gerações passadas e seus legados, bem como a organização da vida.

Identificamos o tempo como uma função da mente, nossa quarta dimensão, como já advertia Einstein. O tempo, compreendido como uma quarta dimensão, influencia todo e qualquer evento da vida em todos os aspectos.

É de se supor o quanto somos primitivos em nosso atual sistema de mensuração do tempo ao utilizarmos um sistema falho, enquanto os antigos maias utilizavam simultaneamente dezessete calendários com os dias da semana em sincronia com os ciclos da Lua e também consideravam aspectos espirituais originados nas diversas fontes de energia solar, galáctica e psíquica presente no ser humano e animais. Além de representar a real ordem sincrônica do Universo, a adoção deste tipo de calendário proporciona efeitos diretos sobre a vida das pessoas, tais como maior desenvolvimento de suas capacidades mentais, com uma melhor harmonia da mente com a natureza.

O homem passaria a se relacionar de acordo com o ritmo biosférico, ocasionando um grande despertar ao abandonar um calendário artificial que o aprisiona. Não podemos mudar o sistema atual, mas podemos assumir internamente o natural. À medida que começamos a introjetar esse novo e ancestral calendário, aos poucos ingressamos num processo de sincronicidade de acontecimentos em que estaremos cada vez mais no lugar certo com as pessoas certas e fazendo as coisas certas, com uma vida mais plena e saudável.

Lentamente, o nosso próprio relógio biológico passa a reger nossas necessidades e compromissos, tal qual ocorre com exploradores de cavernas que passam a esquecer o tempo do relógio devido à ausência de luz do dia. Ocorre uma adaptação do organismo ao ambiente rapidamente, passando-se a comer quando se tem fome e a dormir a quantidade correta de horas de que o organismo realmente necessita.

Por isso que Alex iniciou sua aventura sem relógio.

A harmonia e a prosperidade se instalariam em nossas vidas, assim como a paz e a sincronia, ao iniciarmos o abandono de uma vida tão mecanicista. Em breve surgirá uma nova concepção de vida e de relacionamentos, vivendo-se mais o coletivo, abandonando-se aos poucos a tecnologia danosa e dependendo-se menos das máquinas e dispositivos. E, por que não, com maior poder de telepatia em comunicação e com novas formas de trabalho e produtividade. Com prosperidade plena.

Um de seus calendários representava o sistema planetário num período de vinte e seis mil anos divididos em doze ciclos de dois mil cento e sessenta anos aproximadamente, havendo uma transição entre eras com mudanças paulatinas em nosso comportamento. Estamos atualmente cruzando o limiar de eras e sendo inseridos num novo período, a Era de Aquário, com todas as mudanças que comporta essa nova época de conhecimento e compartilhamento. Mudanças para uma melhor humanização.

DesSintonia com a natureza

Os animais não necessitam de governo e são organizados. Curam suas feridas sozinhos através de seu instinto e utilizam seu próprio poder. Já o ser humano entrega o poder que possui às instituições e, ao abrir mão de seu próprio poder, perde sua autonomia individual e coletiva.

Em contrapartida, quando falta comida dentro de um ecossistema, os animais que ali estão reagem ou morrem; enquanto os seres humanos atuam plantando e produzindo, e isso é o que nos diferencia dos demais vertebrados.

Porém, nossa cultura mecanicista tem nos causado alguns problemas; existem muitas analogias reais que podemos fazer com os animais, pois eles nos transmitem lições de vida que não encontramos em outro lugar.

Quando Henry Ford criou a linha de montagem, muitos estavam com a mesma ideia. A diferença é que ele fez. Ford queria construir automóveis em série e torná-los acessíveis à compra. Mesmo não sabendo como, teria uma inspiração em breve.

Encontrou a solução quando visitou um abatedouro de gado, onde um sistema de correias e grampões imobilizava o boi pelas patas e o pendurava de cabeça para baixo. Logo em seguida, vinha um funcionário que dava uma forte marretada em sua fronte matando-o na hora para posteriormente ser sangrado por uma estocada firme na jugular. Depois, outros homens retiravam chifres, cabeça, abriam o couro para retirar suas vísceras, partiam-no ao meio e posteriormente em partes.

Tudo isso funcionava através de um sistema de correias e correntes que ia conduzindo os animais pendurados de uma seção para outra, como se fosse uma linha de desmontagem. Ford inverteu o processo criando então a linha de montagem de carros. Mas o irônico nisso tudo é que o mecanicismo iniciou-se a partir de uma abordagem da qual se tornou a própria vítima e hoje o homem é a "bola da vez", ou melhor, a vaca. E essa desarmonia nos acompanha até hoje.

Os índios eram peritos em sintonia e convívio harmônico com a natureza e com a vida. Talvez Iaqui tivesse algumas lições para contar para Alex. Quem sabe viessem algumas ideias que estava procurando? Passou a manhã embevecido por pensamentos tão límpidos quanto a água cristalina que o rodeava... mas estava chegando a hora de partir para uma nova situação, um novo ambiente e um novo convívio.

O ser humano é assim: mesmo que algo esteja bom, ele sempre anseia por algo diferente e melhor ainda, um novo "lá" para o "aqui". Não se trata de estar insatisfeito com aquilo que está fazendo, mesmo que esteja agradável; mas ansiamos sempre por coisas novas.

Como fez alguns dias atrás, deixaria novamente que o vento e o calor secassem a roupa em seu próprio corpo. Pegou seu cavalo e partiu para a estrada. Queria rever Iaqui e Marcellus. Como estaria seu pai Aurélio? Não sabia se visitaria primeiro o índio ou o menino. Estava em dúvida e deixaria que se resolvesse durante o retorno.

Os dois tinham características que lhe agradavam e era difícil dizer de quem mais gostava, talvez da inteligência e do pensamento de Iaqui ou do jeito esperto e honesto de Marcellus, com todo um potencial a ser explorado pela frente... gostava demais dos dois! Menino como aquele era raro e homem como aquele índio também. Talvez um complementasse o outro em sua passagem por Villa Nova.

A experiência e perseverança de um inspiravam a vontade do outro, e a juventude e entusiasmo deste incentivavam a busca do mais velho. Sentimo-nos diferentes quando somos observados pelas pessoas que nos amam, pois podemos sentir sua admiração implícita em cada gesto de carinho e palavra de apoio. Heisenberg estava certo quanto à observação.

Enquanto cavalgava a trote firme, Alex tentava colocar em ordem os pensamentos e, em oração, agradecer por todas as pessoas com quem estava convivendo nos últimos dias. Marcellus, Aurélio, Pandora, Iaqui e agora Júlia, que se unira ao grupo. Cada um tinha uma parcela de importância muito grande em sua vida. Anteriormente, ela se dividia entre antes e depois do nascimento de Jéssica; agora estaria sendo dividida, também, entre antes e depois de Villa Nova.

Aos poucos, Alex ia percebendo que a pessoa mais importante em sua vida era ele próprio. Todos os que o cercavam faziam parte de um grande encontro e de uma nova e grande família que se formava em torno de algo em comum... um bem maior.

A busca pela plenitude faria com que as pessoas com quem convivia passassem por um bom e novo filtro, e poucas continuariam por perto. Várias reclamavam muito de pequenas coisas da vida. Coisas tão sem sentido... Tentaria ajudá-las se assim o quisessem, caso contrário mudaria de círculos.

Não deixe que os amigos o escolham! Você que os escolhe. Devemos cuidar bem de nós mesmos, pois somos a pessoa mais importante em nosso próprio mundo.

A volta à cidade grande reservaria surpresas.

Em breve, Villa Nova se tornaria Vidda Nova...

SOMOS O QUE FALAMOS

Alex decidira visitar Marcellus primeiro. Iria mais tarde à casa de Iaqui, que ficava um pouco mais distante. Chegaria bem na hora do almoço, com toda a "cara de pau" que Deus lhe deu.

– Olha só quem está chegando! – bradou Iaqui, que, para sua surpresa, estava ali também.

– Alex! – exclamou Marcellus. – Que bom você veio, estamos mesmo iniciando os preparativos para o almoço!

– Eu imaginei, por isso fui chegando de mansinho! – brincou o visitante.

– De mansinho e esperado! Estive na pousada pela manhã para convidá-lo para nosso almoço e Pandora disse que você já tinha saído para a cachoeira. Aliás, ela comentou que achava que você viria até aqui! – explicou Iaqui.

– Como vai, "índio velho"? Que bom vê-lo aqui também! – disse Alex estendendo a mão para cumprimentá-lo.

Enquanto Aurélio e Marcellus davam-lhe as boas-vindas, Iaqui mexia o carvão já em brasa. Sobrou para Alex espetar a carne, pois Aurélio era o encarregado de fazer a salada, enquanto Marcellus cuidava da logística: pratos, copos, talheres... essas coisas!

– O que você achou da cachoeira, Alex? – perguntou Marcellus.

– Linda! Fiquei impressionado com sua beleza, com a altura... e que água limpa! Podia ver meus pés no fundo! Quase que não voltei mais! – brincou.

– Encontrou o buraco na rocha por trás da cortina de água? – perguntou Iaqui.

– Não! Não me diga que perdi isso! – exclamou Alex imaginando ser outro cemitério pré-histórico.

– Pelo jeito, perdeu! Na verdade é uma entrada natural para uma caverna submersa! – explicou Iaqui.

– *Putz*! – reclamou Alex. – Perdi!

– Se quiser, volto lá com você mais tarde! – ofereceu-se Marcellus.

– Fechado! – confirmou.

– Enquanto isso, tome um gole, Alex! – intimou Aurélio enquanto estendia um enorme copo de caipirinha.

– Acho que teremos que deixar a cachoeira para amanhã, Marcellus!

– Xiiii! Acho que sim! Esta cachaça é de alambique mesmo! E das boas! – falou Iaqui com a experiência de quem já conhecia seus efeitos.

Marcellus não acompanhou, pois não tinha mais do que quinze anos. Ao contrário do que acontecia com a maioria dos garotos de outras cidades que se "empedravam" no álcool antes mesmo de conseguirem se aproximar de alguma menina.

Na falta de uma lança ou arco e flecha do passado, os pequenos caçadores urbanos preferiam manter latas ou garrafas empunhadas, em busca de "coragem" para a "caçada", que muitas vezes nem começava. Certas coisas na "evolução" do homem estavam "involuindo"!

– Aurélio! Responda-me uma questão que me deixou curioso desde que conheci Marcellus!

– Pois não, Alex!

– Acho o nome dele muito forte e bonito, mas também incomum! Como surgiu seu nome? Foi por acaso?

– "Marcellus" vem de uma pequena inspiração que tive do nome de um grande pensador! – respondeu Aurélio.

– Bem que eu imaginei que fosse um nome especial! Quem era esse homem?

– Raimundus Lullus, o inventor de uma máquina de invenções! – respondeu com firmeza Aurélio.

– Inventor de uma máquina de invenções?! – indagou Alex.

– Isso mesmo. E não é um pleonasmo!

– Fale-me mais desse homem, Aurélio!

Raimundus Lullus (1232-1315) nasceu em Palma de Maiorca e foi um dos grandes filósofos da Idade Média. Criou um aparelho de ideias destinado a desenvolver inovações em sua época. Criou a "ars inveniendi", ou heurística: "encontrar", em grego, ou, em outras palavras, a arte de inventar.

Tratava-se de alguns círculos de papelão sobrepostos que giravam em torno do mesmo eixo, sendo organizados sob a forma de símbolos que retratavam os conhecimentos adquiridos até então. Consideravam aspectos religiosos, científicos e filosóficos que, quando combinados entre si e devidamente decifrados, ofereciam uma série de novas respostas às questões pertinentes.

Gottfried Leibniz (1646-1716) obteve dessa máquina a inspiração para construir a primeira calculadora automática, que, por sua vez, tornou-se o protótipo dos computadores atuais.

Lullus recebeu o título de "doctor illuminatus" por sua invenção que considerava imprescindível; uma importante e fluídica ligação entre qualidades pessoais como virtudes, inteligência e criatividade. Segundo ele, sem uma delas não haveria processo intuitivo nem as mínimas condições para sequer chegar perto de qualquer espécie de invenção ou descoberta.

Acima dos círculos de Lullus, esse pensamento é o maior legado desse patrono da criatividade, da mesma forma que Leibniz é da cibernética, surgida então devido ao primeiro. As mudanças que geraram em nosso mundo alteraram radicalmente nossa forma de viver e possuem uma lacuna de tempo de trezentos e cinquenta anos entre um cientista e outro. É estranho perceber que a invenção de Lullus inspirou Leibniz cerca de três séculos depois, onde um preparou o caminho para o outro.

Na vida, nada acontece por acaso, exceto as coisas insignificantes.

– Por isso chamei meu filho de Marcellus! Que visão que possuía esse homem! Eu, como estudioso e pesquisador do comportamento humano, não poderia deixar de colocar uma pequena característica de seu nome ao "Marcelo", como queria sua mãe! – finalizou Aurélio.

– É uma bela homenagem que você fez a seu filho, Aurélio! Nomes são como palavras. Refletimos muito de nossa personalidade pelas palavras que utilizamos no nosso vocabulário!

– É verdade, Alex! Muita gente não percebe o poder que as palavras possuem. Acham que não passam de uma sequência de letras, quando, na verdade, possuem vibrações poderosas! Assim como a linguagem, nossos nomes possuem significados! – completou Iaqui. – Nós, índios, usamos muitos nomes como representação da natureza ou fatos importantes.

As palavras que usamos são ferramentas do pensamento e este é a expressão do estado de nossa alma. Desta forma, o grau de pureza das palavras que utilizamos em nosso cotidiano reflete o grau de pureza de nossa alma.

Controlar e educar o fluxo das palavras pensadas e faladas que produzimos em nossa consciência ajuda a eliminar gradualmente as causas de nosso sofrimento e também nos permite assumir as rédeas de nossa vida.

Podemos usar com mais frequência o poder das palavras se evitarmos a dispersão mental e emocional e aprendermos as verdades do coração. E isso pode ser obtido sem que se enfrentem inúmeras armadilhas, pois a verdade provoca uma sensível e cuidadosa destruição da ingenuidade, assim como da preguiça a que estamos acostumados.

Quando a ilusão desaparece, no princípio nos sentimos abandonados para então vir a sensação de liberdade. Nas muitas vezes em que falamos a verdade, podemos estar contrariando interesses alheios. Assim, é muito importante possuir um bom "jogo de cintura" para desvencilhar-se de situações embaraçosas. Quem fala o que quer, ouve o que não quer!

Para que possamos ser mais verdadeiros com as pessoas que nos rodeiam, em primeiro lugar, devemos ter em mente que não podemos tentar fazê-las mudar, se elas não o quiserem. Nesse caso o preferível é mudar o círculo de convivência. Passa a ser importante para nossa saúde mental selecionar as pessoas com quem queiramos nos relacionar de uma forma mais saudável e verdadeira e com menor grau de ansiedade.

É aconselhável adotar como amigos os mais sábios e autênticos indivíduos com quem se possa compartilhar experiências e ouvir na mesma intensidade. E, para a defesa de nossa própria alma, sem incursões por pensamentos e emoções negativas, é aconselhável conduzirmos as conversas para temas elevados que mantenham sentimentos de respeito e ética entre as partes envolvidas no convívio.

E a razão disso tudo é muito simples: cada palavra falada ou escutada é registrada no espectro e passa a habitar em nossa aura, ou seja, em nosso campo eletromagnético sutil que rodeia e acompanha nosso corpo físico. Por isso, boas e inspiradoras conversas resultam em bons pensamentos, boas emoções e boa saúde mental e física; a mesma que nos incentiva a gerarmos ainda mais pensamentos construtivos, formando um círculo vicioso de alimentação positiva.

O uso equilibrado das palavras é uma prática sagrada que constitui um ponto central na busca da sabedoria, assim como a leitura de temas elevados que geram pensamentos e emoções construtivas. Leitura elevada eleva os pensamentos!

Tudo o que somos no presente é resultado dos pensamentos do passado e o que pensamos hoje é o que seremos amanhã, pois nossa vida é criação de nossa mente e de nossas palavras. Se uma pessoa age e pensa de forma incorreta, não poderá esperar por resultados diferentes. A palavra vai à frente e abre caminho para as ações efetivas, pois a boca fala daquilo que o coração está cheio. As palavras e o pensamento têm o mesmo poder que o fogo: assim como iluminam, também podem queimar.

Normalmente quem fala sem pensar também age dessa maneira, e quem sabe calar, tem mais facilidade em bloquear pensamentos e abrir um maior espaço para a intuição aflorar, abandonando suavemente a intermediação do raciocínio.

As palavras guiam nossos pensamentos para as direções que escolhermos e nos ajudam a criar nossas realidades. Por isso é bom termos cuidado ao utilizarmos alguns vocábulos como o "não". Para que possa ser compreendido, deve trazer à mente o que está inserido com ele, pois não existe na linguagem isoladamente.

Não há como pensar em "não", pois não vem nada à mente. Agora, se pensarmos numa maçã rosa, então a imagem dela aparece em nossa tela mental. Assim, se alguém pedir para você não pensar numa banana vermelha, o que acontece?!... A imagem de uma banana vermelha vem a sua mente. Por isso é bom falar sempre no positivo, naquilo que quer, e não no que não quer. Não pense num morango azul... Viu o que ocorre?

Outro fato importante é substituir o "mas" por "e", pois ajuda a não eliminar o que foi dito anteriormente, como neste exemplo: "Iaqui é um índio muito inteligente, mas não gosta de vinho." O "mas" reduz o elogio sobre a inteligência. Substituindo por "e", torna-se um complemento: "Iaqui é um índio inteligente e não gosta de vinho."

O "tentar" já faz com que não se consiga, pois incute na mente uma possibilidade de falha ao se afirmar que "não pode" ou "não consegue", enquanto um "não quero" é muito mais honesto. Quando falamos que "devemos" ou "precisamos" fazer algo, estamos atribuindo o controle de nossas vidas a algo externo, sendo preferível "querer" ou "decidir" fazer algo por vontade própria.

Se descrevemos aspectos negativos de nossa personalidade, é bom usar o verbo no passado, eximindo nosso presente ao dizer que "eu tinha uma grande dificuldade em aceitar as pessoas como elas são". É mais eficiente falar das mudanças desejadas usando o tempo presente como se já estivesse no futuro ao afirmar que "eu estou conseguindo aceitar melhor as pessoas com elas são".

"Quando" queremos algo, temos melhores chances de obter sucesso do que "se eu conseguir", pois não se está condicionando algo à dúvida, e sim o determinando apenas como uma questão de tempo para ser obtido. "Esperar" por algo acontecer afasta as chances de sucesso, enquanto na verdade "sabermos" que algo vai acontecer potencializa nossa capacidade de realização quando a fortificamos por meio de nossa própria linguagem.

É como substituir condicionantes por fatos reais; enquanto alguns "gostariam de fazer", outros simplesmente "o fazem", deixando a vida mais concreta. E finalizando: lembre que o "tem que fazer" cria uma obrigação, que por sua vez não é nada fluídica.

Enquanto discursava, Iaqui virava os espetos. Um churrasco passado demais não agradaria aos amigos. Alex ouvia tudo atentamente e o professor Aurélio observava satisfeito o interesse do novo aluno.

– Acima das técnicas de emissão e recepção de mensagens está uma grande ferramenta sem a qual muitas coisas em nossas vidas ficariam sem graça: o bom humor. Ninguém suporta ficar muito tempo sem dar uma risada ou fazer uma piadinha ou brincadeira. Além de serem ótimas para oxigenar o cérebro, ajudam-nos a manter a atenção nas mais chatas das palestras. Piadas também são boas para alegrar, divertir, cativar amizades, exercitar a memória... e mais um monte de coisas que agora não lembro.

"O sinal mais evidente da sabedoria é um bom humor constante." Montaigne

A palavra "humor" tem sua origem no latim *humore* e significa "algo que flui". É algo que se move internamente e possui relação direta com impulsos e reações emocionais, muitas vezes inconscientes.

Às vezes, somos assolados por um mau humor insuportável, sem ao menos saber o porquê ou como sair desse estado lastimável. Mas há como sair, sim; basta descarregá-lo no cachorro, ou no colega mais próximo, em algum familiar, no trânsito ou... no cachorro do colega. É um ato meio inconsciente e, com certeza, eles vão entender, não é? Brincadeira sem graça à parte, é como muitos agem.

Cabeça fria para dissipar o mau humor é o melhor caminho para retomar o bom humor. Com habilidade podemos apreciar certas situações desagradáveis com relativa distância e sem levar muito a sério o ocorrido. Assim, a tensão de nossas atitudes pode dar lugar a um sorriso, pois o senso de humor nos protege do orgulho e da vaidade excessiva. Tanto o sucesso quanto o fracasso, se vistos com certa dose de bom humor, tornam-se suavizados, dando-nos a correta dimensão do fato, sem que corrompam nosso ego ou nos levem à depressão.

O senso de humor está presente até em tragédias e desgraças da vida cotidiana tão bem retratadas pelos dramaturgos e filósofos, mantendo-se as devidas proporções entre a dor e o riso. O riso cura a tristeza, nossas vaidades feridas e humilhações. O tempo cura tudo e o humor ajuda o tempo a passar mais depressa. Uma vida tediosa demora para passar; uma vida radiante e plena passa rápido.

O humor baliza a importância de nossas conquistas assim como de nossas desgraças, controla o "pequeno eu" para que não fique muito inflado ou murcho demais, como um espelho que nos avisa a hora de agir ou reagir. As piadas mais engraçadas e inteligentes são aquelas em que nos identificamos com os personagens e as situações. Mesmo o humor negro que realça os absurdos da vida é melhor do que o melodrama das novelas, pois denuncia e expõe ao ridículo comportamentos autoritários e abusivos de toda espécie.

Rir e rir de si mesmo são ótimos sinais de saúde mental e física. Pessoas perturbadas não possuem senso de humor, assim como os poderosos e falsos visionários aprisionados a sua falsa grandiosidade. Presunçosos e muitas vezes incorrigíveis, levam tudo a sério, assim como sua própria importância.

Risos, sorrisos e gargalhadas, quando compartilhados, possuem uma dimensão social muito importante ao nos livrar de nossos receios e medos, aumentando a tolerância com possíveis conflitos. Com bom humor, criamos soluções, modificamos o ambiente e influenciamos mais pessoas. Com mau humor, bloqueamos inovações, contaminamos o bem-estar e afastamos as pessoas de nós.

Saber que somos capazes de pertencer a grupos transformadores nos proporciona grande alegria pelo fato de sermos reconhecidos como coadjuvantes de novas e enriquecedoras experiências.

Estaremos mais aptos a viver com melhor qualidade se mantivermos ativas nossas habilidades para nos divertirmos. Não é à toa que uma das maiores indústrias do mundo é a do entretenimento. A simples expectativa de fazer algo bom já é motivo para nos sentirmos bem, pois envolve a esperança em seu maior sentimento de expansão. Muitas vezes a preparação é melhor que a própria festa.

Estudos realizados com idosos saudáveis revelaram que eles estão sempre esperando por algo muito agradável, cheios de planos para novas realizações. Sentem-se bem pelo simples fato de planejar um passeio.

Possuir e cultivar expectativas positivas é tão importante para o ser humano quanto se alimentar bem e se exercitar. Rir faz nosso organismo produzir endorfinas, as mesmas produzidas por atividades físicas, que potencializam a cura de doenças; por aumentarem nossa capacidade de defesa, ficamos mais imunes a infecções.

Filmes de comédia são excelentes formas de terapia, pois elevam significativamente o nível dessas substâncias, assim como os Doutores da Alegria têm obtido excelentes resultados com crianças doentes. Pelo jeito, "rir é o melhor remédio" mesmo. Felicidade está muito mais associada a nossa percepção do que ao fato em si, dependendo de nossa perspectiva, de como encaramos o ocorrido. Às vezes, um pequeno detalhe é mais importante que o todo e ele, por si só, nos faz feliz.

Aurélio verificava se não faltava nada na mesa cuidadosamente posta por Marcellus, pois o churrasco seria servido em breve. Estava tudo em ordem, pratos, talheres, copos, guardanapos, saladas, temperos, mas parecia que faltava alguma coisa... a pimenta, é claro!

A alegria está diretamente ligada ao compartilhar, pois é muito penoso ser alegre sozinho. Precisamos sempre dividi-la com alguém. Assim como nasceu para ser dividida com os outros, pode ser destruída tanto pela inveja quanto pela educação que tivemos e que muitas vezes nos ensinou a não termos orgulho de nós mesmos.

Alguns inclusive se questionam sobre seus direitos de se sentirem felizes e, para isso, se faz importante que as pessoas se conheçam mais, assim como as suas feridas e sensibilidades, aceitando e compreendendo seu histórico de infelicidade. Afinal, todos o temos.

Não estamos nesta vida apenas para o bem bom, afinal de contas não fomos feitos de manteiga. Além disso, é mais importante conhecermos nossos pontos fortes e vermos os momentos de felicidade que aparecem em nossas vidas, pois no geral os bons momentos prevalecem na grande maioria. Não somos somente vítimas do acaso, e sim atores principais de um roteiro que começamos a escrever ainda no ventre. Relembrar é viver, e basta pensarmos em um acontecimento bom que o sorriso volta naturalmente. É só experimentar. Então pare de ler um pouco e tenha boas lembranças agora!

Se compararmos a ideia do gráfico de Pareto com nosso DNA, diria que 95% das coisas em nossas vidas são boas e somente 5% são ruins, mas 95% das pessoas se conectam e vivenciam as 5% ruins como provações, desafios, dificuldades, discussões, desamor e escassez. Tudo vira um "des-astre": "sem os astros".

Fomos feitos para o amor, prosperidade, sincronicidade, sintonia, riqueza (falo de grana mesmo), saúde, abundância, alegria, amizades reais, boa família, bons empregos, ótimos salários, trabalhos edificantes, empreendedorismo, negócios que fluem, bons líderes, bons governos, geração de renda, alimentação equilibrada superboa (aliás, tudo superbom), exercícios físicos, aventuras, viagens, bons estudos, bons professores, esportes, prosperidade (já disse, né? Mas vale sempre repetir)... a lista de coisas boas não termina!

HISTÓRIAS INDÍGENAS

O Grande Espírito vive no Grande Acampamento.

Os índios possuíam, em sua cultura, o hábito de perpetuar seu passado através de suas histórias contadas de geração a geração. Compreendiam a natureza com rara sapiência e os animais eram suas grandes inspirações para a vida. Assim como eram regidos pela natureza, os bichos serviam de símbolos para seus comportamentos.

Aos poucos, Iaqui ia relembrando velhas histórias contadas por seu avô, agora reprisadas a seus amigos. Além do falcão que renascia de sua dor, gansos e búfalos traziam grandes exemplos ao ser humano.

– Quando vemos gansos voando em formação V, podemos tirar algumas preciosas conclusões sobre sua forma de voar. À medida que cada pássaro bate suas asas, cria-se uma melhor sustentação para a ave que está logo atrás possa quebrar a resistência do ar. Dessa forma o grupo inteiro consegue voar muito mais do que se cada ave empreendesse um voo solitário.

A liderança da formação é revezada de forma natural de acordo com a corrente de ar e o bater das asas, enquanto os demais grasnam para incentivar e encorajar os da frente a manterem o ritmo e a velocidade. Quando um ganso cansa ou se fere, deixa o grupo com outras duas ou três aves que o acompanham para ajudá-lo e protegê-lo. Após a solução do problema ou cura, reiniciam a jornada, juntando-se a outra formação, até encontrarem o grupo original em algum esteio natural da migração.

O comportamento dessas aves pode até não ser novidade para alguns, mas com certeza o é se as compararmos com o instinto dos búfalos.

Quando a colonização do oeste americano iniciou, as manadas de búfalos eram imensas, maiores que qualquer pioneiro poderia imaginar. Esses imensos animais alimentavam e vestiam as inúmeras tribos indígenas da região. Inclusive suas ocas eram feitas com o couro desses mamíferos. Chaienes, apaches, cherokkes, navajos e tantas outras tinham na imagem do búfalo um símbolo de respeito e prosperidade, assim como os babilônios possuíam pelo touro o mesmo sentimento seis mil anos atrás, do outro lado do mundo.

O homem branco chegou para tomar-lhes a terra e "civilizar" o oeste. Guerras entre índios e soldados mataram muita gente e, para agilizar a logística de conquista, uma das estratégias era matar e sacrificar os búfalos. Assim faltaria couro para as tendas, roupas para o frio e comida às tribos, que eram obrigadas a migrar para outras regiões.

Os cavaleiros corriam atrás e ao lado dos animais encurralando-os nas planícies sob a mira das armas que disparavam sem que seu atirador necessitasse ter uma boa pontaria. Buffalo Bill tornou-se conhecido nessa época por matar quarenta búfalos em apenas uma caçada. Foi assim que nasceu sua lenda.

Mas o que facilitava sua matança não era a grande quantidade de animais, mas o fato de que bastava identificar e matar o líder da manada para que os demais búfalos ficassem ao redor do cadáver sem saber o que fazer.

Que tipo de parceria preferimos?

Um velho índio, um menino e um burro caminhavam por uma estrada até encontrar algumas pessoas que comentaram sobre a burrice de estarem caminhando os três, enquanto um deles poderia ir montado. O índio pensou e resolveu colocar seu neto no dorso do animal, quando para sua surpresa comentaram que seria mais justo o velho ir em cima, dada a sua idade avançada.

A caminhada seguia tranquila até que alguns novos passantes comentaram sobre o absurdo de deixar uma criança caminhando, por sua fragilidade. O velhinho, meio confuso, tirou o menino do lombo do animal e pensou em continuar a caminhada carregando o burro nas costas, talvez assim todos se agradassem. Mas então o velhinho não teve dúvida: mandou todo mundo pastar.

De que tipo de opiniões precisamos?

Apesar de Marcellus já conhecer algumas das histórias, Iaqui dava uma nova roupagem a elas... O garoto sempre gostava de ouvir o amigo índio falar.

– Algumas tribos antigas da África tinham como costume executar rituais antes de uma caçada de leões. Dezenas de homens eram mobilizados devido ao alto risco que esse animal representava. Há de se lembrar que, na época, as caçadas eram realizadas apenas com flechas e lanças e que as estratégias de emboscadas eram de suma importância.

Enquanto alguns atiçavam o animal e se colocavam na condição de isca, os outros se posicionavam de forma a atingir o leão certeiramente em seu coração. Se houvesse um erro de pontaria e o animal fosse apenas ferido, este, por sua vez, entraria numa reação natural de defesa e se transformaria numa fera descontrolada capaz de matar alguns guerreiros.

Todos os detalhes para a caça eram minunciosamente preparados: armas, escolha dos homens, locação e alimentos, pois poderiam ficar fora durante alguns dias. Também não descuidavam de suas pinturas de guerra, em que cada traço marcado no rosto e no corpo simbolizava a atitude guerreira que deveriam ter diante do animal e ao lado de seus companheiros.

Após tudo ter sido levado em consideração na logística, os homens iniciavam a etapa final e mais importante de sua preparação para a caçada. Na noite anterior à partida, todos se reuniam em torno de uma grande fogueira para iniciarem o ritual que antecederia a perigosa empreitada do dia seguinte. Aliás, muito perigosa, pois leões seguidamente eram vistos acompanhados por outros.

O fogo, além de iluminar, testemunhava a dança de guerra embalada pelo ritmo frenético de tambores tocados por outros membros da tribo. Os caçadores colocavam-se a balançar seus corpos, empunhando suas lanças, com as quais batiam no chão ao som de atabaques percutidos pelas mãos de outros tribais para marcarem o ritmo da dança.

De olhos fechados, entoavam palavras de ordem e expressões que lhes incutiam coragem e afastavam o medo, que, sob controle, transformava-se numa poderosa energia de luta. O pajé, chefe espiritual dos índios e misto de feiticeiro e médico de plantas, que a tudo assistia, erguia os braços como forma de louvor aos deuses em busca de proteção e coragem aos guerreiros.

O estado de torpor, intensificado pelos tambores e cantos de forte entonação, contagiava a todos rapidamente como se estivessem num estado meditativo e de mentalização da caçada do dia seguinte. O fenômeno estendia-se durante horas e todos da tribo participavam com os guerreiros ao centro, que se retiravam antes dos demais para descansarem para o dia seguinte.

Mas o fato principal de todo esse ritual é que, além de manter os guerreiros altamente concentrados, fazia com que eles entrassem num pequeno transe coletivo regulando seu metabolismo em uníssono. Em estado naturalmente alterado de consciência e numa baixa frequência cerebral, eles tornavam-se capazes de visualizar a caçada em sua mente antecipando os movimentos do animal em suas reações, assim como de seus companheiros.

Visualizar as diferentes hipóteses de situações nas quais poderiam se encontrar durante a caçada fazia com que se sentissem mais seguros por saberem de antemão quais seriam os acontecimentos perante o perigo. A confiança gerada pela alta concentração e visualização era tamanha que fazia com que não mais precisassem caçar, e sim apenas "buscar" sua presa que já os estava esperando.

Algo semelhante ocorre conosco quando temos ideias que gostaríamos de colocar em prática. A epifania vem como uma visão que toma conta de nossa mente e depois arrepia o corpo num estado de euforia que intensifica ainda mais a vontade de executar aquilo que mais parece um sonho acordado. Após a compreensão do fato, é preciso saber parar para planejar e ordenar as ideias para que sejam executáveis. É o momento do raciocínio.

Assim que surgem e sugiram as grandes ideias e as grandes invenções que contribuíram com o curso de nossa história. Passada a forte emoção, é hora de colocar os pés no chão e pensar nas estratégias para pôr em funcionamento, e é nesse momento que encontraremos três tipos de sentimentos alheios a nossa vontade que poderão nos destruir ou contribuir com nossas atitudes.

Indiferença, recusa ou apoio! É o que encontraremos pela frente, sendo que somente o terceiro tem a capacidade de fortalecer a realização de nossos sonhos e vontades. Se deixarmos os outros dois tomarem conta de nossa alma, estaremos sendo iguais aos iguais.

Deixando de nos tornarmos os "loucos", agiremos apenas como os "sensatos", que simplesmente seguem atrás e nunca na frente de sua própria história pessoal. Vamos "dançar" mais em nossos rituais, assim poderemos visualizar mais nossas conquistas antes mesmo de elas surgirem e senti-las em nossos corações.

O churrasco estava quase pronto quando Aurélio chamou todos para a mesa.

A mesa posta embaixo das árvores e próxima à varanda era um convite às delícias acompanhadas por saladas colhidas na horta de casa.

Definitivamente, aquilo não era um almoço qualquer, era um verdadeiro ritual cuja preparação se iniciara ainda pela manhã, quando

Marcellus catou lenha seca do chão para dar um gostinho especial. Enquanto isso, Aurélio colhia as hortaliças para colocá-las na água e na sombra para ficarem ainda mais tenras.

Iaqui ficara encarregado das carnes e de convidar Alex, enquanto este deveria ter sentido o cheiro da fumaça que o guiara de "mansinho", como ele mesmo falou. Homens se reuniam assim há muitos séculos.

– Iaqui! Não posso deixar de dizer que fiquei muito impressionado com suas histórias! – falou Alex enquanto cortava seu primeiro pedaço (em casa, sua esposa sempre ganhava o primeiro e mais macio).

– Também gostei muito delas! – murmurou Marcellus.

– Querem saber mais? Certamente Iaqui irá concordar comigo! Conheço algumas – intrometeu-se Aurélio.

– Sou todo ouvidos, meu amigo Aurélio!

– Muitos dos pajés utilizavam drogas para atingirem seus estados de êxtase para conversarem com os espíritos. Peiote, mescalito, *Cannabis*, ervas, rapé e pós brancos foram utilizados das mais variadas formas, de acordo com a região e os hábitos de cada tribo! A autoridade xamânica o fazia com sabedoria para conseguir enxergar no escuro – explicou Aurélio.

– Com certeza! Mas isso não é novidade para nós, Aurélio! – exclamou Alex.

– Sim, Alex, mas o ponto não é esse! A questão principal é que, na maioria das tribos, os guerreiros também passaram a usar esses psicotrópicos como forma errônea de intensificar sua coragem para a guerra! – completou Iaqui.

– Isso mesmo! E o que ocorre quando alguém entra drogado numa guerra? – perguntou Aurélio ao se dirigir para Alex.

– Ele morre facilmente, pois não possui mais condições de distinguir situações perigosas e seu medo não o controla mais! Toma decisões impetuosas e erradas.

– Exatamente o que ocorreu em recentes guerras onde soldados drogados eram os primeiros a serem explodidos, limpando o terreno das minas terrestres! – informou Marcellus. Em seguida, concluiu, impressionando a todos: – Toda guerra é igual na sua estratégia e insanidade. Que bom que as caçadas foram substituídas pelo esporte. Tomara que ocorra o mesmo com as guerras no futuro!

As arenas sempre foram palcos de divertimento, desde os mais mórbidos como leões contra cristãos, passando pelas lutas entre gladiadores e competições esportivas, olimpíadas, até os jogos cooperativos. Quanto mais variados, melhor, pois nenhum país se desenvolve se possui apenas um esporte nacional. A indústria esportiva fica estagnada, pois, se não existem outras modalidades, também não existe diversidade de praticantes. Novos produtos deixam de ser produzidos e o número de espetáculos passa a ser muito restrito.

Novos e talentosos atletas deixam de ser descobertos, jornais e revistas passam a ter poucas notícias e vendem menos por atuarem apenas num determinado mercado. Começa a ficar escasso o número de anunciantes e as empresas de mídia deixam de faturar tanto quanto poderiam.

Na verdade, o que existe é um grande tédio no desenvolvimento e oferta de produtos. Empresas esportivas conseguem atuar em poucos mercados onde já existem muitos concorrentes e a diversificação e especialização em outros ramos, ficando apenas como mercado latente, louco para ser descoberto e desenvolvido. Além de gerar empregos, a diversidade esportiva num país gera saúde e, consequentemente, menores custos previdenciários com saúde.

Com poucos esportes, circula menos dinheiro no mercado, são pagos menos impostos e milhares de empregos deixam de ser gerados. Sem falar que, com apenas um esporte nacional, fica mais fácil exercer um controle de massa do tipo "pão e circo" utilizado pelos romanos... talvez seja por isso! Com certeza ajuda muito alguns governos.

Assim como a visualização de uma caçada auxiliava na "busca" pela presa, no esporte ocorre o mesmo fenômeno quando o atleta arremessa uma bola de basquete ou chuta a gol. Ele se concentra no movimento mirando o objetivo. Em nosso organismo, ocorre então um fenômeno que se inicia quando o desportista faz a mira e em frações de segundo o cérebro dispara um processo químico e psíquico extraordinário. A mente recebe o sinal visual de seu objetivo, fazendo com que calcule a força necessária que deverá ser imprimida aos músculos através de uma complexa matemática biológica que ocorre em milionésimos de segundo.

Feito isso, a bola é arremessada com sua trajetória já definida através da força muscular e da concentração empreendida no momento do lance. Depois disso, a física da gravidade fará o resto, sendo que ela já foi considerada durante o cálculo, pois nosso corpo está habituado a essa força desde que nasceu.

Os melhores resultados são obtidos através do treinamento repetitivo e da prática, e seguidamente o atleta sente de antemão se o arremesso ou chute será certeiro ou não, tamanha a sua experiência e preparação. Agora imagine você usando essa técnica em sua vida para seus sonhos e metas?

A disciplina e visualização no esporte são grandes aliadas na obtenção de objetivos em nossa vida, pois a consciência que desenvolvemos através dele nos educa já desde criança. "Mens sana in corpore sano.", como diziam os gregos e também os romanos.

Atingir os objetivos e ser competitivo aprendendo tanto a perder como ganhar são as maiores lições que uma criança pode aprender em sua cidadania. Mais do que prazer e satisfação, o esporte nos educa e forma caráter.

Alex conhecia muito bem a área esportiva e chegara a hora de poder contribuir com os amigos em seus conhecimentos.

– Meus amigos! Pratico variados esportes e com frequência! Longe de ser um atleta, sou um desportista! Inspiro-me muito na determinação que eles imprimem aos homens e gostaria de dar meu testemunho!

A psicologia do esporte busca estudar a transformação que defende a visão do homem como um todo. E isso está ligado diretamente ao equilíbrio entre corpo, mente, espírito e emoção. Os exercícios devem acompanhar o desenvolvimento emocional como forma de atingir melhor qualidade de vida, onde o corpo é nosso principal alicerce.

Ao desenvolvê-lo também o fazemos com a mente e o espírito; emoção e pensamentos unidos. Importante é alimentar o corpo emocional e o caminho a ser percorrido pelo homem para transformar-se e assumir o papel de personagem principal de sua própria história. O corpo físico é um caminho para desenvolver o potencial humano. Ele é a base para o aprimoramento do corpo mental, emocional e espiritual, ressaltando o homem como um todo e eliminando a ditadura da inteligência ligada somente à lógica, onde o resto não possui valor.

De uma maneira inconsciente, somos desafiados a evoluir nosso corpo e prepará-lo adequadamente, fazendo-nos acreditar em seu potencial. Passamos, assim, a vivenciar vitórias e a realidade de conquistas concretas. Ao perceber melhor nosso corpo, percebemos mais a vida, pois a saúde não é somente o estado da não doença. Saúde é estar encantado com a vida e entusiasmado. Só porque não estamos doentes não quer dizer que estejamos saudáveis.

Quando caminhamos em ambientes abertos como uma trilha na mata, estamos mais em contato com a frequência da natureza e com ela entramos em sintonia. Estando mais próximos de nós mesmos, reconhecemos nosso potencial de sucesso, elevando-nos perante a própria natureza. Sentimo-nos mais presentes e mais saudáveis, vibrando diante da vida.

A analogia com a vida prática é muito grande, pois os resultados dessa atividade não são apenas físicos. Há uma transferência positiva para a vida que pode ser aplicada a qualquer pessoa. Quem pratica atividades físicas cresce no seu campo emocional e tem um desempenho muito maior.

Atualmente, as pessoas trabalham demais e rendem pouco e é importante começar a sentir mais a vida. Esse tempo doado a si mesmo é um grande investimento que de maneira alguma deve ser visto como perda de tempo.

A questão do tempo é emocional. Podemos colocá-lo onde quisermos. A tecnologia, entretanto, criou uma situação irreal. O homem deveria ser o ponto principal que faz as coisas acontecerem e, infelizmente, ele passou a ser apenas uma ferramenta, onde o foco principal é o lucro sem propósito. As exigências geradas por esse ambiente são tão grandes que o homem não as comporta, fazendo surgir várias doenças da modernidade.

O sedentarismo é a porta de início para as doenças.
Não fomos feitos para ficarmos parados.

A pessoa não dorme quando está com sono, come muita porcaria, trabalha como um condenado e desaprende a respirar corretamente. Quanto mais trabalha, menos descansa, porque foi preparada para agir assim e acaba mascarando uma adaptação patológica e perversa. Nosso cérebro registra as mensagens enviadas e não interpreta se o que está acontecendo faz bem ou mal. Ele não para para se recompor e os resultados caem.

Tendo-se condições para desenvolver atividade física, alimentação e sono adequados, nossa produtividade e bem-estar intensificam-se nos ambientes nos quais convivemos. Assim será nosso futuro, pois a máquina já está avançada. Quem não está bem é justamente o homem que a opera, seja uma prensa hidráulica, um computador ou um telefone. O homem ainda não está completamente adaptado e, dessa forma, dá menos resultado. Já que o interesse é o lucro, ele deve ser obtido com qualidade; é neste ponto que entramos no conceito do lucro com propósito.

Obviamente pessoas ativas, mais confiantes e compreensivas impulsionam quem quer que esteja por perto. Sabem inclusive se fechar para coisas ruins e exercitar visões de longo prazo. Dessa maneira tornamo-nos tão competitivos e preparados que deixamos de encontrar rivais à nossa altura. Simplesmente fazemos as coisas fluírem.

Enquanto Alex explanava seu ponto de vista, os três ouviam atentamente e com uma satisfação rara. O aprendiz, aos poucos, assumia o papel de professor.

– Muito já se pesquisou sobre o comportamento humano e muitos ainda acham que o passado atua como fator determinante na forma de agir das pessoas. Algumas características do pensamento zen sugerem que não deveríamos pensar em outro tempo a não ser o do presente.

Mas não teria sido esse pensamento que manteve vivos os sobreviventes dos campos de concentração nazistas, onde os prisioneiros dependiam muito de sua visão de futuro. A esperança de sair e voltar a viver e reencontrar as pessoas que amavam os manteve vivos, enquanto aqueles que perdiam o significado de suas vidas morriam com ele.

No esporte, essa visão de meta futura passa a ser de suma importância para a vitória. Em contrapartida, algumas crenças religiosas que afirmam que o destino pertence somente a Deus e tudo está determinado podem levar uma equipe à derrota em competições.

Atletas que entram num jogo pensando no favoritismo do adversário estão muito perto do fracasso por permitirem que o resultado desejado esteja nas mãos de terceiros ou, pior, dos deuses e ficarem à espera de um milagre.

Não podemos deixar que os outros definam como devemos nos sentir, pois o poder não é exercido por quem está acima, e sim por quem está abaixo. É na forma com que esse poder é percebido pelos demais que está realmente a sua força. Se alguém superior é insignificante para nós, ele não possui nem representa nenhuma forma de poder, por mais poderoso que possa ser... ou se achar.

O esporte nos traz grandes exemplos de determinação em vitórias conquistadas até o último ponto quando tudo parecia perdido. Parece que tudo passa a acontecer dentro de uma disciplina fantástica. No entanto, na prática, muitos imprevistos acontecem e é nesses momentos que o homem se mostra, a exemplo do que ocorre numa organização e com seus executivos ao potencializarem uma visão de sucesso e realização de um ideal.

Estar treinado é muito importante, pois canaliza energia e proporciona melhores condições de prever o futuro em suas probabilidades. Mas, além do ato mecânico, é preciso possuir um pouco do pensamento criativo para que se tenha condições também de ir contra as regras e impor-se frente à aparente superioridade dos concorrentes em seu favoritismo. É o que caracteriza times de alta *performance*. O mesmo para as pessoas.

Criar situações novas e inesperadas é o que exercita nosso dom mais valioso: o de ser livre para ir contra as probabilidades negativas, superando visões de derrota. E essa postura só se desenvolve se estivermos apoiados em sonhos de sucesso. Atletas e técnicos medíocres não sonham e não projetam o seu futuro. Ficam relembrando o passado em seus tempos de glória e insistindo em mostrar o que se fez de errado e o que poderia ter sido diferente. Todos que realizaram algo importante tinham sonhos em mente.

Martin Luther King dizia firmemente: "Eu tenho um sonho!", pois a visão de futuro age como um catalisador do comportamento em que as pessoas merecem um futuro de sucesso e fogem do fracasso. Ele sonhava com a igualdade. Perguntado provocativamente por um repórter sobre o que ele achava do pensamento de Jesus "Amai-vos uns aos outros, assim como eu vos amei", King respondeu sabiamente: "Jesus disse para amar, não para gostar". Isso remete a respeito, puro e simples, às diferenças! Você pode não gostar dos outros como são, mas deve-lhes respeito.

O esporte vai além de sua característica competitiva e torna-se um formador de consciência e educador. Através dele, as pessoas passam a compreender que alcançar seus desejos depende do que se faz no presente e de atitudes de coragem. O conhecimento e o domínio das emoções permitem que haja maior facilidade na superação do sofrimento e da fadiga nas atividades árduas, afinal a tolerância às dificuldades é determinada tanto por questões fisiológicas como psicológicas.

O controle da ansiedade, a autoconfiança e a concentração intensificam-se e assim passa a existir mais espaço para o prazer. Não apenas para o prazer da conquista de uma medalha, mas para o prazer de perceber, no movimento do esporte, a dinâmica que faz parte da própria vida.

Existe ainda uma grande lição dos esportes à vida: O respeito do vencedor ao vencido e o respeito do vencido ao vencedor.

Em um torneio de empilhamento de lenha ficaram dois finalistas: um jovem e um velhinho. O garotão achou que o campeonato estava ganho e que jamais perderia para aquele senhor aparentemente fraco.

Tocado o apito, foi dado o início da prova final. E durante trinta minutos os dois davam fortes machadadas e empilhavam a lenha.

Depois de esgotado o tempo, os juízes foram medir a altura das duas pilhas e para surpresa de todos... o velhinho vencera!

O jovem, com todo o seu ímpeto, foi tirar satisfação daquele senhor de olhar tranquilo:

– *Mas como pôde ter me vencido?! Sou muito mais jovem e mais forte que o senhor!* – e continuou em sua indignação: – *E eu o vi ofegante e sentando e descansando umas três vezes! Como pôde ter me vencido?!*

Então o velhinho respondeu com toda a sua experiência:

– *Meu jovem! É que enquanto eu descansava... eu afiava o machado!*

SEM RISCO, SEM VIDA

Ao que tudo indicava, o churrasco do meio-dia, servido somente às quatorze horas, se estenderia por toda a tarde, inclusos limpeza, descanso, cafezinho e mais conversa. Iaqui tentava se lembrar de uma outra história, esta nem tão antiga e mais próxima da realidade atual, mas estava difícil. Logo a lembrança viria como um relâmpago. Tudo o que precisava fazer agora era justamente parar de pensar nela para que o *insight* chegasse.

Sentia em seu íntimo que este conto traria boa parte das respostas que Alex vinha procurando, mas a memória o estava traindo, justamente quando mais precisava dela. Era a história de um índio numa ilha... mas não se lembrava dos detalhes. Bastaria eliminar o raciocínio de tentar o resgate para que o grito de *eureka* rompesse longe de qualquer pensamento muito cartesiano recheado pela ansiedade.

Já era quase fim de tarde quando Alex resolveu voltar à pousada. Enquanto se despedia de todos, lembrou-se da cascata que queria visitar novamente, desta vez com Marcellus.

– Marcellus! Nosso trato para amanhã continua em pé?
– Hein?
– A cascata, garoto!
– Ah sim! Claro que sim! Desculpe, ainda estou meio sonolento da sesta!

– Vamos preparados para mergulhar, não é?! – perguntou curioso.

– E como! Vou mostrar para você uma gruta fantástica, Alex!

– Chegar até ela já é uma boa aventura! O local é um pouco perigoso! Como você lida com o risco? – perguntou Iaqui provocativo.

– A maior parte dele está aqui! – rebateu Alex apontando para sua cabeça com olhar fixo em Iaqui, que sorriu satisfeito.

– O que os dois estão planejando? – perguntou Aurélio distante.

– A gruta da cascata, pai! Alex esteve tão perto dela que precisa voltar lá!

– Sem dúvida! Você terá uma das mais belas e curiosas visões, meu amigo!

– Bem! Curiosidade é comigo mesmo!

– Se é! – confirmou Aurélio.

A noite trouxe-lhe bom sono e novamente o aventureiro teve um bonito sonho com um envelope lhe sendo entregue. O dia seguinte amanheceu rápido, tamanha era a expectativa e a curiosidade. Marcellus também estava ávido por ver as reações de Alex diante do que ocorreria.

Além da altura da cascata Das Águas, o que mais impressionava era a presença de uma gruta submersa de fácil acesso através de um mergulho de pouca profundidade para atingir sua abertura principal.

A gruta era iluminada por um fosso lateral à cascata que permitia a entrada de luz pura e natural, ao contrário dos vitrais coloridos de certa catedral. Podia-se chegar até ela por baixo e pela água, ou por cima através de uma descida vertical com cordas. A disponibilidade de equipamentos era o que definia a escolha de como chegar até aquele santuário da natureza que adorava ser visitado.

Parecia que tinha vida própria e sentia que quem estivesse em seu interior jamais a esqueceria, principalmente pelo fato de seu fundo ser tomado por cacos de conchas. Milhões de pequenos pedaços delatavam a origem marinha de sua formação recortada e esculpida pela força das marés e pelo movimento das placas tectônicas de outrora.

Quase impossível de ser imaginada pela mais criativa das mentes, inspirava um cenário surrealista digno de ser retratado em óleo sobre tela. Fazia qualquer um que tivesse o privilégio e um pouco de coragem em estar ali pensar sobre o inimaginável e o quanto a natureza é pródiga em sua arte. Sentimentos de excitação e a vontade louca de levar a descoberta adiante, como quem quisesse compartilhar tais sentimentos, fizeram com que Alex perdesse a fala por alguns instantes.

Por que muitas pessoas têm receio de chegar até um local como este? Ou como podem se contentar em ficar em casa assistindo televisão e vivendo a vida dos outros através de uma tela? É importante as pessoas se permitirem novas experiências, principalmente as mais inusitadas, pois são as que mais nos aproximam de Deus pela admiração que nos causam. Muito mais simples que empreender uma aventura, basta simplesmente abrir as páginas de um bom livro e deixar-se levar pelos encantamentos de nossa imaginação, que nos transporta a um novo mundo.

É tão simples desligar a TV. Quando ela ainda não existia, as pessoas conversavam muito mais e as histórias à luz de velas eram tão sublimes que as faziam facilmente mergulhar em sonhos.

O sentimento de medo e aparente risco de se estar naquele ambiente fora dos padrões era dominado por uma descarga química comum somente a quem estava habituado a confrontar-se. A adrenalina e endorfina das antigas caçadas eram substituídas pelas das aventuras e dos esportes. Boa parte da mítica desse tipo de exploração e de esportes arriscados advém erroneamente de seus próprios praticantes, que, quando ainda adolescentes, iniciaram suas práticas não apenas como desporto, mas também como forma de autoafirmação.

O período tão conturbado dessa fase em nossa vida faz com que muitos jovens busquem serem reconhecidos por suas realizações e peripécias das mais diferentes, principalmente no que diz respeito às aventuras empreendidas em expedições esportivas.

Entenda-se como a busca por lugares inóspitos com motos ou jipes para a prática de *surf*, escalada, *rafting*, acampamento, fogueira, cavalgada, como cavernas, praias desertas, matos e outros, onde o contato com a natureza e com nossas origens mais selvagens é o que importa. Extremamente salutar à formação da personalidade, pois ajuda muito o jovem a se conhecer e a se afastar do tédio, das drogas e de outros fatores que possam deturpar a boa conduta; muitas vezes, ocorre um fenômeno que o prejudica em sua verdade.

A intensificação exagerada dos acontecimentos que ocorrem nesses ambientes e nas práticas desportivas tidas como de alto risco acaba por fortalecer a autoestima do adolescente, que, não raro, torna-se agressivo e capaz de tudo, sente-se imortal e super-homem quando em demasia. O adolescente sofre uma série de mudanças com a entrada na puberdade em sua explosão hormonal e precisa testar seus novos limites e sentimentos. Por isso ele gosta de brinquedos um tanto diferentes dos usuais.

Curiosamente, e como forma de ser reconhecido e admirado pelos pais, amigos e namorada, o jovem seguidamente incorre no erro de aumentar ou perceber como muito grandes os riscos que correu ao relatar suas realizações e a coragem ao enfrentar desafios e seus próprios medos.

Um tombo ou braço engessado é encarado como troféu que perdura em seu corpo por pelo menos quinze dias e mais umas dez sessões de fisioterapia, fora as histórias para contar. Desta forma, cria-se uma imagem errada de esportes radicais serem perigosos, incoerente com a série de medidas de segurança necessárias à produção e manufatura dos equipamentos e a maturidade exigida por parte do esportista experiente nos procedimentos de segurança. Repórteres também não ajudam muito, pois sempre focam a matéria mais no sofrimento em atingir o objetivo e nos arranhões do que na diversão em si. O medo e o extraordinário aumentam a audiência. O tom de voz também, sempre focado no que é tenso.

Tanto Marcellus quanto Alex estavam gostando muito de estar naquele lugar. Sua beleza e mistério os inspiravam e a vontade de continuar conversando os acompanhava durante sua exploração. Havia muitos ninhos de pássaros por lá e seguidas revoadas passavam bem perto de suas cabeças.

O ímpeto e o excesso de confiança têm sido os grandes causadores de acidentes, pois fazem a mente acelerar o processo de autodeterminação para atingir objetivos, porém o corpo não consegue acompanhar tal velocidade e então surgem as lesões. Isso ocorre em qualquer esporte. O cuidado funciona para o organismo se concentrar e ficar mais atento ao agir como um alarme de que o limite está sendo atingido. Depois disso os riscos aumentam consideravelmente. A boca seca, os olhos arregalam-se, a pele fica sem cor, o coração dispara e o estômago embrulha; em seguida vem o alívio, a satisfação e o prazer intenso. A sequência de emoções é muito comum a situações de alto risco, que cada vez mais adeptos contemplam.

Pessoas destemidas, em vez de ficarem com os pés colados no chão, preferem os desafios das novas descobertas, seja voando num parapente, seja voando em um negócio próprio, assumindo novas responsabilidades ou um novo projeto no trabalho. Outros aprendem a falar em público, subir montanhas, vencer corredeiras em rios caudalosos e descer paredões de rocha maciça.

Trata-se de uma tendência mundial que tem sua maior comprovação no crescimento do número de praticantes de esportes de aventura. Entre as mais variadas formas de esporte, essa é a modalidade que mais ganha afiliados pelo planeta. É a busca por emoção que unifica a mais eclética das formações de praticantes, que conglomera desde estudantes, donas de casa, funcionários públicos e de empresas até o mais intrépido dos vovôs e vovós paraquedistas, que emociona o mais frio e calculista dos instrutores.

As pessoas vivem muito presas nas cidades e em seus apartamentos, havendo pouco espaço para ação, e sentem falta de coisas estimulantes como voos assistidos, cavalgadas, caminhadas orientadas pela mata e tantas outras opções disponíveis no mercado do turismo de aventura. Quem vivencia atividades como essas não esquece e, mesmo depois de voltar para a rotina urbana, cedo ou tarde acaba retornando ao ninho para repetir a experiência e voltar a sentir-se mais vivo. Depois que se aprende a voar, o mundo começa a ficar pequeno.

A descarga emocional tão querida e almejada é disparada por uma reação bioquímica que envolve uma alta produção e liberação de três substâncias pelo cérebro: adrenalina, endorfina e dopamina, que invadem o corpo rapidamente. Já na iminência da aventura, o organismo recebe uma descarga de adrenalina, o neurotransmissor que prepara o corpo para duas reações básicas de sobrevivência em que fugir ou lutar serão decisivos. É quando vamos em frente ou "amarelamos". Por meio dessa substância também sentimos secura na boca, a garganta engasga, o coração dispara e o sangue corre solto. Desentope qualquer artéria!

Depois do primeiro passo, que é sempre o mais difícil e não tem volta, entra em ação a endorfina, que tem por finalidade reduzir a insegurança e controlar o medo, culminando com liberação da dopamina, que atua na área do prazer do sistema nervoso e é responsável pela sensação de bem-estar e sentimento de vitória assim que cessa a atividade. É quando a gente vibra! Agora imagine isso no dia a dia de um trabalho que você gosta e numa empresa que te valoriza e impulsiona... O céu torna-se o limite!

A vida do desportista, tanto física quanto emocional, é infinitamente mais saudável que a de um atleta de alto rendimento, pois este vive com a musculatura e o psíquico no limite extremo da exigência. A noção de risco, tanto real quanto ampliada, está diretamente relacionada à forma como o percebemos e, como tudo na vida, é preciso moderação.

Portanto, maturidade e respeito por si próprio são condições básicas a quem deseja praticar e conduzir o esporte de forma saudável. Ele proporciona inúmeras situações de analogia, estudo e entendimentos sobre si mesmo. Desmistifica limites pessoais, condicionamentos e medos infundados. É preciso equilíbrio; namorar no sofá, preparar um jantar à luz de velas, um bom vinho, reunir os amigos e rir à toa, assim como de si mesmo, e também depois de tudo isso: gostar de lavar a louça, também são incríveis fontes de dopamina.

– E pensar que tem gente que gosta de ver tudo isto somente de longe! – suspirou Marcellus.

– Pouca gente vem aqui?

– Sim! A maioria acha que pode não conseguir sair! Pensam que o rio vai subir e prender quem estiver aqui!

– Mas como? O nível do rio só subiria se estivesse chovendo, e, se estivesse chovendo, nós mesmos não estaríamos aqui!

– Óbvio, mas a imaginação do desconhecido toma conta de muita gente! – explicou Marcellus.

– Infelizmente! Muitos deixam de assumir as rédeas de suas próprias vidas por receio do que pode acontecer ou falta de alguém que lhes diga o que fazer!

– Alguém que nos oriente faz muita falta, não é, Alex?

– Sim... e como! Mas pessoas que nos orientem verdadeiramente são muito raras! Algumas ajudam, mas na maioria das vezes temos que nos virar sozinhos e cometemos muitos erros até aprender as lições!

– Você quer dizer que, se alguém estivesse sempre ao lado te orientando, muito sofrimento seria poupado?

– Isso mesmo! – confirmou Alex.

– Mas isso é o sonho de todos! Imagine alguém dizendo exatamente o que você deve fazer para que a vida seja sempre feliz e próspera! – provocou Marcellus.

– Seria inacreditável, não é mesmo?!

– Seria dependência, Alex! – e continuou o menino com maturidade ímpar: – Alex! Muitos duvidam da presença de "alguém" que os oriente! Além disso, não nos ouvem inúmeras vezes!

– Como assim: "Não nos ouvem"? – indagou Alex.

– Deixa pra lá! Mais tarde eu explico! – murmurou.

– Está falando de nossa consciência, livre-arbítrio?

– Entre outras coisas, Alex!

– Que outras coisas, Marcellus?

– Anjo da Guarda, Mentor, Mestre, Superconsciente, o Deus Interior, como quiser chamar!

– Como um garoto de quinze anos pode estar falando coisas desse tipo?!

– Quem disse que tenho quinze anos?! Talvez eu não tenha quinze anos...

– Como assim?! – indagou Alex.

– Além disso, experiência não se mede só pelo tempo! E a grande verdade é que, se tivéssemos apenas um mentor em vida terrena, seríamos facilmente manipuláveis e influenciados por quem realmente detém o conhecimento!

– Não estou entendendo!

– Por isso vossos mentores reais não são só de carne e osso! – interrompeu Marcellus, sem o deixar falar muito.

– Você é mais uma das surpresas de Villa Nova?! – perguntou Alex sem saber ao certo com quem realmente estava conversando.

– Talvez... e ainda não terminou! Você ainda está dormindo, mas nunca esteve tão acordado, meu grande amigo!

– Sinto-me estranho mesmo! – falou pensativamente. – Sinto uma paz que há muito tempo não sentia! Um amparo... parece que acreditar em algo Maior está me dando um sentimento de liberdade de meus receios! É difícil explicar!

– "E a sua Fé, como está?" Você está começando a aprender novas lições!

O homem se sente sozinho, abandonado, sem instrutores e sem saber em quem confiar, pois em nossa "evolução" acabamos por nos distanciar de nosso espírito. Não suportamos a solidão e a insignificância perante o Universo e Deus, pois não nos foi ensinado como estes dois funcionam. E então, temos medo.

Para compreender o homem de nossa época, temos que voltar ao passado, que reprisa uma série de avanços, assim como retrocessos. Nossa forma de vida atual está definida por encontrar-se num mundo que é representado pela própria natureza que nos envolve, um planeta inserido dentro de um Universo que nos fornece todos os recursos necessários à subsistência e ao desenvolvimento. Na natureza, nada se cria e tudo se transforma.

Desta forma, somente o natural existe como mundo no qual o ser humano está inserido, e também com coisas que não são naturais. A natureza é o grande ponto de partida iniciado há milhões de anos e é o mundo imediato mais próximo de nós. Em contrapartida, o homem evoluiu e vive em grandes cidades de concreto e asfalto, onde vê pouca coisa da natureza. Nelas a natureza não penetra e os objetos que o homem tem ao seu alcance são outros homens, produtos e máquinas.

O homem atual é fruto não só do seu ambiente natural como também de inúmeras questões que atuam diretamente sobre ele. Organizações de toda espécie o englobam dentro de um sistema que mais o traumatiza do que o esclarece em sua compreensão de mundo.

Frequentemente nos encontramos em posição de ataque e defesa, oriunda já de nossas condições primárias de sobrevivência, quando nossa humanidade começou a andar ereta e o homem precisou de coragem para disputar comida com as feras. O homem evoluiu, milhões de anos se passaram, e hoje não existem mais mamutes para serem derrubados, mas a agressividade continua em nossa genética juntamente com a psique e então a extravasamos não mais em animais, mas em seres como nós – não com armas, mas com palavras e pensamentos.

Fazemos isso com homens, pois atualmente são o único animal capaz de nos enfrentar em condições de igualdade, pois os demais podem ser dizimados facilmente (alguns já o foram) e não mais representam um adversário à altura de nossa capacidade destrutiva.

Tanto o homem como o animal têm necessidades que precisam ser satisfeitas para poderem continuar vivendo. Há, entretanto, diferenças cruciais entre os dois seres: o animal possui instintos naturais que são exercidos sempre da mesma maneira e morre se a natureza não lhe oferece o que ele necessita. O homem, ao contrário, quando não acha na natureza o que necessita, inventa um tipo de ação que consiste em produzir o que nela não havia. Faz fogo onde não há fogo.

Mas como o homem possui o instinto de sobrevivência, não se conforma quando não pode satisfazer suas necessidades imediatas. Então, coloca em movimento uma segunda linha de atividades: faz fogo, planta, cura, constrói edifícios, fabrica automóveis, computadores, celulares etc. Nosso negócio é sempre fazer coisa nova! Inova + ação.

Todos esses atos têm em si a invenção de processos que visam à reestruturação da natureza em função da satisfação das necessidades do homem, dando início à técnica e adaptando o meio ao ser humano. Passam a assumir três pontos-chaves: satisfazer necessidades, obter com o menor esforço e criar inovações que não existem na natureza, como aviões, navios, telecomunicações, internet...

Como o homem se sente inseguro ante a natureza original, que ele pouco conhece, procura dominá-la por meio da tecnologia, construindo com material da própria natureza um mundo repleto de artifícios e esquecendo suas origens. Inicia-se, então, um processo conflituoso entre o desejo do desenvolvimento técnico e a manutenção de valores éticos, originando correntes difusas de pensamento entre o materialismo e a espiritualidade.

Enquanto a tecnologia cresce em progressão geométrica, a humanização cresce em progressão aritmética, gerando uma defasagem entre os dois eixos, e esta é uma das grandes origens de todas as nossas mazelas. Não sabemos usar a tecnologia em sua totalidade e em prol do homem.

Por um súbito momento, Alex lembrou-se de toda a parafernália tecnológica que deixara para trás há alguns dias. Um sentimento confuso deixou-o atordoado. Ao mesmo tempo em que não sentia saudade alguma, sabia que em breve voltaria à sua realidade novamente de correria do dia a dia e de novos desafios. Para ele, matar um leão por dia é fácil; difícil é desviar das antas. "E como tem!", lembrou. Apesar da pequena confusão em sua mente, Marcellus comentou para ser um pouco paciente, como se tivesse ouvido seus pensamentos.

Aprendemos durante milênios a sermos separatistas, de forma que os deuses estão acima e não dentro; Pai, Filho e Espírito Santo são uma trilogia; consciente, inconsciente e subconsciente representam diferentes níveis de aprofundamento; passado, presente e futuro dividem o tempo. Ali, aqui e lá separam o espaço; corpo, alma e mente são diferenciados pela física e metafísica e amor e medo regem nossos sentimentos – faz pouco tempo que estamos estudando e compreendendo a unificação do ser.

Temos medo da liberdade e o medo inconsciente é o principal obstáculo no caminho para nos conhecermos e também no entendimento de nossa psicologia. A palavra 'medo' é muito pesada e nos traz vergonha ao ponto de a escondermos em nossas profundezas, correndo o risco de nos dominar.

O medo está na raiz, pois nasceu com o homem na mais sombria das épocas. Está em nós e nos acompanha por toda a existência. O homem nasceu e é criado com dois sentimentos básicos: amor e medo, sendo o ódio em detrimento deste segundo, e negar sua existência é impossível, mas é nossa obrigação compreendê-lo para então controlá-lo.

Animais, por sua vez, lidam melhor com o medo, pois não os encontramos usando amuletos. Passado o perigo, o animal sossega, mas o homem não e aquilo que nos garante contra os perigos também pode decompor nossa alma. Constrói muros, instala alarmes, blinda o carro (quem pode) e não consegue resolver as causas primárias da criminalidade.

Marcellus fitou Alex por um momento, tentando perceber o quanto aquele homem estaria preparado para a nova fase de vida que estaria por vir e como lidaria com sua vida daqui para frente.

O medo da própria liberdade, novo emprego ou novo projeto, exige o autoconhecimento para se livrar das amarras. Quando a independência é adquirida, ampliam-se as responsabilidades, que, se assumidas sob controle, tornam-se maiores e ainda mais desafiadoras, colocando o ser humano em posição de enfrentar riscos maiores e também mais gratificantes em suas resoluções.

O devido reconhecimento pelo bom exercício do poder e liderança faz qualquer homem deixar de ser adolescente e passar a agir como um adulto. Às vezes, isso assusta. E, para evitar que isso represente nosso maior fracasso, nunca poderemos deixar de pensar um pouco como as crianças. Muitos têm medo dessas mudanças e do desconhecido que as acompanha e são os mesmos que não percebem as oportunidades. A expansão e gratificação pessoal adquirida são obtidas em função de assumir aquilo que o ser humano tem de mais essencial em sua existência: a capacidade e o instinto de querer saber e fazer sempre mais.

O espírito humano fabrica permanentemente o medo para evitar a angústia que resultaria na sua própria extinção. É o medo saudável que, quando sublimado e percebido como sinal de respeito a suas próprias limitações e aos demais, transforma-se em poderosa ferramenta de autoconhecimento na busca da conquista da própria liberdade.

Liberdade de falar, de saber ouvir, de externar emoções e colocar-se no lugar do próximo, entendê-lo, respeitá-lo e, como consequência, também ser respeitado. Ser admirado por saber lidar sabiamente com o poder que a própria liberdade proporciona. Raivas contidas, dentes cerrados, inseguranças, desconfianças, vozes mudas... tudo tão preso e tão difícil de libertar. Ao mesmo tempo, tão simples de entender quando finalmente a sensibilidade consegue aflorar em sua mais tênue forma: a sutileza de perceber as entrelinhas do ser humano. Os detalhes estão entre as linhas.

O medo da solidão e da insignificância tão próxima; a difícil aceitação e entendimento, a tão importante compreensão de que, sem a presença de alguém, seríamos realmente solitários e insignificantes.

A CULPA

Alguma coisa em Villa Nova era diferente, não sabia dizer o quê, mas quase não tinha mais vontade de voltar. Queria ficar mais, mesmo sabendo que seu mundo o aguardava e que estava ali apenas temporariamente, assim como Marcellus, que retornaria às aulas em breve, Iaqui e Júlia para suas explorações, Aurélio à docência e Pandora, bem... esta seria a única a permanecer.

Talvez a "esperança" o fizesse voltar em breve para matar a saudade dos novos amigos e deste lugar maravilhoso que tão bem o acolhera e fizera despertar sentimentos até então esquecidos. A última conversa com Marcellus o deixara aturdido. Quem seria aquele garoto na realidade e o que estaria por trás das coisas que dissera? Seguidamente, também se sentia observado, não sabia por quem nem por que, mas a sensação de não estar sozinho o perseguia. Em certas situações, sentia a presença de alguém muito próximo, mas não saberia descrevê-lo.

Não o incomodava, mas o intrigava e algumas de suas atitudes e iniciativas pareciam possuir uma cumplicidade inexplicável. Longe de sua realidade, sentia-se como se estivesse em um mundo paralelo, totalmente diferente do seu. Diferente e tão bom que talvez ficasse por mais tempo, se a razão lhe permitisse e se a culpa o abandonasse. Ainda se sentia preso às amarras do cotidiano e, se algo que fizesse não estivesse sendo útil, considerava-se culpado por algo que nem ao menos sabia direito.

Fora criado assim desde cedo e deixava muitas coisas interessantes em sua vida escaparem-lhe por entre os dedos. A visão limitada que lhe ensinaram fazia com que tropeçasse em sua própria miopia. Queria ser diferente, mas não sabia como. Queria ter mais tempo para aproveitar a vida e não tinha. Suas responsabilidades o prendiam muito; gostaria de ter mais tempo para sua família, seus *hobbies*... mais tempo para si. Se não paramos, algo nos para.

Ler e simplesmente poder parar de vez em quando, sem relógio, sem horários e regras. Esta pequena viagem era quase que como um escape da rotina e uma fuga de seu próprio espelho. Gostaria de, um dia, não precisar mais tirar férias de si mesmo.

Mesmo que estejamos um pouco inertes, não significa que não estejamos produzindo, pois muitas de nossas ideias surgem nesses momentos. Nosso ócio acaba por se tornar nossa forma de expressão e o maior veneno nesse momento é o sentimento de culpa.

Alex e Marcellus retornavam da cascata enquanto conversavam sobre o que aquele local simbolizava para cada um em suas diferentes formas de percepção. Para surpresa de Marcellus, o que mais chamou a atenção de Alex não foram as formas da gruta nem sua origem geológica, muito menos o fato de encontrar-se escondida por uma cortina de água.

O que mais marcou o aventureiro foram as últimas palavras que seu anfitrião pronunciara com tanta maestria e firmeza que Alex passou a perceber este novo mundo como algo que talvez estivesse transcendendo sua própria realidade. Alguma coisa não estava em seu eixo normal... ou estaria mais do que pensava. Talvez seu eixo anterior fosse o que estava errado em sua vida cotidiana, ou talvez houvesse muito "mais coisas entre o céu e a terra do que poderia imaginar sua vã filosofia". Ver coisas que os outros não enxergam.

A culpa o perseguiu durante boa parte de sua vida. Expressa das mais variadas formas, tinha a certeza de que era um sentimento que não lhe pertencia, e sim lhe fora imposto por outras pessoas que sequer pediram licença para entrar em sua vida. Motivos eram o que não faltava para se sentir culpado até o início de sua vida madura, ainda muito próximo dos dogmas ensinados até então. Depois de adulto, aprendeu a se conhecer e a extirpar muito do que lhe fora ensinado erradamente.

As formas de terapia que fizera proporcionaram-lhe avançar em seu autoconhecimento sem criar a dependência tão comum em alguns métodos. Ficar um ou dois anos com a mesma técnica era, no mínimo, uma grande falta de respeito para consigo. Não tolerava a ideia de ficar à mercê de uma pessoa que seguisse apenas uma linha de pensamento. Pessoas como essas são muito fáceis de serem manipuláveis e um dia podem incorrer no mesmo erro de manipular os demais sem ao menos perceberem. Terapias longas só causam dependência. Mais do que cuidar de seus sentimentos, cuidava muito de seu cérebro e do corpo, pois sabia que um não era nada sem o outro. Estava sempre em desenvolvimento pleno e aprendera lições que sempre punha em prática.

A baixa autoestima decorrente de se estar acima do peso ideal, por exemplo, além de não ser saudável ao organismo, também afeta diretamente a psique da pessoa, sendo impossível uma terapia apresentar melhorias sem que a pessoa não cuide também de sua saúde física. Estou usando esse exemplo para lhe dizer o que todos pensam: "Queremos emagrecer, mas não queremos parar de comer". Exercícios físicos, terapia, boas leituras, alimentação equilibrada e amigos verdadeiros são grandes aliados ao amor para se ter uma vida feliz. Melhor que ficar em casa assistindo televisão e ver a vida dos outros acontecer.

Cedo ou tarde, chega uma hora que não aguentamos e o pedido de socorro irrompe dentro de nós. Infelizmente muitos se permitem chegar ao fim do poço para, só então, pedirem ajuda. A culpa nos mata aos poucos, tortura e não tem piedade, pois conhece sua força como ninguém. Ela sabe que é só uma questão de tempo para atingir seus objetivos e é implacável com suas vítimas em seu remorso. Somente um psicopata é isento desse sentimento.

A crise existencial da sociedade atual gera uma série de oportunidades para a culpa se manifestar, provocando dores de consciência que sequer se cogitavam em séculos anteriores. A culpa pelo pecado e temor a Deus perdeu espaço para questões bem mais reais e palpáveis. Além de ter sido incentivada por um clero longínquo, está ligada diretamente a nossa realidade atual. Antigamente, "bastava" se confessar ou rezar para se livrar da "punição divina". Ao se quebrar as rígidas regras de conduta social impingidas pelas leis da Igreja medieval, estas recheadas de culpa, os confessionários se tornavam grandes fontes de informação.

Além de inteligentes para a época, eram muito eficientes em usar o medo para manter sob controle toda uma massa populacional que não respeitava muito as leis dos homens. Hoje, os valores são outros e as inúmeras revoluções comportamentais do século XXI libertaram o homem, mas também colaboraram para uma nova crise contra o bem-estar pessoal.

A grande diferença com relação ao homem do passado é que hoje podemos fazer o que quisermos e não nos dobramos mais a preceitos religiosos falidos que já não são bem-aceitos devido ao conhecimento e evolução que o homem obteve. Ele não se permite mais ser dominado por crenças e aspira a ser respeitado em sua capacidade e inteligência. É como uma nova e silenciosa revolução de libertação dos dogmas religiosos em que Deus não mais pune, e sim orienta. Isso ocorre no Reino de Tão Tão Distante, localizado no Vale da Utopia, onde a ética humana não foi corrompida com o passar dos séculos, pois sua essência ainda é a mesma. Mas aqui no mundo real a falta de escolaridade e estudo da grande massa tem causado vítimas das "Igrejas" do fim dos tempos! E que lotam "templos".

A liberdade que possuímos hoje, além de possibilitar a prática de nossas vontades, tem colaborado em nos colocar também em situações de culpa, remorso e dilemas morais. O principal fator causador de muitas de nossas crises é que ainda não sabemos lidar muito bem com nossa própria liberdade, que é muito recente. E, nesse aspecto, o que mais pesa são as relações familiares, pois o modelo tradicional, aos poucos, vai caindo por terra.

As normas que regulam o convívio familiar são, agora, mais amigáveis e menos rígidas, de forma que as responsabilidades são divididas pelos cônjuges e a proximidade entre pais e filhos é maior. Conversamos mais sobre assuntos igualmente conhecidos pelas duas gerações. Estas têm se aproximado e o convívio tem sido mais interessante pela redução do abismo que as separava algumas décadas atrás, mas os pais, por serem mais companheiros dos filhos, ressentem-se pela falta de exercer um pulso mais firme.

Estar com a família tem sido prazeroso e o próprio jovem tem percebido dessa maneira; a rebeldia sem causa e o "querer fugir de casa", tão comuns nas décadas de setenta a noventa, estão bastante em desuso por parte do adolescente, que muitas vezes pode atingir os trinta anos de idade como tal. Por isso, atualmente, ter pouco tempo para a família tem sido a maior fonte de culpa a que podemos nos sujeitar.

Depois disso, outro grande gerador de sentimentos recheados pela culpa é a busca da satisfação sexual por parte da mulher, que, até pouco tempo atrás, era vista como algo pecaminoso. A emancipação feminina, que, aos poucos, foi permitindo à mulher ser mais dona de sua própria vida e definir como quer ter prazer e com quem, é a mesma que gera angústia nos homens e se reflete num excesso de autocrítica quanto ao desempenho sexual exigido por parte dos dois.

Também a infidelidade deixou de ser exclusividade masculina e passou a possuir um *status* de "modernidade" e, com isso, surge mais uma poderosa fonte de culpa. Em contrapartida encontramos uma situação inexplicável quanto à sexualidade do ser humano que traz um péssimo exemplo ao inconsciente da sociedade, pois transmitiu durante séculos a imagem do sexo como algo impuro: o celibato.

Durante a caminhada, Alex tentava identificar a origem das culpas infundadas da humanidade que tanto a influenciaram diretamente, respingando indiretamente até nas mentes mais esclarecidas. Marcellus ainda era jovem para saber do que se tratava, se é que realmente tivesse apenas quinze anos! Em silêncio os dois caminhavam e os pensamentos brotavam à mente do desbravador de si mesmo.

A culpa existe há muito tempo. Tudo começou muito cedo, quando Adão e Eva e Caim e Abel foram os precursores dela na humanidade. A herança deixada pelo pecado original e por uma morte é carregada por nós como um fardo que nos exige expiação e nos alerta sobre a responsabilidade que devemos ter por nossos atos. Culpa e punições sempre andam juntas. A estranha sensação de estar fazendo ou de ter feito alguma coisa errada nos persegue até o ponto de nos punir inconscientemente. Muitas vezes é advinda de nossos pais, professores e amigos.

O remorso nos revira do avesso, até não mais suportarmos e nos sabotarmos literalmente, pois quem sente culpa encontra um meio de se punir, porque atrai para si mesmo as próprias mazelas. O remorso é um dos sentimentos mais difíceis de se vivenciar, o que por si só já é uma punição. O fato de o ser humano pensar que é finito aqui na Terra o coloca seguidamente frente a escolhas importantes e muito mais complexas. Em nossas vidas, sempre vamos nos arrepender, em diferentes escalas de importância, por algo que fizemos ou deixamos de fazer. Isso é atávico ao ser humano desde seus primórdios.

Uma das maiores fontes de ressentimento é deixar de fazer determinada coisa no momento certo em que deveria ter sido feita, como atos de amor e gratidão que não foram expressos às pessoas amadas ainda quando em vida. A maioria valoriza a pessoa apenas após a sua morte e passa a carregar o remorso pelo resto da vida, num sentimento mórbido de impotência e sofrimento.

Sentimentos como inveja, raiva e medo de falhar, bem como a incapacidade de aceitá-los, além de ansiedade, geram culpa quando se torna necessário ser competitivo ao extremo ao adotar-se uma postura que possa ferir os princípios éticos e valores pessoais. Muitas vezes, torna-se mais conveniente jogar a culpa sobre outros ombros que não os seus.

A busca pela competitividade nos exige informação. Hoje, uma simples edição de jornal possui mais informações do que seria possível obter-se no século XVII em um ano. Mesmo assim, ainda nos culpamos por nos considerar mal-informados. Não conseguimos sequer ler tudo o que achamos que deveríamos e a culpa pela pseudodesinformação assume seu lugar no mundo "globalizado".

O nível de exigência da sociedade atual faz surgir a sensação de nunca se saber o suficiente, e filtrar informações é a melhor maneira de não perder tempo com essa nova culpa. Afinal, não dá para saber de tudo! Aliás, quem sabe tudo torna-se um grande chato!

A sociedade da informação também é a da beleza e do comer demais. Esta é mais uma fonte de culpa por parte de quem abusa da alimentação. A comilança vira tortura que só acaba quando o estômago estiver lotado, fazendo surgir distúrbios alimentares e emocionais que não existiam anos atrás. Bulimia e anorexia são frequentes sintomas ligados à culpa por não se possuir o corpo desejado.

Epistemologicamente, a culpa teria sido o centro de controle da humanização durante a Idade do Gelo, quando a humanidade esteve confinada a uma área de terras muito pequena e com poucos recursos naturais. Nesse ambiente, teriam se desenvolvido as regras iniciais para sobrevivência e convívio social, que condenavam atitudes que pudessem colocar em risco toda uma comunidade.

Isso só foi possível com mecanismos e regras de repressão que instigassem um sentimento de culpa semelhante ao culto aos mortos e seus aspectos de religiosidade, em que o fator medo tornou-se um importante aliado. Por trás de certas regras, está um motivo lógico de sobrevivência que, com o tempo, foi sendo esquecido, tornando-se um motivo moral deturpado.

Provavelmente, matar vacas em tempos remotos e de miséria tenha sido considerado um crime religioso, respaldado por uma crença popular de reencarnação, para que se mantivesse um estoque mínimo de proteína a fim de que a população não morresse de fome. Como reencarnar é sempre um processo evolutivo, é pouco provável que voltemos em forma de algum animal.

Fenômeno semelhante ocorreu com o porco, já que este animal entrava nas tendas dos nômades, sujando e contaminando os tapetes que serviam como assoalho sobre a areia. Bastava criar um dogma religioso com fundamentação no medo, que toda uma população passaria a não comer carne de porco e o aceitaria rapidamente como verdade absoluta.

Em outro recanto religioso, o sexo passou a ser impuro e somente para procriação e somente após o casamento e somente com uma virgem. Obviamente, não "um virgem". E muitos "somentes" perduraram em outros dogmas.

Sempre foi "ela": ela comeu a maçã, ela era prostituta, ela foi apedrejada, ela cometeu adultério. Elas eram "bruxas", então resolveram queimá-las na fogueira. Elas tinham o "diabo no corpo"... e tinham terras também. E o "Martelo das Bruxas" bateu prego durante séculos, estima-se que mais de cinquenta mil mulheres tenham tido um fim trágico. Galileu também quase foi queimado por dizer o óbvio: "A Terra gira em torno do Sol!"

Muitos dos valores de Alex foram constituídos com base em princípios incoerentes com sua verdade que somente com o amadurecimento foram redefinidos de forma ética com seus sentimentos. Não fora criado com estigmas religiosos, mas observava o quanto todos eram afetados por isso, que de forma indireta o atingia em seu subconsciente. Muitas e muitas pessoas deixaram de ser inteligentes e interessantes. Com o tempo, ia descobrindo quem realmente era e o quanto o ser humano era suscetível de ser manipulado. Os esclarecimentos e elucidações vinham-lhe à mente de forma espontânea. Villa Nova possuía ensinamentos que jamais esqueceria.

Outro aspecto curioso foi o estabelecimento da data de 25 de dezembro como Natal. As tribos nômades da Eurásia há seis mil anos (Era de Touro) criavam gado selvagem em pastos naturais. Na época, quem tinha carne era muito influente na comunidade e estes criadores cultuavam um deus-touro, símbolo de força, masculinidade e poder, chamado Mithra. A necessidade de pastos sempre novos fazia com que se expandissem em busca de novas terras, que, na época, não possuíam fronteiras.

No início da era cristã, essas tribos já estavam espalhadas da Índia a Portugal, tornando o culto ao deus Mithra muito popular no Império Romano e comemorado no dia 25 de dezembro. Para contê-lo, adotou-se então essa mesma data para o Natal. Algum tempo depois, o Concílio de Toledo, em 447, estabeleceu a descrição oficial do diabo como um ser imenso, escuro, de quatro patas e com chifres na cabeça, como Mithra.

Por volta de cento e setenta mil protestantes foram mortos devido à separação e ao rompimento com a antiga Igreja medieval. Inquisição, fogueiras, bruxas, o medo, o castigo, o pecado... e até hoje as grandes verdades ainda não foram ditas. Esperamos que, um dia, novos ventos soprem. Existem três coisas que nunca se escondem, o Sol, a Lua e a verdade, e ventos solares são transformadores.

Dois mil anos escondendo o poder da mulher. Por que os padres não podem casar? Por que Cristo era solteiro? Maria Madalena era a prostituta que o concílio do século V estipulou? Tudo isso para abafar o verdadeiro poder da mulher; o poder do amor entre homem e mulher. Justo este que é a grande bênção de Deus – o amor – e, quando o amor vai bem, tudo vai bem!

Alex tinha muito amigos padres e torcia para que um dia pudessem casar também, assim conheceriam o que é o inferno na Terra. Alex sempre ria muito quando falava essa brincadeira para eles. "Perco os amigos, mas não perco a piada!", dizia no final. Eles também achavam graça... e prometiam excomungá-lo em breve.

E os anos de estudo de Jesus pela Índia e Oriente? Ele foi carpinteiro a vida toda? E José de Arimateia? Você sabe realmente quem foi ele? E o quanto que este patrocinou os estudos de Jesus? E mais uma infinidade de questões nunca respondidas. Mas o povo não gosta de estudar, porque não foi incentivado. Ele prefere ficar passivamente ouvindo historinhas com aquele tom de voz que o trata ainda como uma criança desamparada.

Fica a pergunta: quem era realmente o anticristo e de que forma estava escondido e maquiado? Lobo em pele de cordeiro? Um sistema que impede o fluxo da vida por seus dogmas de controle até hoje incrustados no inconsciente de todos.

Um passado ainda presente. Perdoado... mas ainda não esquecido, pois está alojado no inconsciente. Perdoar e esquecer seria para os ingênuos? Perdoar e não esquecer seria para os sábios? Que bom que novos ventos sopram!

Villa Nova é incrível!... E muito esclarecedora.

EM QUE MUNDO ESTOU?

Ao mesmo tempo em que se sentia maravilhado, estava confuso com tantas informações e tantos ensinamentos, sua mente atordoada manifestava-se também em seu coração, que da mesma forma encontrava-se desordenado.

Estava reavaliando muita coisa em sua vida e com certeza já não era mais o mesmo Alex que chegara a Villa Nova poucos dias atrás. Apesar dos sentimentos, sabia que estava no caminho certo e que estava nascendo um novo homem. Jamais voltaria a ser quem era.

Precisava conversar com alguém que pudesse ajudá-lo a compreender o que estava passando e a primeira pessoa que lhe veio à mente foi Iaqui. Provavelmente fosse o índio a pessoa mais indicada para ele se aconselhar. Dirigiram-se à cabana de Iaqui, que já os esperava na varanda. O índio pressentiu sua chegada e Alex nem se impressionou, pois isso já não era novidade em Villa Nova. Marcellus achou preferível deixá-los mais à vontade e rumou para sua casa após se despedirem. Enquanto sentava na cadeira posta ao lado do índio, Alex foi direto ao assunto, tendo percebido que já era esperado.

– Por que estou me sentindo assim nos últimos dias?
– Assim como? – perguntou o índio enquanto lhe oferecia um chá recém-preparado.
– Ora, Iaqui, você sabe do que estou falando! Sinto-me diferente desde que estive naquela gruta!

– Não!... Você se sente assim desde que cruzou aquela ponte! Assim que você passou por aquele portal, tudo em sua vida mudou!... Fale você, meu amigo! Não é tão difícil assim falar sobre o que está sentindo! Vamos, tente... tente, Alex!

Alex desabou em lágrimas e todos os sentimentos presos em seu coração, finalmente, vieram à tona.

– Sinto como se tivesse tudo errado em minha vida! Sinto culpa por não estar mais próximo de minha filha e família! Gostaria de poder fazer outras coisas que não somente trabalhar e me preocupar... queria poder voltar a amar novamente! Faz tanto tempo que talvez não me lembre mais como é. Falo do amor incondicional, sabe?! Nos últimos anos tudo tem sido tão atribulado que desaprendi meu propósito!

Aos poucos, Alex conseguia voltar a si e retornar a sua calma.

– Iaqui!... Se eu nascesse novamente, teria mais cuidado com as pessoas que amo! Não criaria tantas coisas para me preocupar e levaria uma vida um pouco mais solta. Também abandonaria uma série de coisas e maus hábitos que me cercam, pois só me prejudicaram... Só não sei por que permiti isso! Agora começo a entender que eu e somente eu sou o responsável por tudo que me aconteceu... Faria escolhas melhores, confiaria só em quem merece e abriria meus sentimentos mais vezes! Deixaria de correr tanto atrás de tudo e começaria a atrair coisas para mim pelas minhas atitudes e comportamento! Conviveria com amigos mais leves e de bem com a vida e deixaria as pessoas pesadas de lado. Tentei ajudar algumas, mas eram tão descrentes que desisti. Para falar a verdade, já fui assim um dia! Quase voltei ainda mais para trás! Sou dono de uma editora... trabalho demais e na maioria das vezes é apenas para resolver problemas! Estou sempre "apagando incêndio"! Os relatórios de algumas publicações estão sempre no vermelho. Talvez eu deva vender apenas livros interessantes e deixar de querer tudo pra mim! Sabe, Iaqui, alguns dos que minha empresa publica nem mesmo chego a ler. Deixo isso com meu editor e não me envolvo!... Talvez um dia eu mesmo escreva um livro! Seria uma tragédia grega! – riu de si mesmo; e esse era um bom sinal.

Iaqui ouvia tudo atentamente. Sabia que este momento viria.

– Quando converso boas conversas, começo a me conhecer melhor! Como agora. O mesmo ocorre com Aurélio e Pandora! Até mesmo com o menino Marcellus, que, mesmo com tão pouca idade, já me deu vários conselhos valiosos com sua simples forma de ser!... Tenho aprendido muito aqui em Villa Nova! Gostaria de estar retribuindo a tantos ensinamentos!

– Você está, Alex... e como! Tudo na vida é uma via de duas mãos! Você tem feito muito bem as lições de casa e aprendemos muito com você também... assim como também nos apegamos! Vamos ter saudade quando você partir e esse dia está chegando! Não é mesmo?!

– Você também sente isso?

– Sinto! É como se algo muito bom estivesse prestes a se realizar!

– Como pode sentir o mesmo que eu?!

– Alex! Você está se iluminando; é isso que está acontecendo. E pelo jeito tudo tem transcorrido muito além do esperado. Um dia você assumirá um papel semelhante ao meu, então entenderá o que ocorre... e saberá o que sentimos! Mas... enquanto esse dia não chega... "Carpe diem!"

Alex olhou fixamente para os olhos de Iaqui e falou com firmeza:

– Iaqui! Eu quero voltar! Preciso retornar e corrigir tudo!... Espero que ainda seja possível...

A lembrança de um envelope veio-lhe à mente de novo.

– Calma, Alex... calma! Essa ansiedade é bem comum... mas ainda não sabemos se está na hora! Ainda falta um pequeno detalhe para que você esteja pronto!

– E qual é esse detalhe?!

– Não sabemos, Alex! – lamentou o índio. – Mas sentimos que algo está próximo!

– Você também com essa conversa estranha! Como assim "não sabemos"?!

– Você ainda não se deu conta de onde está, não é mesmo? – falou Iaqui de modo intrigante.

– Eu pensei que soubesse até certo ponto! Marcellus falou algo sobre eu estar dormindo! Fiquei confuso!

– Dormindo, não! Melhor dizer adormecido! Você esteve desligado de sua própria verdade durante muito tempo! Dobrou em esquinas erradas e agora está conseguindo retomar sua vida num novo caminho! Quando acordar, vai entender tudo melhor!

– Novo caminho?! Acordar?

– Sim! Você não voltará igual! Desta vez, assumirá mais as rédeas de sua vida! Seu verdadeiro propósito: amar a si mesmo e viver feliz!

Se eu voltasse a viver...

"Se eu pudesse viver novamente a minha vida, na próxima trataria de cometer mais erros, não tentaria ser tão perfeita, relaxaria mais, seria menos higiênica, correria mais riscos, viajaria mais, iria a mais lugares onde nunca fui, tomaria mais sorvete e menos lentilha. Seria mais tola ainda do que tenho sido. Na verdade, bem poucas coisas levaria a sério, contemplaria mais entardeceres, subiria mais montanhas, nadaria mais rios, teria mais problemas reais e menos imaginários. Eu fui dessas pessoas que viveu sensata e produtivamente cada minuto de sua vida. Claro que tive momentos de alegria. Mas, se pudesse voltar a viver, trataria de ter somente bons momentos, porque, se não sabem, disto é feita a vida: só de momentos. Não se deve perder o agora. Se eu pudesse voltar a viver, começaria a andar descalça na primavera e continuaria assim até o fim do outono. Eu era dessas que nunca ia à parte alguma sem um termômetro, uma bolsa de água quente e um guarda-chuva. Se eu voltasse a viver, viajaria mais leve, daria mais voltas na minha rua, contemplaria mais amanheceres e brincaria mais com as crianças. Se eu tivesse, outra vez, uma vida pela frente... mas tenho 85 anos e sei que estou morrendo!" Nadine Stair

O LEGADO QUE CRIO

Seguir sua história pessoal é tornar-se dono de si mesmo!

Iaqui estava gostando muito do interesse de Alex pelo assunto. Aproveitou o momento para lhe passar uma enxurrada de conhecimento que precisaria para sua nova etapa: assumir as rédeas e liderar sua própria vida.

– Para você se tornar o novo homem que tanto busca, Alex, talvez estas pequenas lições o ajudem! Você precisa saber que todos nós nascemos para liderar a nós próprios; nossas emoções, desejos, vontades e autocontrole; nossa determinação! E tenha sempre em mente que cada um veio a este mundo com o propósito, o direito e o dever de ser dono de si mesmo, e também de se compartilhar com os demais! Levar seu pensamento adiante...

Líderes são escassos, e suas responsabilidades são grandes. São bem preparados e não entram em competição, pois não precisam provar nada para os outros. São tão diferenciados que estão sempre à frente, graças a eles e às pessoas que os circundam. Liderar a si mesmo é ainda mais difícil.

Liderança é determinação vetorizada em que a vontade de querer fazer é maior do que a de ter. Se quiser um *feedback* de sua equipe sobre como você a está liderando, basta observá-la com olhos de quem está do lado de fora, pois seu esquema de funcionamento é reflexo direto de sua liderança. Se sua equipe tem receio de falar o que pensa e seus *feedbacks* são relapsos, é porque você está agindo assim com seu próprio time. Equipe fraca, líder fraco; líder forte, equipe forte; é sempre uma via de duas mãos.

Equipe que não é respeitada pelo seu próprio gestor também não é respeitada pelas demais áreas da empresa. É importante entender que o mesmo vale para a roda de amigos e a família.

As regras a seguir valem para quem já é líder, para quem quer ser e também para quem quer entender como nossos líderes deveriam agir. E para você... em sua própria vida!

– Tudo que vem agora, Alex, é para você mesmo!

Líderes são visionários e hábeis administradores; foi-se o tempo em que as duas tarefas eram distintas. Grandes líderes criam e mantêm unidas as pessoas que detêm o poder.

Muitas vezes, visionários não são ouvidos e são vistos como "loucos" ou um risco ao negócio. Falam antes de seu tempo e não são muito bem interpretados. Sabedoria nesta hora é saber aguardar o momento certo ou criar a oportunidade para antecipar acontecimentos. Um bom exemplo disso foi o projeto espacial que tinha como objetivo atingir a Lua sem mesmo possuir as tecnologias necessárias. Foi a partir da meta estipulada que se iniciou uma série de descobertas e invenções de que hoje usufruímos.

Seguidamente, líderes precisam tomar decisões com poucas informações. Aí só resta uma ferramenta: a poderosa intuição. É preciso estar preparado para saber usá-la. Liderança, muitas vezes, é confusa e depende da situação pela qual se está passando – a pessoa certa, com o estilo certo, para a situação certa. O momento é quem manda, já que um líder para todas as épocas não existe.

Líderes adoram confusão: não há nada pior do que aquele professor que mantém a mais pura ordem na classe, todos sentadinhos, bem-comportados e incapacitados de se expressar. Só com confusão existe criatividade, energia, fluxo de ideias, brincadeira e, indiretamente, muito trabalho, ou seria diretamente?

Alguns professores nos ensinaram justamente aquilo que não deve ser feito. Para o Líder, conflitos são vistos como oportunidades de crescimento e amadurecimento, tanto da equipe quanto de si próprio. Para convergir confusão em aprendizado é preciso conquistar o respeito respeitando os outros. Conversar e ouvir atentamente desde o manobrista até o diretor da escola de seus filhos. É preciso interessar-se profundamente pelo que seu interlocutor está dizendo, pois as entrelinhas são poderosas formas de intuição – os líderes se importam com as suas conexões.

Líderes são peritos em logística: não importa o quão brilhante seja um general em sua visão e estratégia; uma guerra só é vencida se soldados, armas, veículos, comida, munição, combustíveis, equipamentos, radares, acampamento, mapas, comunicações, médicos, enfermaria, satélites e... fósforos estiverem disponíveis em seus devidos lugares e no cronograma correto. Não esqueça os "fósforos". Entendeu, né?

Líderes criam relacionamentos: quando tudo está pronto para a guerra, ou seja, os negócios, tudo passa a ser fundamentalmente um assunto feminino. Ou os homens começam a pensar um pouco mais como as mulheres ou as "vagas" de líderes serão preenchidas por elas.

Quando o circo está preparado, o que importa são os relacionamentos que os líderes criaram com seus seguidores. As mulheres sabem disso, por isso investem tanto em relacionamentos – esse é um dos motivos por que o talento de liderança disponível no mundo está com as mulheres.

Líderes são grandes políticos: por favor, não se ofenda. Temos péssimos exemplos por aí, mas, no mundo da política organizacional, a grande diferença é que os projetos precisam ser concluídos e dar resultados. Para isso, muitas vezes precisamos ser duros.

Ficar em cima do muro até a hora certa pode ser crucial para a tomada de decisões. É o tempo necessário para reunir informações, dando maiores subsídios para que a intuição não nos traia. Liderar não é coisa para gente fraca e, muitas vezes, exige decisões que podem não agradar a todos. Sejamos duros com os problemas, mas nunca com as pessoas.

Líderes são multifuncionais: conseguem fazer de tudo ao mesmo tempo, mas não são super-homens, muito menos heróis. Um grande diferencial é que sabem administrar seu tempo. O futuro pertence ao líder que souber fazer muitas coisas ao mesmo tempo.

Cuidar de detalhes, conhecer novas pessoas, fazer mais perguntas, ouvir atentamente, administrar com harmonia, manter-se ligado às pessoas, administrar uma lista enorme de tarefas ao mesmo tempo, cuidar de si, da carreira e de sua família; tudo isso se consegue apenas se você religar o lado direito de seu cérebro e tiver fôlego. Mais do que tarefa, liderar envolve sentimento.

Líderes erram: se você é líder e vive num mundo globalizado, provavelmente deve ter cometido muitos erros em sua carreira, pois faz parte de um caminho árduo. É um dos preços de se adquirir intuição e conhecimento através da experiência e experimentação. Erros não são nada mais do que aprendizados para se atingir o sucesso. Não existem erros; "... são apenas lições". Sucesso é a habilidade de ir de fracasso em fracasso sem perder o entusiasmo.

Líderes eletrificam o ambiente: a maneira de "fazer chover" envolve construir, alimentar, mobilizar e influenciar uma rede de influenciadores-chave em cada nível de operação envolvido no projeto em execução. Hoje, o poder é mais difuso, envolve mais pessoas, e as alianças estão sempre mudando de acordo com cada projeto. Os canais de tomada de decisão são mais heterogêneos. Quanto mais pessoas diferentes envolvidas, melhor de se trabalhar, por oferecerem diversas visões diferentes; quanto mais "gás" e paixão pelo que se faz, maiores são os resultados. Para que todos se sintam fluidos dentro deste processo, é preciso delegar para que se sintam parte, e não apenas espectadores.

Líderes geram energia: cada projeto bem-sucedido e cada equipe motivada geram energia que contagia os demais. Não há como segurar essa força, principalmente porque todos querem viver dessa maneira. Ninguém suporta o fracasso. No fundo cada ser humano quer ser um vencedor em suas competências.

O líder sabe transformar essa energia em força propulsora, pois, se ficar estagnada, ela se dissipa rapidamente. Comemorar vitórias e reconhecer esforços é muito importante, pois muitas vezes não nos damos conta do que somos capazes de fazer. Às vezes, o sentimento de menos-valia pode tomar conta e nos faz parecer que quebrar um recorde de vendas era uma tarefa que qualquer um podia executar estando no lugar certo, na hora e com as pessoas certas.

Na verdade, venceu-se um desafio e isso é o que importa. Deve ser comemorado e mantido na memória para resgates futuros.

Líderes desenvolvem sua intuição: podem chamar como quiserem: instinto, criatividade, espiritualidade, metafísica, física quântica; todo ser humano tem esse poder dentro de si. O grande segredo é como desenvolvê-lo e para isso é preciso muita coragem, pois muitas vezes o caminho é difícil e até solitário.

Ver a vida com outros olhos que não somente os seus envolve uma combinação de maturidade com o voltar a ser criança; como disse o poeta: "O maior fracasso de uma pessoa é tornar-se adulta!" É preciso enxergar o que os outros não veem. Líderes gostam do misterioso e do esotérico. Como dizia Einstein, "... enquanto houver o mistério" e os motivos que estão por trás de inúmeros fenômenos, sejam eles físicos ou comportamentais, sempre haverá interesse e crescimento.

Líderes são confiáveis: confia-se em pessoas que fazem as coisas acontecerem, por mais difícil que seja, e voltam no dia seguinte cheias de vitalidade. Podem até esmorecer, mas que seja por pouco tempo.

Sugam energia de onde podem, recarregam-se e depois a devolvem em dobro.

São monstros natos no que se refere a assumir poder, criam novos líderes, agregam valor aos acionistas e desenvolvem talentos, tanto o seu como de outros, sem ter medo de perder seu próprio poder. Liderança é desempenho. Você tem de estar consciente do seu comportamento, pois as outras pessoas o estão.

Os Líderes se esforçam para passar a mensagem certa na maneira como andam, falam, se vestem e se posicionam. A liderança não diz respeito somente à ação, mas também à atuação.

<u>Líderes têm bom humor:</u> como ninguém é infalível, para sobreviver em tempos difíceis, temos que rir de nós mesmos e de certas situações em que nos colocamos e nem mesmo nós acreditamos.

O humor é a melhor maneira de evitar que você e sua equipe enlouqueçam; até médicos contam piadas e trocam receitas em meio a uma cirurgia. É ótimo para aliviar o *stress*. No relacionamento do casal é a mesma coisa. Só mesmo com bom humor para aguentar peido embaixo do cobertor.

Tanto Alex quanto Iaqui gostavam muito de uma boa piada e, enquanto conversavam, uma pausa para boas risadas era quase sagrada. Enquanto bebia o chá, lembrou-se da brincadeira da caneca da "avó" de Marcellus. A palavra "cirurgia" trouxe a Alex uma sensação levemente estranha.

<u>Líderes só trabalham com outros líderes:</u> diga-me com quem andas e direi como tu és! Líderes podem ser reconhecidos pela companhia. Se você trabalha com colegas que são líderes em uma empresa que é líder, que possua fornecedores líderes e clientes que também são líderes; logo, você também é um líder.

Gostamos de conversar com quem sabe mais que nós próprios, assim como também devemos gostar de ensinar e repassar nossos conhecimentos. Pessoas medíocres falam sobre pessoas, pessoas normais falam sobre coisas e pessoas interessantes falam sobre ideias; é com estas que devemos nos aliar.

Tenha confiança suficiente para contratar pessoas que tenham mais talento que você e será conhecido como um líder audacioso, caso contrário passará a imagem de fraco e inseguro. Afinal, você quer ser o mais inteligente da empresa ou ser um vencedor?

<u>Líderes têm bom gosto</u>: a maneira como vivemos contribui com a beleza, seja no modo como tratamos as pessoas, seja no modo como nos portamos. Líderes que podem mudar a vida dos outros não se intimidam com o belo nem o acham "frescura".

A arte é imprescindível para o desenvolvimento da sensibilidade. Qualquer um pode pintar um Kandinsky se quiser. Apenas misture as tintas e vá aprendendo. De qualquer forma, este quadro é para você, e não para os outros. Não se coloque em situação de julgamento. Se você se sente bem tendo um *hobby*, deve desenvolvê-lo, pois vai livrá-lo de um enfarte um dia desses. Você pode também tocar algum instrumento musical, comprar obras de arte, ler romances ou praticar luta marcial. Não leia apenas literatura técnica e, por favor, quando terminar de ler este material, deixe-o de lado por um bom tempo.

As maiores respostas estão em leituras não convencionais. Na época da ditadura, os militares tentaram acabar com os livros de História sem se darem conta de que as maiores riquezas estavam nos livros de Literatura.

<u>Líderes não dão muita bola para o sucesso</u>: isso mesmo! Se você começar a se achar o tal, vai levar uma rasteira que a própria vida lhe providencia. Confiança demais gera uma sensação de infalibilidade, assim como forte autoestima pode gerar uma pessoa agressiva.

Portanto, não dar muita bola para o sucesso é tão importante quanto não dar muita bola para o fracasso. Nossa vida é feita por picos e depressões como uma onda de rádio, é impossível estar por cima sempre. Seria até sem graça permanecer em zona de conforto permanentemente.

Líderes estão sempre próximos: precisam passar suas mensagens e agir com coerência, pois um gesto vale por mil palavras. Precisam estar próximos para não deixar a equipe desamparada e, ao mesmo tempo, precisam ensiná-la a andar por sua própria conta. É como uma criança. Ensinamos certas coisas, mas outras ela aprende por sua própria conta, sem tirar o mérito de sua descoberta.

Estando próximo, o líder assume a paternidade por seu filho que estará preparado dentro de alguns anos. Depois é muito normal querer ter outro bebê. Líderes estão sempre aprendendo, assim como ensinando, evitando a estagnação intelectual. Nunca estamos prontos, é um aprendizado contínuo mantendo olhos e ouvidos sempre abertos como forma de evitar nossa própria miopia.

Líderes têm paixão: além de gostarem do que fazem, fazem o que gostam; aprenderam a fazer ou aprenderam a gostar. Líderes sonham diferente, veem o mundo com cores mais brilhantes em imagens bem definidas. Liderança é criar, mostrar e difundir energia. Líderes emocionam e inflamam entusiasmo, isso só é possível com paixão pela sua vida, sua carreira, sua equipe, sua empresa e seus projetos, caso contrário não conseguiriam contagiar ninguém. Se há líder que não convence, é porque não está no lugar certo ou lhe falta algo.

Quando o sucesso chega, podemos esmorecer sem desafios, é semelhante ao que sente a mãe quando seus filhos saem de casa – a "Síndrome no Ninho Vazio" pode ser substituída por novos projetos que renovem a busca de novos caminhos. Líderes sabem que fazem diferença sem ego inflado, mas com um saudável e inquestionável senso de adequação. Um líder assim atrai outros líderes que compartilham o mesmo sentimento, fazendo surgir uma nova equipe que certamente também fará diferença.

Líderes escrevem suas memórias: nossa vida é nosso maior legado: "Crie um filho, plante uma árvore, escreva um livro". Leve sua mensagem adiante, alguns dos maiores escritores tiveram seus primeiros escritos rechaçados pelas editoras.

Líderes nunca se aposentam, contam suas histórias e assim surgem inúmeros casos e até lendas. Quando deixam o *status quo* de suas atribuições, podem assumir novas responsabilidades à frente de uma folha de papel em branco. Uma folha de papel em branco não suporta ficar em branco. Se antes criavam produtos e mercados, por que agora não criar sentido para algo, abraçar uma causa, ensinar, ir adiante, estar sempre à frente, como diz o lema? As pessoas fazem o impossível por uma causa, mas por um negócio elas apenas trabalham.

Líderes são contadores de histórias. A comunicação eficiente de uma história é uma das chaves da liderança, porque histórias são coisas reais. Elas falam do que lembramos, das lições aprendidas e principalmente de como visualizamos nossas realizações.

Se quisermos contagiar uma equipe a atingir desempenho, não podemos mostrar apenas números e metas. Números são chatos; histórias são pessoais e apaixonadas. Somos movidos por emoção.

Líderes são criativos: criatividade está associada diretamente com inovação e esta com produtividade, que realimenta a própria criatividade. Um livro adora ser riscado, rabiscado e se encher de anotações! Você marcou bastante este? Isso ajuda muito a recriar coisas a partir do que já existe; ligando pontos, é assim que flui insight, ideia, inovação & invenção... iiii e agora?

Por falar em escrever memórias e criatividade, por que você não começa o seu livro? Por onde começar? Escrever para si mesmo já é uma ótima terapia! Comece mentalmente, já é um bom início de sua própria inovação.

<u>Líderes quebram as regras</u>: as regras foram feitas para serem seguidas à risca. Sempre que tivermos dúvida sobre algo, devemos consultar o "Manual do Líder", que possui tudo o que precisamos saber para lidar com situações adversas. Mesmo que o barco esteja afundando, dá tempo para ler o manual, mas as regras deverão ser lidas uma após a outra até encontrar a que se está procurando. Caso contrário, você não achará a solução.

A primeira regra é que o manual sempre tem razão, em caso de dúvida prevalece a primeira. Boa leitura e bons goles! Espero que você saiba nadar! A linha entre quebrar as regras e quebrar a cara é muito tênue, portanto tenha cuidado! E também se não quebrarmos, podemos nos afogar.

Por falar em nadar: um senhor, muito inteligente e metido a sabedor de tudo, um pouco prepotente até, contratou um barco para cruzar um rio. Orgulhoso de seu saber, resolveu provocar o velho marujo que o conduzia.

– O senhor só tem este barco?

– Sim! – respondeu o velho. – É o que me basta para viver bem!

– Já viajou pelo mundo, como eu? – perguntou o contratante em sua soberba.

– Não! Meu mundo é onde vivo, com minha família, meus amigos e meu negócio!

– Você só conhece isso?... Puxa! Você perdeu metade da vida! – foi quando o barco bateu em uma rocha e começou a afundar.

– E o senhor?... Sabe nadar? – perguntou o marujo.

– Nããoo! – respondeu apavorado.

– Pois é! E agora vai perder a vida toda!

Tanto Iaqui quanto Júlia, Aurélio, Pandora e Marcellus eram líderes em algum aspecto, assim como Alex o era em seu mundo. Também sabiam ser liderados e conduzidos quando necessário, pois a sabedoria e conhecimento de um orientavam os demais em diferentes momentos.

Eram pessoas realizadas e bem resolvidas em suas vidas e amavam compartilhar o que sabiam, pois conheciam sua missão, a de provocar e ensinar. Mais do que mentores, eram sábios que aprenderam a converter suas experiências passadas em ferramentas de crescimento e educação.

<u>Líderes também pecam:</u> talvez devêssemos "pecar" mais, mas da forma correta. Os sete pecados capitais, inveja, luxúria, soberba, gula, avareza, preguiça e ira, podem fazer uma pessoa se sentir culpada o tempo

todo ou podem contribuir para um crescimento pessoal extraordinário se soubermos o que eles significam e como podem nos manipular.

Os sete pecados capitais, sabendo conduzi-los, são nossas maiores fontes de motivação, pois nos inspiram a obter o sucesso. Uma prova disso é que pessoas orgulhosas de si são assim por serem empreendedoras em suas realizações; possuem amor-próprio, humildade e uma boa autoestima. Mesmo quando satisfeitas, não se satisfazem, buscando o novo com paixão, criando o que ainda não existe e melhorando o que já está por aí. Controlam seu ego, pois não querem se transformar nos maiores chatos do mundo. Sabem que ninguém mais as respeitaria e olham para o horizonte enquanto caminham.

Pessoas que andam com confiança e olham nos olhos são as que mais despertam simpatia. Ninguém gosta de gente com olhar derrotado, que não acredita em si mesma, pois é uma ameaça a si própria. Antes mesmo de sermos bem-sucedidos, devemos dizer isso para nós mesmos, pois se não acreditarmos em nosso potencial antes dos outros, quem acreditará? Faz bem nos sentirmos competentes naquilo que fazemos.

A avareza pode ser importante em épocas de vacas magras, pois é sempre bom guardar. Mas, como forma de acúmulo, pode não ser tão boa; melhor se for usada para gerar ainda mais resultados sendo investida em formação bruta de capital... isso sim rende empregos, desafios novos, novas invenções e mais prosperidade para todos!

Na antiga Grécia, uma aldeia possuía três grandes atletas detentores de medalhas de ouro, prata e bronze e, como reconhecimento, o medalha de ouro recebeu uma estátua em sua homenagem. O medalha de prata ficou tão enciumado com a homenagem que toda noite ia até ela e tirava um pedaço com um martelo. Em uma noite a estátua caiu em cima dele. Já o medalha de bronze também queria ser o melhor e compreendia seu sentimento de inveja pelo atleta de ouro. Começou a treinar com ele e a fazer perguntas sobre seus segredos como atleta experiente que era. Como pessoas bem-sucedidas fazem questão de repassar seus ensinamentos, começou a treiná-lo e encontrou nele um discípulo que continuaria sua trajetória de sucesso.

A ira move a paixão pelo que se faz. Qualquer um que entre numa guerra com o fuzil meio solto nas mãos dificilmente estará pronto para atirar quando surgir a necessidade. Até apontá-lo e fazer a mira, talvez a oportunidade tenha passado e você tenha "morrido". Sem esta ira vetorizada ao bem, o máximo que se faz é ficar remando para que o barco não afunde. Devemos cravar o remo na água com determinação.

Queremos sempre mais. Nunca estamos satisfeitos e buscamos melhorar permanentemente. É nossa natureza. Quanto mais informações temos sobre nossos cônjuges e filhos, mais sabemos de que eles gostam e de que não gostam, e isso nos proporciona maiores condições de mantermos nosso relacionamento mais agradável. Esta gula por querer sempre mais e melhorar como ser humano pode nos movimentar por caminhos nunca antes imaginados, coisa que alguém satisfeito com o que já tem não conseguiria, pois sua ambição fica já na largada.

Mesmo que nos exija certo grau de esforço, é bom que possamos fazer isso com menos energia possível para poupá-la para outros desafios que nunca cessam. A preguiça é ótima para aproveitar recursos e para obter mais com menos. Conseguir os melhores resultados com menores esforços é uma forma muito sábia de se manter o controle das coisas. Uma simples flor com as palavras corretas diz mais coisas que um presente caríssimo. Existe pureza, e não se está tentando comprar algo de alguém – é muito mais honesto. Muitos gostam de comprar amizades e acabam sendo pouco respeitados por isso.

Mais do que lutar contra, converter coisas ruins em boas é um dos grandes segredos dos espíritos mais evoluídos e das pessoas mais amorosas. Nascemos para termos uma vida repleta de prosperidade para sempre colocarmos nosso próprio poder de criação em prática. Criar programas de passeio, criar ambientes agradáveis de trabalho, criar família e filhos, criar produtos e novos mercados e criar espaço para todo mundo.

Dinheiro traz felicidade, sim, pois proporciona liberdade para sermos aquilo que queremos ser e termos a liberdade de ir e vir. Casais com dinheiro têm muito mais chances de ter um bom relacionamento, pois podem viajar, jantar, sair para dançar, escolher a casa dos sonhos e ter quantos filhos quiserem, e não precisam cortar despesas quando o carro vai para a oficina.

Foi nos incutida a ideia de que dinheiro não traz felicidade. Analise a fonte dessa forma de pensamento e tire suas próprias conclusões. A quem isso beneficiaria?

Pessoas com recursos têm mais saúde, países desenvolvidos têm mais educação, mais empregos, menos miséria e menos violência; por isso, é óbvio que dinheiro traz felicidade. Longe de colocá-lo num altar, mas é o que fazemos com ele que nos faz felizes ou desesperados. Muitos têm muito dinheiro e não passam de uns coitados; outros não o têm tanto e estão de bem com a vida. A diferença é o que fazemos com ele e com a nossa alma.

~~O segredo é a alma do negócio.~~
A Alma é o segredo do Negócio.

Gandhi, quando estudava Direito, um dia fora provocado por um professor muito mal-intencionado que não gostava dele. Excelente aluno que era, recebera a prova corrigida somente com um escrito no final: "Idiota!", tamanha era a aversão do professor por seu brilhantismo em aula. Suas respostas estavam perfeitas.

– Professor! O senhor assinou minha prova, mas não deu a nota!

Indignado, o então "mestre" lhe concedeu o merecido 10! E ainda o provocou:

– Há dois potes, um com dinheiro e outro com sabedoria, qual deles você pega?

– O do dinheiro, é claro! – respondeu de imediato.

– Que imbecil! Eu pegaria o da sabedoria! Sem a menor sombra de dúvida! – xingou.

Então Gandhi respondeu educadamente:

– Professor! Cada um deve pegar aquilo que não tem!

Advogado por formação, Mohandas Karamchand Gandhi recusava-se em defender réu confesso. O resto de sua grande história todos nós conhecemos!

Mahatma – A Grande Alma.

A CARTA

– Carta para Alex! Carta para Alex! – bradava um senhor pelas ruas de Villa Nova.

Um mensageiro com um envelope chegara a Villa Nova perguntando por Alex. Talvez tivesse vindo por aquela linda e misteriosa moldura de porta? Aquela que adornava a praça bem em seu meio?

Velhinho, simpático e sempre disposto, estava acostumado com este ritual há muito tempo. Sabia, em seu íntimo, que sempre trazia boas notícias para seus destinatários. Conhecia o remetente como ninguém, mas jamais revelara a sua Identidade.

Cada pessoa tinha seu tempo próprio para encontrá-Lo em seu Eu interno. Muitos demoravam bastante, mas alguns já nasciam conhecendo-O. Mais do que boas notícias, sempre trazia uma oportunidade ímpar de ajuda e reflexão. O que fazer com a carta caberia ao destinatário decidir.

Os moradores da cidadela, que já o conheciam, apontavam o caminho para a pousada de Pandora. Aliás, todos os moradores de Villa Nova pareciam estar contribuindo com Ele, assim como com todos que chegavam à cidadezinha. Um pacto silencioso e muito bonito!

– Eu sei... eu sei! – disse o Velhinho com olhar de satisfação.

"Só estou anunciando a grande virada!", pensou feliz.

O envelope que perseguia nosso aventureiro em suas leves visões finalmente chegara.

"Prezado Alex! Meu Amigo!
Eleve o pensamento naquele que você quer ser!

Eu poderia contar várias histórias para fazê-lo pensar sobre as respostas que você busca, então Eu encontrei esta: a do Índio Paraquê. Aliás, você me ajudou a escolhê-la. Um navio transatlântico repleto até a tampa de turistas rosados, morrendo de tédio, depois de quinze dias de cruzeiro ao redor do planeta, perde o rumo durante uma noite de tempestade. O dia amanhece depois da tormenta e a turistada descobre ter encalhado a alguns metros de uma ilha paradisíaca, daquelas que só se encontra em calendários japoneses de pescaria. Aliviados e tomados pela curiosidade, os marajás enchem com seus corpanzis os botes infláveis e vão dar na ilha, onde os espera um índio nativo, de aspecto bonachão, vestindo apenas um cocar e uma sunguinha rodeada de penas. Os turistas deixam os barcos com sorrisos amarelos de 'Hau, amigo!'. Logo percebem tratar-se de um nativo dos mais amistosos, que, mesmo vivendo naquele pedacinho de terra virgem, talvez pudesse entender e falar um pouco de sua língua. Com muita sede, os turistas logo enxergam no alto do coqueiro um cacho de suculentos cocos-verdes. Apontam para os frutos e lançam um olhar 'pidão' para o índio, que capta rapidamente a mensagem, lançando seu corpo ágil em torno da árvore e escalando o tronco dela em segundos. De volta com meia dúzia de cocos, abre-os com uma pedra afiada e oferece aos turistas de pele magenta, que se esbaldam sorvendo a água doce. Satisfeita a sede, o chefe dos turistas, em tom de agradecimento, lança sua primeira ideia: 'Puxa, cacique! Com tantos coqueiros carregados por aí, o senhor devia colher uma dúzia e deixá-los já abertos na praia. O trânsito de navios está cada vez mais intenso. Isso aqui ia virar uma espécie de drive-thru!' O índio, que acompanhava sem entender muito, esperou o turista terminar e respondeu lacônico: 'Para quê?' Empolgado com o possível interesse do silvícola nas novas técnicas de marketing, o turista de camisa florida emenda: 'Você poderia atrair muita gente e trocar cocos por roupas, uma barraca, talvez até uma geladeira...' 'Para quê?', disparou novamente o selvagem. 'Ora, com a barraca seus fregueses ficariam na sombra e você poria os cocos na geladeira. Assim os fregueses iam querer mais e mais e você poderia até começar a cobrar pelo serviço.' 'Para quê?', repetiu o índio. 'Bem, com o dinheiro você poderia comprar um barco com motor de popa, visitar as ilhas vizinhas e comprar todo o estoque de cocos da região para evitar concorrência.' 'Para quê?', disse o repetitivo indígena. 'Bem, garantindo o monopólio e o atendimento cordial ao cliente, você poderia garantir uma receita bruta polpuda, construir um pequeno império, um McCoco's da vida, e partir para o sistema de franquias.' Mesmo correndo o risco de se tornar repetitivo, ainda sem conseguir entender, o nativo indaga outra vez: 'Para quê?' 'Bem, índio, juntando dez milhões, você poderia conseguir uns dois milhões por ano de rendimento líquido numa boa aplicação financeira em Nova Iorque. Sabe o que isso significa? Você não terá de trabalhar nunca mais!' 'Para quê?', perguntou o índio sem apresentar o menor sinal de convencimento. 'Como assim, para quê? Você não entende? Com dez milhões de capital e um rendimento de dois milhões líquidos, você poderia, por exemplo, comprar uma ilha deserta, nunca mais precisaria trabalhar, não fazer nada pelo resto da vida e andar peladão o dia inteiro!', concluiu confiante o consultor em férias. Calado e sereno, o índio gentilmente ofereceu-lhe outro coco-verde."

Nosso perplexo buscador compreendera a mensagem de imediato. Estava extasiado com tudo o que lia e com sua mensagem tão delicada. Também estava espantado de como essa carta havia chegado até ele. Era como se um livro da prateleira o escolhesse para lê-lo.

– É exatamente assim que tenho vivido minha vida, Iaqui! – comentou pausadamente com olhar pensativo. – Sempre nos extremos... sem um equilíbrio... sem harmonia. Ora no excesso... ora na escassez... Muitas vezes na euforia, outras na letargia... no oito ou oitenta. Raramente no quarenta e quatro, entende?

– Alex! Era justamente dessa história que eu estava tentando me lembrar... que coincidência terem a trazido para você! – falou Iaqui como quem já sabia que ela viria.

– Foi você que providenciou a carta, não foi?

– Não! Não fui eu, não! Acho que ela estava programada para ser entregue desde que você saiu caminhando sem rumo! Isso é bem normal por aqui...

– Como assim? Quer dizer que eu já conhecia as respostas?

– Claro! Só que você estava um pouco bloqueado para nos ouvir!... e ouvir a si mesmo.

– E pensar que eu queria ir até a Índia!

– É!... Eu me lembro! – falou sorrindo o índio e continuou: – Essa história nos ensina a seguirmos nossa intuição e nosso caminho com harmonia. As opiniões dos demais podem até tentar nos ajudar, mas só nós conseguimos usar nossos próprios sapatos; não tem como caminhar com os sapatos dos outros. Quem você é hoje, você mesmo criou. Fez, construiu e focou; e até o que foi desfocado aconteceu. Somos sempre nós os responsáveis. Culpamos os outros erroneamente, inclusive pelos nossos problemas e preocupações! É duro dar-se conta, mas você atrai tudo para si; o bom e o não tão bom. Mas a sua busca reprogramou o seu inconsciente! Você se abriu às respostas e ao entendimento! Todo "o bom" que você deseja daqui para frente basta focar, sentir, mentalizar, mirar, trabalhar e desenvolver. A partir de hoje, tudo será atendido de acordo com sua paz de espírito, sua sabedoria e seu equilíbrio. Lindo isso, não é?!... É tão fácil quanto chutar uma lâmpada mágica enterrada na areia. Por isso, de agora em diante é bom ter cuidado com seus pedidos e desejos! Focalize bem, pois você se deu conta de como tudo funciona na vida; compreendeu seu passado e entendeu seu presente, honrou seus ancestrais e sua própria história. Teve coragem e, principalmente, confrontou-se! Corrigiu rumos e reiniciou todo um novo processo! E agora seu novo futuro já está acontecendo!... A Cozinha Cósmica não falha, Alex! – finalizou Iaqui.

Quando vamos a um restaurante e fazemos o nosso pedido, não ficamos indo toda hora na cozinha ver se ele está sendo preparado. Sabemos que ele será servido em breve. Não é o "por que", mas sim o "para que" que está em jogo! O "por que" é o motivo, seguidamente nos remete ao passado e pode nos fazer remoer coisas antigas, muito embora ajude a nos compreender no presente. O "para que" é a finalidade, nos joga para o futuro, nos responde o que queremos para nossas vidas e nos dá motivação. Dessa maneira é mais fácil descobrirmos a missão para a qual nascemos e encontrarmos o verdadeiro sentido e propósito de nossa vida!

– Alex! Lembra-se da história dos gansos e dos búfalos? Todos nós queremos ser importantes, seja no trabalho, seja em casa ou em determinados momentos de nossas vidas. Nenhum ser humano suporta estar sempre abaixo de algo ou de alguém! Nascemos para a expansão e ninguém pode abafar isso em nós! Sempre somos líderes de nós mesmos; somos em nossas famílias, em que nossos filhos são nossos maiores seguidores. Imagine a grande responsabilidade dos exemplos que damos ao educá-los e prepará-los para seus próprios caminhos! Inspirá-los! Não esqueça que eles escolheram onde nascer; está aqui uma grande diferença que nos faz vê-los de forma mais completa... e complexa! Além de um ser humano, existe outro alguém dentro de um recém-nascido!... É tudo tão mais profundo que possamos imaginar que eu não me impressionarei se você não estiver me compreendendo. Em breve você entenderá! – provocou o amigo de outras esferas.

Alex estava maravilhado e muito pensativo, sentia-se renascendo e seus olhos marejados delatavam seus sentimentos.

– Eu entendi, sim! – disse Alex sereno e contemplativo. – Eu entendi!

– Bem! Agora, meu amigo, você está pronto para retornar ao seu mundo! – finalizou o índio, com o olhar tranquilo e a voz embargada.

Eu me vejo!

Viemos ao mundo sem manual de instruções e vamos aprendendo por tentativas, erros e acertos onde o espelho é um grande mestre. Pedimos perdão a Deus seguidamente e ele nos responde: "Porque pedir tantas desculpas, se fui Eu que te fiz, com suas qualidades e defeitos?" Definitivamente isto amplia nossa consciência de vida; somos nós os responsáveis por tudo que fazemos e o que nos acontece.

Assim como Einstein, eu também "acredito no **Deus** de **Spinoza**, que se revela por si mesmo na harmonia de tudo o que existe, não no **Deus** que se interessa pela sorte e pelas ações dos homens". Albert

> *"Pare de ficar rezando e batendo no peito! O que quero que faça é que saia pelo mundo e desfrute a vida. Quero que goze, cante, divirta-se e aproveite tudo o que fiz pra você.*
>
> *Pare de ir a esses templos lúgubres, obscuros e frios que você mesmo construiu e acredita ser a minha casa! Minha casa são as montanhas, os bosques, os rios, os lagos, as praias, onde vivo e expresso Amor por você.*
>
> *Pare de me culpar pela sua vida miserável! Eu nunca disse que há algo mau em você, que é um pecador ou que sua sexualidade seja algo ruim. O sexo é um presente que lhe dei e com o qual você pode expressar amor, êxtase, alegria. Assim, não me culpe por tudo o que o fizeram crer.*
>
> *Pare de ficar lendo supostas escrituras sagradas que nada têm a ver comigo! Se não pode me ler num amanhecer, numa paisagem, no olhar de seus amigos, nos olhos de seu filhinho, não me encontrará em nenhum livro.*
>
> *Confie em mim e deixe de me dirigir pedidos! Você vai me dizer como fazer meu trabalho?*
>
> *Pare de ter medo de mim! Eu não o julgo, nem o critico, nem me irrito, nem o incomodo, nem o castigo. Eu sou puro Amor.*

Pare de me pedir perdão! Não há nada a perdoar. Se eu o fiz, eu é que o enchi de paixões, de limitações, de prazeres, de sentimentos, de necessidades, de incoerências, de livre-arbítrio. Como posso culpá-lo se responde a algo que eu pus em você? Como posso castigá-lo por ser como é, se eu o fiz?

Crê que eu poderia criar um lugar para queimar todos os meus filhos que não se comportem bem, pelo resto da eternidade? Que Deus faria isso? Esqueça qualquer tipo de mandamento, qualquer tipo de lei, que são artimanhas para manipulá-lo, para controlá-lo, que só geram culpa em você!

Respeite seu próximo e não faça ao outro o que não queira para você! Preste atenção na sua vida, que seu estado de alerta seja seu guia!

Esta vida não é uma prova, nem um degrau, nem um passo no caminho, nem um ensaio, nem um prelúdio para o paraíso. Esta vida é só o que há aqui e agora, e só de que você precisa.

Eu o fiz absolutamente livre. Não há prêmios, nem castigos. Não há pecados, nem virtudes. Ninguém leva um placar. Ninguém leva um registro. Você é absolutamente livre para fazer da sua vida um céu ou um inferno.

Não lhe poderia dizer se há algo depois desta vida, mas posso lhe dar um conselho: Viva como se não o houvesse, como se esta fosse sua única oportunidade de aproveitar, de amar, de existir. Assim, se não houver nada, você terá usufruído da oportunidade que lhe dei.

E, se houver, tenha certeza de que não vou perguntar se você foi comportado ou não. Vou perguntar se você gostou, se se divertiu, do que mais gostou, o que aprendeu.

Pare de crer em mim! Crer é supor, adivinhar, imaginar. Eu não quero que você acredite em mim, quero que me sinta em você. Quero que me sinta em você quando beija sua amada, quando agasalha sua filhinha, quando acaricia seu cachorro, quando toma banho de mar.

Pare de louvar-me! Que tipo de Deus ególatra você acredita que eu seja? Aborrece-me que me louvem. Cansa-me que me agradeçam.

Você se sente grato? Demonstre-o cuidando de você, da sua saúde, das suas relações, do mundo. Sente-se olhado, surpreendido? Expresse sua alegria! Esse é um jeito de me louvar.

Pare de complicar as coisas e de repetir como papagaio o que o ensinaram sobre mim! A única certeza é que você está aqui, que está vivo e que este mundo está cheio de maravilhas.

Para que precisa de mais milagres? Para que tantas explicações? Não me procure fora. Não me achará. Procure-me dentro de você. É aí que estou, batendo em você."

Baruch Espinoza

OITO LONGOS DIAS

Aos poucos fui enxergando uma claridade muito estranha, abri os olhos com muita dificuldade sem saber o porquê de eles estarem tão pesados. Eram confusas as sensações e emoções que vinham.

Vi a mim mesmo deitado, coberto por um lençol branco. Logo acima estava um grande disco de luz e ao meu lado, alguns aparelhos. Sentia algo preso em meus braços e peito, parecia que alguma coisa entrava por minhas veias. Um som contínuo e outro intermitente eram tudo o que podia ouvir. Eu me via, mas não me sentia.

Somente uma sensação de estar sozinho e abandonado, mesmo sabendo que não estava. Havia um amparo, eu estava sendo bem cuidado, mas era tudo muito estranho. Fui deslizando para outro aposento. Agora, era um quarto pintado em cores suaves e, na porta, muitos cartões pendurados. Seria Natal? A noção de tempo e espaço me abandonara por completo.

Numa mesa mais ao lado havia envelopes e flores muito bonitas; livros espalhados num sofá delatavam a presença de alguém que havia estado ali recentemente, mas eu não fazia ideia de quem pudesse ser. Lembrei-me de Marcellus. Ele adora ler.

Eu ainda não sabia onde estava, nem quando. Meio perdido, queria retornar a Villa Nova. Não quero mais estar só... nunca mais!

Onde está Jéssica e o que estaria fazendo neste momento?! Sinto muita saudade dela.

"Pandora, onde você está?", pensei. Ninguém respondeu, claro.

Comecei a sentir um cansaço enorme. Não conseguia me mexer. Queria virar de lado, mas não podia. Lentamente meus olhos foram fechando e comecei a retornar para Villa Nova. Que bom estar de volta! Eu sentia o tempo também.

Conhecia aquele lugar como a palma da mão e queria reencontrar meus amigos. Fui até a casa de Marcellus. Seu pai Aurélio já estava curado, Iaqui era um ótimo curandeiro. E cientista bioquímico, quem diria... Talvez ele me ajudasse a tirar o cansaço do corpo.

Caminhei pela trilha até a cabana para rever aquele garoto que me fez entender tantas coisas boas em minha vida; se não fosse ele, talvez não tivesse conseguido cruzar aquela ponte. Queria conversar e me despedir, sentia que algo me puxava novamente para uma nova vida.

Foi uma surpresa muito grande quando cheguei à clareira e não encontrei a linda casa de troncos tão bem construída. Aquela obra de arte não estava mais lá. Sentei num cepo de árvore, o mesmo em que preparávamos nossas refeições, e comecei a tentar compreender o que estava acontecendo.

Não havia vestígios de que aquele ambiente fora, um dia, uma casa de família e de tantas alegrias por que ali passei. Onde estariam Marcellus, Aurélio, Iaqui e sua esposa Júlia... e Pandora? Sua voz era tão encantadora que só em ouvi-la já me sentiria bem novamente. Seus olhos me transmitiam muita confiança e afeto.

Senti a presença de alguém que estava me observando.

– Olá, Alex! – ressoou uma voz suave em minhas costas.

– Pandora! Como é bom te ouvir novamente! – disse enquanto eu me virava para abraçá-la. – Pandora, onde você está?

– Aqui, querido! Bem perto!

– Mas não a vejo!

– E agora?!

Pandora, aos poucos, foi surgindo do nada em minha frente, parecia uma névoa. Levei um susto, pois não a vi chegando.

– O que está acontecendo, onde está a casa de Marcellus... e os outros? Já é meio-dia! Achei que estariam todos aqui para o almoço. Iaqui me avisou ontem para vir!

– Eles partiram, meu querido! Pediram para que eu me despedisse em nome deles. Acharam que seria mais fácil assim, pois eles se apegaram muito a você! Pensaram que seria mais fácil para você também, Alex!

– Despedida?... Pandora, por favor, me explique o que está acontecendo! Sempre considerei muito as suas palavras!

– Alex!... Para mim também não é fácil dizer adeus! Seu coração é como um diamante... e me orgulho muito de ter podido ajudar a lapidá-lo ainda mais!... Pensei que não estaria preparada para esta missão, mas graças a Deus tudo correu melhor que o esperado!

– Por favor, Pandora, o que está acontecendo? Acabei de sonhar com um quarto branco, não conseguia me mover, fiquei muito assustado!

– Alex, meu Amigo!... Você foi umas das pessoas mais lindas que eu já conheci! Todos nós, em Villa Nova, gostamos demais de você! Assim como de tantos outros que por aqui passaram... e agora você está pronto para virar mais uma página do livro de sua vida!... Logo entenderá o que estou falando! Tudo o que você precisa fazer daqui em diante é sempre lembrar tudo o que aconteceu nesta pequena e singela vila!... Você voltará para sua vida, sua família e sua filha Jéssica!... Ela o está esperando ansiosa e preocupada, mas logo sua dor será amenizada!

– Jéssica está bem? O que aconteceu com ela?

– Não foi com ela... foi com você, querido!... Veja com seus próprios olhos...

Pandora começou a sumir de minha visão e aos poucos foi se misturando a uma bruma que, quando se dissipou, levara minha grande amiga com ela.

– Pandora, por favor, volte! O que está acontecendo? Onde você está?

– Estarei sempre com você, Alex! Aqui, bem perto... em seus pensamentos!...

Foram as últimas palavras que ouvi dela. Sua voz me fez adormecer tão lentamente quanto o eco que se foi. Depois de um tempo, fui acordando... não sei quanto, eu ainda estava confuso. Recentemente eu aprendera que tempo é relativo, depende da "viagem"... talvez ele nem exista. Fui me dando conta de que eu estivera na viagem mais linda que já fiz!

Eu estava novamente naquele quarto. Aos poucos fui tomando consciência e lembrando o motivo por estar ali. Ouvi um médico dizer que a cirurgia transcorrera bem. Logo tudo voltaria ao normal, seria uma questão de dias; o coma induzido havia me salvado. Sim, teve gente cuidando de mim... "lá" e aqui. Fiquei uma semana literalmente fora do ar, e agora tenho muita coisa para contar! Nada mais seria normal...

Jéssica estava ao lado da cama, segurando minha mão. Consegui virar meus olhos lentamente para os dela. Por enquanto eu só conseguia pensar! Queria falar, mas minha voz não saía.

"Minha filha! Como eu te amo!", queria tanto que ela me ouvisse...
– Eu também te amo, pai!

FIM

Vidda Nova